FAKE

Sarah J. Brooks

ISBN-13: 9781099466175

Dieses Buch ist reine Fiktion. Alle in diesem Buch geschilderten Handlungen und Personen sind frei erfunden. Ähnlichkeiten mit lebenden oder verstorbenen Personen wären zufällig und nicht beabsichtigt.

FAKE

Für meine Leser

INHALT

Kapitel Eins

Ally

Kapitel Eins

Olivia

Ich schloss die Augen und lehnte meinen Kopf zurück an die Couch und versuchte, mit einem großen Atemzug genügend Energie einzuatmen, die mich durch den Rest der Nacht bringen sollte. *Komm schon, du schaffst das!*

Aber als ich meine Augen öffnete, war ich immer noch genauso erschöpft und angepisst wie vorher, und ich musste immer noch rechtzeitig zum Unterricht kommen. Vielleicht war ich am Ende mit meinem Latein. Ich kämpfte mich von der Couch hoch und ging unter die Dusche, um mich auf den Unterricht vorzubereiten. Ich gähnte herzhaft, als ich das Wasser einschaltete und darauf wartete, dass es nicht mehr eiskalt, sondern warm genug war, um es genießen zu können.

Es war ein verdammt langer Tag gewesen und ich hatte noch ein paar Stunden vor mir. Vielleicht hätte ich mich ein wenig mehr in der Stimmung für meinen Kurs gefühlt, wenn ich nicht nur mit Codys beschissenem Tag zu tun gehabt hätte, sondern die Dinge etwas ruhiger verlaufen wären. Das war also der Dank dafür, dass ich für einen der größten Verlage der Stadt arbeitete. Harte Arbeit und lange Tage, und er schnauzte mich an, wenn etwas nicht genau in die Richtung ging, die er sich wünschte.

„Wie war dein Meeting?", hatte ich beiläufig gefragt, als er aus dem Raum kam, in dem er einen Anruf von einem potentiell neuen Kunden entgegengenommen hatte. Nur eine höfliche Frage, aber er hatte sie aufgenommen, als wäre ich persönlich hinter ihm her.

„Verdammt scheiße, danke, dass du fragst", hatte er geantwortet, woraufhin ich meine Stirn runzelte. Jeder normale Mensch hätte nicht in dieser aggressiven Art geantwortet, weil man in der Regel nicht so erzogen wird, doch er war mein Chef und ich konnte ihm nichts entgegenbringen. Sein meist entspanntes Gesicht war verkrampft gewesen, Irritationen überzogen jeden Muskel in seinem Körper. Er fuhr die Hände durch sein dunkles Haar und schüttelte den Kopf.

„Ich möchte, dass du das gleiche Meeting noch einmal organisierst", hatte er hart befohlen und war an mir vorbeimarschiert in sein Büro. „Sorg dafür, dass wir diesmal tatsächlich eine anständige Verbindung haben, in Ordnung?"

„Alles klar", hatte ich gemurmelt und versucht, meinen Ärger nicht in meiner Stimme mitschwingen zu lassen. Ich musste so viel schlucken, seit ich hierhergezogen war, und ich hasste es, dass ich nicht die Befugnis hatte, die ich hätte haben müssen, um aufrichtig mit dem Mann zu sprechen, der so unverschämt zu mir war.

Aber jetzt war ich zu Hause und er war Geschichte. Ich hatte jetzt fast sechs Monate für ihn gearbeitet, und ich hätte mich bis dahin an seine kleinen Wutanfälle gewöhnen sollen: Er gab immer alles, ob im Büro oder beim Feiern, es gab keine Pause für ihn. Es war kein Wunder, dass er immer an der Spitze stand; der größte Teil seiner Energie floss in den Versuch, entweder sein Berufsleben oder sein Sozialleben aufrechtzuerhalten, und beide waren ungefähr so hoch im Kurs, wie es in dieser Stadt nur ging. In diesem Zusammenhang musste ich mich daran erinnern, dass seine Verärgerungen selten auf mich direkt gerichtet waren, wenn er mich ansprach, sondern wahrscheinlich auf eine heiße Braut, die er in der Nacht zuvor nicht hatte flachlegen können. Nicht, dass es so wirkte, als würde er sich sehr stark aufspielen, aber er umgab sich ständig mit Models, Schauspielerinnen, Prominenten und jeder, die in dieser Stadt etwas war.

Schluss mit den Gedanken über die Arbeit. Ich verbannte sie in den Hinterkopf und versuchte, nicht zu lange bei dem Gedanken zu verweilen, was er wohl an diesem Abend vorhatte und wie es wahrscheinlich eine Million Mal interessanter war als meine Pläne für den Rest der Nacht. Dabei erinnerte ich mich daran, dass ich genau das gewollt hatte – und dass ich es immer noch wollte, keine Frage.

Ich ließ das Wasser über mich laufen und scheuerte mir den Rest meines Make-ups vom Gesicht. Ich wollte zur Abendschule gehen, frisch und einsatzbereit, in der Hoffnung, dass sie nicht erraten würden, dass ich mich zwölf Stunden zuvor aus dem Bett geschleppt und nichts anderes gewollt hatte, als mich wieder darin zusammenzurollen und auf den nächsten Tag zu warten. Ich war von den vielen Leuten in der Klasse so eingeschüchtert, aber ich musste mich immer wieder daran erinnern, dass sie in der gleichen Position waren wie ich – wir alle arbeiteten auf eine Karriere hin, die wir wollten: durch das Erlernen der Grundlagen des Modedesigns, damit wir tatsächlich das Leben führen konnten, von dem wir immer geträumt hatten.

Als ich mich anzog und mein nasses Haar zu einem Knoten am Hinterkopf zusammenband, erinnerte ich mich an die Zeit zurück, da ich mich für diese Kurse angemeldet hatte – vor drei Monaten, als ich mich fühlte, als wäre ich dabei gewesen, meinen Verstand zu verlieren und eine Art Ventil brauchte. Ich hatte mich auf den Rand meines Bettes gesetzt und die Augen geschlossen und versucht, auf das zu hören, was von der Stimme meines Vaters in meinem Kopf übrig war.

„Mach, was *du* willst“, sagte er mir, wie er es mir schon so oft gesagt hatte, egal ob ich ihn fragte, ob ich Eis essen gehen oder ob ich aus der Cheerleader-Gruppe aussteigen sollte, damit ich stattdessen in der Band spielen konnte. Er hatte mich immer mit diesen entschlossenen Augen angesehen, mir ein Lächeln geschenkt und mich schweigend wissen lassen, dass er mich unterstützte, egal was ich tat. Und ich wusste, dass er, wo auch immer er war, von diesem Ort auf mich herabblicken und mir zustimmen würde. Ich hatte die Augen geöffnet und auf der Liste der Abendkurse auf ‚Anmelden‘ geklickt, auf der der Modedesign-Kurs stand, den ich absolvieren wollte. Und zum ersten Mal seit langer Zeit hatte ich einen Schlag der Aufregung in meiner Brust gespürt. Die Dinge würden sich bessern, das konnte ich damals spüren.

Natürlich war es nicht so einfach gewesen. Selbst nachdem ich auf ‚Anmelden‘ geklickt und diesen Kurs so zu einem Teil meines Lebens gemacht hatte, konnte ich meinen Vater nicht anrufen und ihm aufgeregt von allem erzählen, was ich auf dem Heimweg unternommen hatte. Er hatte immer darauf bestanden, dass ich ihn anrufe, wenn ich nachts von irgendwo zurückkam. Auch, wenn es drei Uhr morgens und ich sturzbetrunken war – oh Gott, wie viel dummen Seelenschlamm er sich hatte anhören müssen, wie ich über dieses und jenes sinnierte, während ich auf dem Weg nach Hause war. Schon der Gedanke daran, als ich meinen Mantel und meine Schuhe packte, um in den kühlen Herbstabend zur Tür hinauszugehen, reichte aus, um mich wie ein Stich in der Brust zu treffen. Verdammt, ich hasste es, mich so zu fühlen. Aber es wurde einfach nicht leichter.

Ich drückte meinen Kopf nach unten und beobachtete meine Füße, als sie auf dem Bürgersteig vor mir unterwegs waren. *Ich konnte das schaffen.* Ein Fuß vor den anderen, richtig? Das hatte mir meine Mutter nach seinem völlig unerwarteten Tod gesagt –

als wir uns wieder zu seiner Beerdigung getroffen hatten. Und es fühlte sich an, als wäre ich im Moment zu nichts anderem in der Welt fähig. Ein Fuß vor den anderen. Sieh nicht zu genau in die Zukunft oder in die Vergangenheit, sonst könnte alles auseinanderfallen, denn dann müsste ich akzeptieren, dass nichts jemals so sein würde, wie es vorher war. Und damit konnte ich nicht umgehen, nicht ein Stück.

Ich war hierhergekommen, um Abstand zu dem Ganzen zu gewinnen. Doch es fühlte sich an, als wäre es schon so lange her, dass ich mich kaum daran erinnern konnte. Hatte ich wirklich geglaubt, dass es gut für mich wäre, den ganzen Weg hierher zu kommen? Hatte ich wirklich gedacht, dass ich hier glücklicher sein würde als mit ihnen, als damals in diesen verdammten sechs Monaten, nachdem alles passiert war?

Nach seiner Beerdigung war einfach alles nur verschwommen. Meine ganze Familie war in die Stadt zurückgekehrt, um sich um uns zu kümmern, und aus irgendeinem Grund konnte ich damit einfach nicht leben. Ich hasste es, sie alle um mich herum zu haben, während sie versuchten, die Dinge besser zu machen, was sie nicht konnten. Meine Mutter zog sich ganz in sich selbst zurück, und egal wie sehr ich versuchte, sie zu erreichen, ich wusste, dass es sinnlos war. Und ich wusste, dass es für mich nutzlos war, weiterhin an diesem Ort zu bleiben und zu erwarten, dass sich etwas änderte, dass alles wieder in Ordnung kam. Nichts würde wieder so sein wie früher und das war etwas, mit dem ich mich einfach abfinden musste. Warum also nicht aussteigen? Neue Stadt, neuer Job, neues Leben? Alles hinter sich lassen?

Und jetzt, da ich hier war, und das seit sechs Monaten, fühlte ich mich wirklich, als hätte ich alles hinter mir gelassen. Ich hatte versprochen, mit allen in Kontakt zu bleiben, aber das war bald vorbei, nachdem ich mich eingelebt hatte und alle ohne mich weitergemacht hatten. Ich war nicht mehr in ihrer Nähe, also war ich ihnen egal. So fühlte es sich zumindest an. Ich wusste, dass Dad am Boden zerstört wäre, wenn er wüsste, dass er mich und meine Mutter entzweit hat, aber vielleicht mussten wir genauso trauern – einzeln, auf der anderen Seite des Landes, so weit voneinander entfernt, wie wir nur konnten. Vielleicht sah sie jedes Mal, wenn sie mich ansah, ihn, den Mann, den sie so plötzlich verloren hatte, und dass sie kaum Zeit gehabt hatte, bevor er weg war. Vielleicht war das der Grund, warum ich nie wieder etwas von ihr gehört hatte.

Nein. Denke an etwas anderes. Ich zwang mein Gehirn aus der Schleife, in der es so oft stecken blieb, über meine Mutter und meinen Vater und mich und meine Familie und die ganze Distanz, von der es sich anfühlte, als wäre sie zwischen uns allen. Und es gelang mir tatsächlich, mich an einen anderen Gedanken zu klemmen – Geldsorgen.

Sobald mein Gehirn seine Krallen in diesen Gedanken eingehakt hatte, wusste ich, dass ich ihn nicht bald loswerden konnte. Ich hatte gewusst, dass es teuer sein würde, in der Stadt zu leben, aber ich hatte keine Ahnung, dass selbst meine mickrige Wohnung auf der schlechten Seite der Stadt mich so ziemlich in den Bankrott treiben würde, selbst mit dem Erbe, das Dad mir hinterlassen hatte. Ich hatte jetzt nicht mehr viel Geld übrig – selbst mit dem Job – und ich wusste, dass diese Kurse anfangen würden, das wenige, was ich hatte, zu verschlingen.

Ich kam vor dem Schulungsgebäude mit einem tiefen Seufzen an. Ich wollte nur, dass die Dinge wieder einfach wurden, so wie sie vorher waren, bevor all das passiert war. Ich wollte meinen Vater an der Seite haben, der mir sagt, dass ich dem nachgehen soll, was ich eigentlich wollte, weil es nichts in dieser Welt gab, was ich nicht tun könnte. Ich wollte wieder zu Hause sein und an einigen Designprojekten arbeiten, mit der Hoffnung, dass die Dinge in aller Ruhe in Ordnung kommen würden. Ich wollte, dass dieses Gefühl von jetzt an aus meinem Kopf verschwand. Ich wollte wieder in der Nähe meiner Mutter sein. Ich wollte meinen Vater zurück.

Doch ich verlagerte diese Gedanken in den Hinterkopf, öffnete die Tür und ging hinein. So sah das Leben jetzt aus und ich musste mich damit abfinden, ob es mir nun passte oder nicht. Und das tat es wahrlich nicht. Gebrochen, allein und in einer neuen Stadt war ich mir sicher, dass ich neu anfangen konnte, als alles nach einer Sackgasse auszusehen schien. Irgendwie perfekt. Und ich hatte alles für einen Mann getan, der ungefähr so viel Respekt vor mir zu haben schien wie vor dem defekten Videokonferenzsystem, das sein Meeting am Vortag unterbrochen hatte. Noch besser.

Die Dinge konnten von dort aus nur noch besser werden, oder? Zumindest hatte das Ganze auch eine positive Seite. Dort, wo ich jetzt war, konnte es nicht weiter nach unten gehen. Zumindest hatte ich dafür gebetet.

Kapitel Zwei

Cody

„Wahnsinn“, ächzte ich und ließ mich in die Couch fallen, als mich die Frau zwischen meinen Beinen tief in ihren Mund nahm. Ich konnte mich nicht so recht an ihren Namen erinnern, wusste nur, dass irgendwo ein „R“ drin war, doch was auch immer sie tat, es funktionierte für mich.

Sie blickte nach oben, um mich spielerisch anzusehen, und ich sah den Schimmer der Zufriedenheit in ihren Augen. Das war der Ausdruck, den ich gewohnt war, von den Frauen zu sehen, mit denen ich mich einließ: der Nervenkitzel, dass sie diejenige war, die mich diesmal ins Bett brachte. Ich war wahrscheinlich schon einmal mit einer ihrer Freundinnen zusammen gewesen oder mit einer ihrer Feindinnen – ich war mir nicht sicher, was diese Frauen noch mehr erregte. Aber ich schien ein stimmiger Faktor zu sein, und das war für mich in Ordnung.

Sie schloss ihre Augen und wandte ihre Aufmerksamkeit wieder auf meinen Schwanz, verschlang die gesamte Länge mit ihrem Mund und übte sanften Druck aus, fuhr mit ihrer Zunge die Unterseite hinauf, so als ob sie versuchte, mich zu beeindrucken. Ich griff nach unten, um eine Strähne aus langen blonden Haaren von ihrem Gesicht zu streichen und das Bild in meiner Erinnerung festzuhalten. Was für eine Art, den Morgen zu beginnen. Vor allem nach einem so höllischen Nachmittag, wie ich ihn zuvor durchgemacht hatte.

Ich drängte diese Gedanken vorerst in den Hintergrund als sie ihre Hand um das Unterteil meines Schwanzes legte und anfing, sich mehr auf mich zu konzentrieren; ich konnte spüren, wie meine Eier kribbelten und ich bald kommen würde. Es gefiel mir, dass ich sie zu einer Übernachtung eingeladen hatte. Es lohnte sich sichtlich für diesen Start in den Tag.

„Komm in meinem Mund, Baby", murmelte sie, als sie sich im letzten Moment von mir entfernte, bevor sie ihre Zunge ausstreckte und mich noch härter anfasste als zuvor - der Klang dieser Worte aus ihrem Mund reichte aus, um mich zum Höhepunkt zu bringen, und einen Moment später kam ich, als sie ihre Lippen um meine Eichel legte. Sie schluckte jeden Tropfen von mir, schloss ihre Augen und stöhnte leise, als ob es das Süßeste wäre, was sie je gekostet hatte, und ich spürte, wie dieser Genuss von der Oberseite meines Kopfes bis zu meinen Zehen strömte.

Sie zog ihren Mund von meinem Schwanz, strich ihre Finger über ihre Lippen und lächelte mich stolz an.

„Wie war es?", fragte sie, stand auf und hob das Kleid auf, das sie in der Nacht zuvor auf meinem Schlafzimmerboden liegen gelassen hatte.

„Mmm." Ich stöhnte zustimmend und sie lehnte sich nach vorne, um mir einen Kuss auf die Wange zu geben.

„Sicher, dass ich es dir nicht noch einmal besorgen kann?", fragte ich. Als wir beide an diesem Morgen noch im Bett lagen, hatte ich sie verwöhnt und es sehr genossen. Mein Lieblingsfrühstück, ganz sicher.

„Ich muss jetzt los." Sie lockerte ihr Haar auf und betrachtete sich im Spiegel neben der Tür. „Ich habe um zehn ein Meeting mit einem Kunden. Ich muss durch die Stadt und sicherstellen, dass ich präsentabel aussehe, wenn ich dort ankomme."

„Dann wünsche ich dir eine gute Fahrt“, antwortete ich und beobachtete, wie sie ihre Sachen sammelte und zur Tür ging. Sie schenkte mir ein Lächeln und ging, und ich ließ einen Seufzer der Erleichterung los, sobald die Tür hinter ihr geschlossen war. Es war nicht so, dass ich sie nicht mochte, aber ich konnte nicht viel mit der Situation nach einem One-Night-Stand anfangen, der über das hinausging, was wir bereits gerade getan hatten.

Ich machte mich sauber und ging unter die Dusche, ohne dass ich mich darauf freute, wieder zur Arbeit zu gehen. Ich musste nur wieder versuchen, mich mit Robert Soros zu befassen, dem Autor, den ich einfach nicht so recht auf meine Seite bringen konnte. Ich hatte nie viel Mühe gehabt, die Autoren, die ich für den Verlag unter Vertrag nehmen wollte, zu finden, doch er bewies, dass er eine harte Nuss war. Nicht gerade hilfreich war die Tatsache, dass das Treffen, das wir gestern abhalten sollten, durch einen eingehenden Videoanruf unterbrochen wurde. Er dachte wahrscheinlich, dass wir nicht sehr professionell arbeiteten. Das war nicht gerade das, worauf ich hinauswollte.

Ich duschte, zog mich an und schnappte mir etwas aus dem Kühlschrank zum Frühstück – mein Trainer und Ernährungsberater hinterließ mir vorgefertigte Mahlzeiten, aber ich vergaß zu seinem Ärger oft, sie tatsächlich zu essen. Aber ich machte jetzt weiter – auf dem besten Weg in Richtung Ende Dreißig – und ich wollte so lange in Form bleiben, wie ich konnte. Ich würde das nicht schaffen, indem ich meine Abende damit vergeudete, Scotch zu trinken und ausgefallenes Essen in exklusiven Restaurants in der ganzen Stadt zu essen, egal wie letzte Nacht ausgesehen haben mag.

Dann beschloss ich, an diesem Morgen zu Fuß zur Arbeit zu gehen; es gab einen Grund, warum ich eine Wohnung in der Nähe des Büros gewählt hatte und die frische Luft würde sicher helfen, den Kater der letzten Nacht zu besänftigen. Ich musste einen besseren Weg finden, um mit Irritationen umzugehen, als auszugehen, mich zu betrinken und willkürlich Frauen aufzureißen. Aber ich hatte im Moment keine Zeit, mich darauf zu konzentrieren, etwas Produktiveres zu finden. Einer der größten Autoren, mit denen ich je in Kontakt gekommen war, stand kurz davor, mir durch die Finger zu gleiten, und das wollte ich mit Sicherheit nicht zulassen.

Er hatte mir die Chance gegeben, in die Vermarktung seiner Bücher miteinzusteigen, wenn ich es wollte. Als wir das erste Mal miteinander auf einer Branchenveranstaltung gesprochen hatten, hatte er die anstehende Hochzeit seiner Tochter in Europa erwähnt und gesagt, dass ich mitkommen sollte.

„Das ist ein sehr großzügiges Angebot“, hatte ich angemerkt. „Aber ich kenne Ihre Familie doch kaum.”

„Nun, dann werden Sie sie kennenlernen!” Fröhlich schlug er mir auf die Schulter, mit einem großen Lächeln in seinem Gesicht und einem Funkeln in seinen grauen Augen. „Die Familie ist so wichtig, oder nicht? Ich treffe keine großen Entscheidungen, ohne mich vorher mit ihnen zu beraten.”

„Selbst bei der Wahl eines Verlags?” fragte ich.

„Erst recht“, sagte er und kam näher zu mir. „Wissen Sie, warum ich den letzten Verlag, mit dem ich zusammenarbeitete, verlassen habe? Weil mir nicht gefiel, wie sie ihre Familien behandelten. Sie haben sich nicht genügend Zeit für sie genommen, verstehen Sie? Und es war klar, dass es mit uns nicht klappen würde. Ich kann einfach nicht mit jemandem zusammenarbeiten, der seine Familie mit einem solchen Mangel an Respekt behandelt.”

Ich hatte damals ein Lächeln erzwungen, aber seine Worte hatten einen Anflug von Panik in mir ausgelöst. Das war nicht gut.

Das war überhaupt nicht das, was ich mir vorgenommen hatte. Wenn die Familie für diesen Kerl wichtig war, dann war ich in Schwierigkeiten, weil meine Familie …

„Haben Sie eine eigene Familie, Cody?" fragte er, winkte eine vorbeikommende Kellnerin herbei und schnappte sich ein Glas Champagner von dem Tablett. Sie lächelte ihn an, eindeutig ein wenig voreingenommen; er war der Mann hinter zwei der größten Bestseller-Romane der letzten fünf Jahre und jeder, der auf einer solchen Veranstaltung arbeitete, wusste, wer er war.

„Ähm, nein", schüttelte ich meinen Kopf.

„Kinder?"

„Auch nicht", schüttelte ich meinen Kopf. „Das Unternehmen ist mein Kind!"

„Ja, nun", sagte er und schaute mich genau an, als würde er tief in meine Seele blicken. „Stellen Sie sicher, dass es nicht für immer so bleibt, in Ordnung? Menschen, die etwas anderes noch über die Familie stellen – naja, es endet nicht gut für sie. Verdammt, Sie haben doch meine Bücher gelesen, oder?"

„Aber sicher", antwortete ich, trank mein Glas Wein aus und schnappte mir ein weiteres von der gleichen Kellnerin, die sich bereits wieder auf den Weg zu uns gemacht hatte. Sie starrte Robert immer noch an, als wäre er das Beeindruckendste, was sie je gesehen hatte. Das bestärkte mich in meiner Entschlossenheit, ihn an Bord zu holen. Er war mit Leuten aus allen Bevölkerungsschichten in Kontakt, und jemanden wie ihn unter Vertrag zu haben, wäre unglaublich für das Geschäft.

Aber ich hatte ihn seitdem nicht mehr erreichen können und das gefiel mir nicht. Als Verleger wusste ich, dass er immer noch ein Freischaffender war, aber dass er einen fertigen Roman hatte, für den er in diesem Moment nach dem richtigen Ort suchte. Schon bald würde jemand anderes da sein, der ihm besser passte als ich. Vielleicht würde ich doch zu dieser Hochzeit gehen müssen. Aber was tun – herumstehen und lächeln und sich fehl am Platz fühlen, umgeben von so vielen Mitgliedern einer engen, liebevollen Familie? Ich würde wie ein Dummkopf aussehen. Außerdem, könnte ich wirklich so viel Zeit vom Schreibtisch weg sein und erwarten, dass alles in bester Ordnung blieb, während ich weg war?

Als ich bei der Arbeit ankam, nutzte ich das Treppenhaus und dort jeweils zwei Stufen auf einmal, um schnellstmöglich zu meinem Arbeitsplatz im obersten Stockwerk zu gelangen. Jedes Mal, wenn ich die Tür zu meinem Büro öffnete, konnte ich nicht anders, als zu grinsen. Ich hatte mir den Arsch aufgerissen, um diesen Laden in Gang zu bringen, und jetzt war es soweit, Linked Publishing, das größte Gebäude im prestigeträchtigsten Teil des Geschäftsviertels der Stadt. Wann immer ich den Titel über der Tür hängen sah, fühlte ich einen Hauch von Stolz. Ich hatte von Grund auf für dieses Ding gearbeitet und jetzt gehörte es mir. Alles gehört mir.

Und genau das war das Problem. Jeder, der die Familie kannte, aus der ich kam, behandelte mich, als ob ich das Geld meines Vaters genommen hätte, um diesen Ort aufzubauen. Aber das war es, was passierte, wenn man aus einer Familie wie meiner kam – mein Vater hatte das Gleiche getan wie ich, hatte mit zwanzig ein Unternehmen gegründet und hart daran gearbeitet, es auf den richtigen Pfad zu bringen. Für ihn war es die Leith Tribune gewesen – ein Boulevardblatt, das sich mit schlüpfrigem Tratsch und hinterhältiger Politik befasste, etwas, das dem Land anscheinend fehlte, da es direkt von Anfang an beliebt war. Als Chefredakteur hatte er nicht gerade versucht, das Ganze in eine seriösere Richtung zu lenken.

Was genau der Grund dafür war, warum ich weggegangen

war. Er wollte, dass ich in das Familienunternehmen eintrat – welcher Vater würde das auch nicht wollen? Und für eine lange Zeit hatte ich diesen Gedanken wohl nicht einmal wirklich in Frage gestellt. Ich studierte Journalismus, verliebte mich in das Schreiben, in Bücher, in Worte. Aber die Welt jenseits der Leith Tribune zu sehen, das hatte mir schnell gezeigt, dass ich nicht in eine Firma involviert sein wollte, die die Art von Storys produzierte, die mein Vater machte. Ich versuchte eine Weile, dagegen anzukämpfen, erledigte hier und da ein paar Dinge, die gegen den Mist, den mein Vater tat, vorgingen, aber er mochte sie nie. So was wollte er nie. Die Leith Tribune war sein Lebenswerk, und er war gegen jeden gut gemeinten Ratschlag, die Ausrichtung vielleicht auch nur ein wenig nachzujustieren, komplett resistent.

Und so begann ich etwas Anderes, etwas Eigenes. Ein Verlag, der die Art von Stimmen, die mein Vater nicht hören wollte, groß und laut und sonor und wild und schrill hinausrufen würde. Mutige, zukunftsorientierte Schriftsteller, die die Fähigkeit hatten, diese komplexen, überzeugenden Ideen zu kommunizieren, die die meisten Menschen, die die Leith Tribune lasen, in den Wahnsinn getrieben hätten. Und dabei hatten sich mein Vater und ich so weit voneinander entfernt, dass ich ihn seit Monaten nicht mehr gesehen hatte. Nahezu ein Jahr.

„Ich weiß nur nicht, warum du es so machen musst“, sagte er zu mir, als wir uns das letzte Mal gesehen hatten.

„Ich weiß nicht, warum du deine Geschäfte so machen musst, wie du es tust, aber–”

„Wage es nicht, dich darüber zu beklagen! Das habe ich mir schon oft genug anhören müssen.“ Er streckte seinen Finger drohend in meine Richtung. Ich war froh, dass niemand von dem Rest der Familie da war – es wäre ein Schlag ins Gesicht für meine Brüder und meine Mutter gewesen, wenn wir noch weitergeredet hätten. Sie wussten, dass wir uns nicht leiden konnten, aber wir hatten es geschafft, es bislang zivilisiert zu halten. Als Linked Publishing wuchs, haben wir uns immer weiter voneinander entfernt und unsere Werte immer weiter auseinandergerückt.

„Ich weiß nicht mal, was ich hier mache.“ Ich stand auf, zog meine Brieftasche heraus und warf etwas Geld hin, um das Essen zu bezahlen.

„Ich auch nicht“, schoss er wütend zurück, wobei er sich nicht die Mühe machte, mich anzusehen, als ich aus dem Restaurant und zurück zum Büro ging. Ich hatte nicht die Absicht, ihn wiederzusehen – vielleicht nie wieder. Ich hatte genug von ihm ertragen und ich wusste, dass er genauso über mich dachte. Vielleicht wäre es besser für die ganze Familie, wenn wir beide uns einfach voneinander fernhielten. Vielleicht wären sie glücklicher, wenn ich nicht dort wäre und Ärger machte.

Und vielleicht hätte ich damit leben können - wenn ich nicht diesen verdammten Deal mit Soros hätte unter Dach und Fach bringen wollen. Er mochte Familien. Seine ersten beiden Bücher waren beide komplexe Untersuchungen der Familiendynamik über Generationen hinweg, und nach allem, was ich von seinem dritten Buch gelesen hatte, würde es auch diesmal in diese Richtung gehen. Würde er wirklich die Rechte daran an jemanden übergeben, der seit fast einem Jahr kaum mit seiner Familie gesprochen hatte?

„Cody?”

Eine Stimme erregte meine Aufmerksamkeit und ich hielt inne, bevor ich in mein Büro ging. Ich blickte zu meiner Sekretärin Olivia hinüber und sie schenkte mir ein leicht nervöses Lächeln. Ich verspürte sofort einen Hauch von Scham. Ich hatte sie gestern angegriffen, nachdem das versuchte Interview mit Soros so ein Misserfolg war, obwohl es nicht ihre Schuld gewesen war.

„Ja?", antwortete ich. Ihr flammend rotes Haar war zu einem leicht unordentlichen Haarbüschel gepresst, als ob sie an diesem Morgen in Eile gewesen wäre und keine Zeit gehabt hätte, es richtig zu machen. Irgendwie passte es zu ihr. Sie stellte das komplette Gegenteil der Frauen dar, mit denen ich den größten Teil meines Lebens in Kontakt stand.

„Dein Interview mit Mr. Soros …" Sie sprach langsam, als ob sie versuchte, die Auswirkungen dessen, was sie gerade sagen wollte, zu mildern.

„Er will es verschieben", sagte sie mit einem entschuldigenden Gesichtsausdruck. „Er hat anscheinend ein paar Familienangelegenheiten zu erledigen. Irgendwas mit einer Hochzeit."

„Ja, genau", murmelte ich und fuhr mir mit der Hand über das Gesicht. Diese Hochzeit. Die, zu der er mich eingeladen hatte, die, mit der ich seine guten Bücher bekommen konnte, wenn ich meine Karten richtig spielte. Darauf hätte ich mich konzentrieren sollen.

„Vielen Dank für die Info, Olivia", nickte ich ihr zu, woraufhin sie mich anlächelte; sie hatte ein schönes, aufrichtiges Lächeln, was der Grund war, warum ich sie überhaupt eingestellt hatte. In dieser Branche war es schwer, jemanden zu finden, der sich ganz unverfälscht gab.

„Kein Problem", antwortete sie mit einem Anschein der Erleichterung, als sie erkannte, dass ich nicht auf sie losgehen würde. Ich verkroch mich in mein Büro, schloss die Tür und ließ einen langen Seufzer los.

Vielleicht sollte ich meinen Vater darüber informieren. Er war schließlich meine Familie und vielleicht könnte er, wenn ich eine öffentliche Versöhnung durchziehen könnte, sogar einen

Artikel über das Unternehmen in der Tribune veröffentlichen. Ich könnte ein Interview und eine Cross-Promotion meiner Autoren anleiern. Könnte das genug sein, um Soros davon zu überzeugen, dass ich der Richtige für diesen Job war?

Ich drückte diese Gedanken sofort in den Hintergrund und hasste mich selbst, weil ich überhaupt drüber nachdachte. Nein. Ich hatte zu hart gearbeitet, um diesen Verlag komplett alleine zum Laufen zu bringen, und ich wollte das alles nicht nur deshalb aufgeben, weil ich eine Familie brauchte, die auf einmal da sein sollte. Mein Vater hätte meinen Plan sowieso durchschaut. Auch er war Geschäftsmann und er wusste, dass sich meine Werte nicht so plötzlich aus dem Nichts heraus verändert hatten. Ich musste einen Weg finden, dies selbst zu tun. Aber wie zur Hölle sollte ich das schaffen?

Ich starrte aus dem Fenster meines Büros in die pulsierende Stadt unter mir. Mit tausend Familien, die alle ihr Leben gestalteten. Und plötzlich wünschte ich mir zum ersten Mal seit langer Zeit, dass ich ein Teil dieser Welt sein könnte. Ich wünschte, ich hätte noch die Familie, die ich einst verloren hatte. Ich wünschte, die Dinge wären anders gelaufen.

Kapitel Drei

Olivia

„Olivia, warum hast du mir nichts hiervon gesagt?"

Ich blickte mit hochgezogener Augenbraue zu Cody auf, der einen Brief in der Hand hielt.

„Es ist die Nachricht von Mr. Soros", sagte ich. „Als du heute Morgen reingekommen bist, habe ich dir davon erzählt."

„Du hast mir nicht gesagt, dass ein Brief von ihm ankam", blaffte er zurück.

„Bevor ich dir das sagen konnte, bist du in deinem Büro gewesen", betonte ich, während ich mir ein Gähnen verklemmen musste – ich war von der letzten Nacht so erschöpft und hätte wirklich auf diesen Scheiß verzichten können. Es machte mir im Allgemeinen nichts aus, für Cody zu arbeiten, aber ab und an übertrieb er es mit seiner bornierten, arroganten Art. Und manchmal war es ziemlich schwer, das nicht persönlich zu nehmen. Wenn ich so viel Geld wie er hätte, wenn ich aus der gleichen Familie käme, wäre es dann anders für mich gewesen? Hätte ich den Erfolg haben können, den er hatte? Ich wusste, dass es keinen Sinn machte, zu vergleichen, aber das ließ mich nicht in Ruhe.

„Es ist deine Aufgabe, diese Art von Dingen im Blick zu behalten, Olivia", schoss er sichtlich genervt zurück. „Ich hätte das auch übersehen können –"

„Ja, hast du aber nicht", erwiderte ich. Ich wusste, dass

Widerworte bei ihm nichts nützten, aber das würde mich nicht davon abhalten, dumm genug zu sein, um weiterzumachen und es trotzdem zu tun. Manchmal war jede Art von menschlicher Verbindung, auch wenn sie so kompliziert war wie diese, etwas für mich, an dem ich mich bei Bedarf festklammern konnte.

„Ich bezahle dich, damit du mich auf dem Laufenden hältst", starrte er mich an, woraufhin ich den Brief von ihm nahm, ihn überflog und dann laut vorlas.

„Herzlichen Glückwunsch, du bist offiziell zur Hochzeit der Tochter von Robert Soros eingeladen", antwortete ich, packte ihm den Brief wieder in die Hand und hob erneut meine Augenbrauen an. „War das gut genug für dich? Ist das okay so?"

„Du bewegst dich auf dünnem Eis", warnte er mich, woraufhin sich mein Herzschlag drastisch erhöhte. Aber es war nicht aus Angst, meinen Job zu verlieren, nein, so banal war das nicht. Es war etwas anderes. So nah an ihm zu stehen, dass ich mich einfach so leicht nach vorne hätte lehnen und meinen Mund auf seinen pressen können, das löste in mir etwas aus, von dem ich wusste, dass es nicht hätte sein dürfen. Ich bemerkte, wie sich mein Brustkorb schnell auf und ab hob, und ich entfernte meinen Blick von ihm und blickte auf den Boden.

„Danke, dass du es mich wissen lässt, bevor du mich feuerst." Ich sank wieder in den Stuhl und ignorierte dabei meinen Puls. Was passierte hier? Es war nur ein kleiner Streit zwischen uns, nichts weiter. Ich fühlte, wie meine Wangen rot wurden, woraufhin ich sofort meine Hand gegen meine Brust drückte und versuchte, meinen Herzschlag zu beruhigen. War ich wirklich so verzweifelt, dass schon ein Streit mit meinem Chef ausreichte, um mich anzutörnen?

„Gern", murmelte er, wobei er die Einladung in der Hand zerknüllte und zurück in sein Büro stürmte. Ich wartete, bis die

Tür hinter ihm geschlossen war, und ließ dann einen langen Seufzer los. Was zum Teufel hatte ich da gemacht. Warum hatte ich mich so in Gefahr gebracht und den Mann verärgert, der zwischen mir und dem Bankrott stand? Ich wusste nicht, warum ich so sein musste. Seitdem mein Vater gestorben war, fühlte ich mich, als ob mir eine Art Stacheln gewachsen wären, um mich davor zu beschützen, verletzt zu werden. Ich wollte nicht den Rest meines Lebens so verbringen. Es war nicht richtig. Es war nicht möglich. Ich musste wieder lernen, Menschen an mich heranzulassen, auch wenn ich mittlerweile wusste, dass ich ihnen dann auch erlauben würde, mich zu verletzen.

Ich dachte an die Hochzeitseinladung in seiner Hand und fragte mich, wen er wohl mitnehmen würde. Vorausgesetzt, er würde sich überhaupt lange genug vom Büro entfernen können, um es tatsächlich dahin zu schaffen. Und daran hatte ich so meine Zweifel. Er war ein Mann, der so an seinen Schreibtisch gefesselt war wie ein trauriger Zirkuselefant an seinen Holzpflock. Er würde wahrscheinlich kaum mit einem heißen jungen Model an seinem Arm extra auf der Familienhochzeit für einen Autor vorbeischauen, nur um diesen zu überzeugen.

Was merkwürdig war, weil ich mir gedacht hätte, dass gerade jemand aus einer so einflussreichen Verlagsfamilie wie seiner so ziemlich das Größte wäre, von dem jeder Autor im Laufe seiner gesamten Karriere träumen könnte. Sein Vater, Callum Leith, war der Herausgeber der Leith Tribune und selbst so bekannt, dass sogar ich wusste, wer er war – nicht zuletzt, weil ich über die Jahre mitbekam, wie mein Vater immer wieder versucht hatte, einige seiner besten Freunde von etwas Liberalerem zu überzeugen.

Warum also zögerte dieser Autor so sehr, tatsächlich bei Linked Publishing zu unterschreiben? Er hätte unglaubliche Geschäfte gemacht, die Art von Geld verdient, von der die meisten von uns nur träumen konnten. Mit Codys hartnäckiger Workaholic-Besessenheit, jeden unserer Autoren an die Spitze zu bringen, könnte er sich einen Ruf machen, der ihn unsterblich werden ließ. Und dazu die Macht durch die Leith Tribune.

Aber jetzt, wo ich darüber nachdachte, schien ich mich nicht mehr daran zu erinnern, dass Codys Vater jemals im Büro vorbeikam. Oder ein Treffen mit seinem Vater zu bemerken, das in seinem Terminkalender auftauchte. Das war ein bisschen seltsam; zwei so angesehene Geschäftsleute, die in derselben Stadt arbeiteten und aus derselben Familie stammen, oder nicht? Aber als die Tribune die einzelnen Bereiche zusammenführte, richtete sie sich an ein ganz anderes Publikum als Linked Publishing.

Dennoch. Was hätte ich nicht alles gegeben, um eine Ausrede dafür zu haben, aus der Stadt abzuhauen und tatsächlich irgendwo hinzugehen, irgendetwas zu tun. Ich muss für eine Weile aus meinem eigenen Kopf verschwinden. Aber das hatte ich schon einmal versucht, als ich von zu Hause hierhergekommen war, in der Hoffnung, alles hinter mir lassen zu können. Und was hatte mir das gebracht? Fast kein Geld und die alles zerfressende Angst, dass mir bis zum Ende des Jahres der Rest ausgehen würde. Nächte wach liegend, sich allein im Dunkeln ärgernd, sich fragend, ob jemand da draußen auf mich aufpasste, ob mich das Universum in die richtige Richtung führte oder ob ich nur alleine hier draußen herumstolperte und auf das Beste hoffte.

Ich wette, er hatte so ein Leben nicht. Ich wette, er musste sich nie darum kümmern, woher sein Geld kam. Und ich wette, sein Leben verlief so reibungslos, dass sich mir der Schädel verdreht hätte. Ich wusste, dass es sinnlos war, unsere Leben miteinander zu vergleichen – ich würde nie seines und er nie meines haben, und das war genau die Art und Weise, wie die Welt funktionierte – aber der Ton, in dem er zuvor mit mir gesprochen hatte, brachte mich auf die Palme und ich war wegen seiner

Einstellung stinksauer. Deshalb wollte ich ein bisschen Blödsinn über ihn erzählen, auch wenn nur in meinem Kopf, damit ich mich besser fühlte.

Ich hoffte, dass er zu dieser Hochzeit ging. Ich hoffte, dass er sich die ganze Woche freinehmen würde, damit ich etwas Zeit zum Entspannen vor seinem verwirrend wechselhaften Auftreten von Freundlichkeit und Irritation haben konnte. Er war entweder sachlich anständig oder arrogant, sodass ich eine Weile auf ihn verzichten konnte. Nein, noch besser – er könnte mich an seiner Stelle schicken. Wo war diese Hochzeit? Wen kümmerte das schon, solange ich für eine Weile von hier wegkam, eine Pause bekam, meinen Arsch hier rausbekommen konnte und …

Und was dann? Und dann würde ich zurückkommen, um herauszufinden, dass alles genauso war wie vorher, bevor ich überhaupt gegangen war? Ja, weglaufen würde mir nicht viel nützen. Ich musste also in der Nähe bleiben und hoffen, dass ich einen Weg finden würde, mit meinem Chef umgehen zu können.

Ich konnte den Rest des Tages überstehen, indem ich Cody so viel wie möglich auswich und mich darauf konzentrierte, alles in die Hand zu nehmen, was ich konnte. Ich hatte die Dinge schleifen lassen, weil ich in letzter Zeit so erschöpft gewesen war, aber ich wollte ihm keinen einzigen Grund geben, sauer auf mich zu sein. Ich war den ganzen Tag über ultraproduktiv, sodass er mich jedes Mal, wenn er aus dem Büro kam, tief inmitten meiner Arbeit versunken sah und kein Wort darüber verlieren konnte, dass ich nicht das tat, wofür ich hier bezahlt wurde.

Ich verließ das Büro, als es fünf war. Ich wollte nicht eine Sekunde länger dableiben, als ich musste. Wie ich ihn kannte, würde er zur gleichen Zeit wie ich aus dem Haus gehen, in die Stadt fahren und dafür sorgen, dass er die bisherigen Irritationen des Tages ausgleichen konnte. Robert Soros schlüpfte ihm durch die Finger – wenn ich hätte wetten müssen, dann tat er es auf jeden Fall – und es musste ihm zu schaffen gemacht haben. Eine Nacht mit Scotch und Prominenten war wahrscheinlich genau das Richtige, um sich für eine Weile davon abzulenken.

Mit wem von ihnen würde er zur Hochzeit gehen? Er hatte so viele klargemacht, dass es manchmal schwer war, mit dem aktuellen Typ der Woche Schritt zu halten - vielleicht war es das Küken, mit dem ich ihn ein paar Tage zuvor bei der Arbeit gesehen hatte. Diejenige, von der er sich offensichtlich distanzieren wollte, als sie nach einem One-Night-Stand immer noch hier herumhing. Oder vielleicht diese, wie war ihr Name, die Tochter des Öl-Typen aus Texas? Sie würde dem Anlass auf jeden Fall ziemlich gut entsprechen.

Ich hatte diese Gedanken im Kopf behalten, als ich nach Hause ging, das Abendessen machte und in dieser Nacht ins Bett kroch. Ich wusste nicht, warum er so in meinem Kopf steckte, aber ich konnte ihn nicht abschütteln; ich konnte ihn nicht loslassen, so wie er mich angestarrt hatte, bewegungslos, als ich meine Position eingenommen und ihm todernst in die Augen gesehen hatte. So viele der Männer, mit denen ich zusammen war, hätten sich zurückgezogen und weggeschaut, aber er tat es nicht.

Ich lag da und starrte an die Decke und dachte weiter darüber nach, wie er mich angesehen hatte. Es war ein unnachgiebiger Blick gewesen, die Art, die mir sagte, dass er seinen Standpunkt nicht ändern würde und dasselbe auch von mir vermutete. Ich hätte ihm ins Gesicht schreien, brüllen und kreischen können, aber er hätte mir trotzdem kaum mehr als einen Augenblick lang Aufmerksamkeit geschenkt. Er war der Typ Mensch, der völlig unerschütterlich war, gegen jeden Widerstand stabil. So ist er dorthin gelangt, wo er war: ganz oben.

Und auf einmal hatte ich den Verstand voller Gedanken,

wie ich auf ihm lag. Ungeachtet meiner Selbst fühlte ich, wie eine vertraute Hitze mein Gesicht aufheizte. Warum war mir das peinlich? Er war nicht hier. Er konnte meine Gedanken nicht lesen, selbst wenn er es wäre. Und was genau war falsch daran, ein wenig Spaß bei dem Gedanken an den Mann zu haben, der einen praktisch besaß? Aus dieser Beziehung könnte ich doch auch für mich etwas herausholen ...

Denn er war heiß, wenn man auf diesen Typ Mann stand. Nicht, dass ich es unbedingt täte – er war auf eine interessante Art und Weise gutaussehend, auf eine Art und Weise, die keiner der Männer, mit denen ich mich in meinem Leben verabredet hatte, besaß. Groß, breite Schultern, schlanke Taille, der ganze Oberkörper geformt wie ein V. Ging auf jeden Fall ins Fitnessstudio, wenn auch nicht zu viel. Starker Kiefer, Augen, die direkt durch einen hindurchzusehen schienen. Dunkle Haare, die am Morgen ab und zu ein bisschen chaotisch waren, wenn er gerade aus einer offensichtlich wilden Nacht aus der Stadt gekommen war. Ich stellte mir vor, wie ich mit meinen Fingern durch dieses Haar fuhr und seine Hände auf meinen Hüften spürte, während ich mich auf ihm auf und ab bewegte. Ich streckte meine Hand zwischen meine Beine und entschied, wenn ich etwas verdiente, um heute zu überleben, dann das.

Ich bewegte meine Finger an meinem Kitzler und neigte meinen Kopf zurück, als ich das Vergnügen durch mich hindurchfließen ließ; es war lange her, dass ich etwas gespürt hatte, was einem echten, wahrhaftigen Verlangen entsprach, aber hier war es mein Körper, der bei dem Gedanken, meinen Chef zu reiten, zum Leben erwachte. Wie sah sein Körper unter den Anzügen aus? Wie fühlte sich seine Haut an? Wie roch sein Aftershave? Hatte er versteckte Tattoos oder gar ein Piercing? Ich konnte ihn in meinem Kopf sehen, er starrte mir aufmerksam in die Augen, genau wie er es getan hatte, als ich ihn zuvor an diesem

Tag im Büro konfrontiert hatte. Die elektrisierende Intensität dieses Blickes brachte mich näher an den Höhepunkt.

Je weiter ich in die Traumwelt eindrang, umso mehr hielt ich das Bild von ihm fest in meinem Kopf. Es war so echt, dass ich fast spüren konnte, wie sich seine Fingernägel in meine Haut bohrten, wie sein Schwanz mich komplett ausfüllte, sodass nichts anderes auf der Welt wichtiger war als das Gefühl von ihm in mir. Hatte er jemals so über mich gedacht? Als er mit all den anderen Frauen zusammen war, hatte er dann jemals seine Gedanken in meine Richtung verlagert? Der Gedanke daran schickte einen explosiven Schauer durch meinen Körper und einen Moment später spürte ich, wie mein Orgasmus mich überrollte – und ich kam stotternd mit einem harten Ruck zurück ins wirkliche Leben.

Ich öffnete meine Augen, meine Finger drückten noch immer an meine Klitoris und warteten darauf, dass ich mich wieder fokussierte. Mein Atem wurde schwerer als zuvor und mein ganzer Körper zitterte vor dem Schwall der Wellen des Vergnügens, die über mich kamen. Meine Haut kribbelte und die Erinnerung an ihn war so echt, dass ich den Druck seiner Haut auf meiner beinahe spüren konnte, sogar fühlte, wie er mich auf diese besondere Weise spreizte.

Aber ich schob diese Gedanken fast wütend aus meinem Kopf und drehte mich im Bett um und starrte auf die gegenüberliegende Wand. Nein. Das würde nicht passieren. Zum Teufel nochmal, dass ergab keinen Sinn. Mit meinem Boss? Auf keinen Fall. Keine Chance. Schon der Gedanke daran genügte, damit ich wegen der Miete ins Schwitzen kam. Ich brauchte diesen Job mehr, als ich es brauchte, meine kleinen Auszeiten für mich zu haben, und wenn ich mit diesen heißen Gedanken an ihn weitermachte, würde mich das nur in einen verrückten Idioten um ihn herum bei der Arbeit verwandeln. Das war das Letzte, was ich brauchte, da er anscheinend sowieso schon so von mir dachte.

Ich drückte meinen Kopf ein paar Mal in das Kissen und versprach mir, dass dies der letzte Gedanke war, den ich mir über ihn erlauben würde. Der allerletzte. Ich war fertig damit, er hätte vielleicht Spaß daran gehabt, darüber zu fantasieren, aber er war mein Chef – und wenn ich mich nicht auf der guten Seite hielt, würde ich eine ganze Menge verlieren. Als ob ich nicht schon genug verloren hätte.

Kapitel Vier

Cody

„Du willst mich wohl verarschen!“ Ich warf das Papier vor mir auf den Boden.

„Gibt es sonst noch etwas, womit ich dir heute helfen kann?” Olivia nickte mir zu und ich schüttelte den Kopf, als ich sie aus dem Büro warf. Ich hatte fast Mitleid mit ihr; es war nicht ihre Schuld, dass sie die Überbringerin solcher schlechten Nachrichten sein musste.

„Nein, danke“, schüttelte ich den Kopf. „Gib mir einfach eine Minute. Ich muss jemanden anrufen.”

Als ich die Nummer von Soros' Agenten wählte, starrte ich auf die Schlagzeile vor mir. Ich konnte nicht glauben, dass er das gedruckt hatte. Und er dachte wirklich, ich würde ihn einfach so damit davonkommen lassen? Er würde schon noch sehen, was er davon hat.

„Hallo?”, sagte eine Stimme am anderen Ende der Leitung.

„Hi, sind Sie Robert Soros‘ Agent?”, fragte ich.

„Hier ist Angela Batton“, antwortete sie in einem sanften britischen Dialekt. „Kann ich Ihnen helfen?”

„Cody Leith“, antwortete ich rasch. „Ich wollte nur hinterfragen, was ich hier in der Leith Tribune gelesen habe.”

„Bitte, fahren Sie fort …”

„Hier steht, dass Robert sich bei Queen's Park Publishing

unter Vertrag hat nehmen lassen?"

Sie hielt lange inne und ich drückte mir mit dem Daumen und Zeigefinger den Nasenrücken und blinzelte. Ich könnte verdammt nochmal wirklich auf das hier verzichten. Ich könnte wirklich, verdammt nochmal, auf das hier verzichten …

„Nein, das ist nicht der Fall", antwortete sie, und ich hörte ein Durcheinander von Papieren am anderen Ende der Leitung. „Wir haben bei keinem neuen Verlag unterzeichnet. Im Moment sind wir noch verfügbar."

„Wunderbar, vielen Dank für die Erklärung", seufzte ich erleichtert. „Ich werde mich bald mit Ihnen in Verbindung setzen, in Ordnung?"

„Alles klar", antwortete sie, woraufhin ich sofort auflegte und mit der Hand vor Wut auf den Tisch schlug. Ich konnte nicht glauben, dass er mir das angetan hatte. Mein Vater hatte damit etwas zu tun – er musste gesehen haben, dass ich Robert für sein nächstes Buch umworben hatte, und er musste beschlossen haben, dass er die Sache in die Hand nehmen würde. Verdammt noch mal. Und ich hatte ihn auch noch an mich rangelassen. Ich starrte auf die Worte, die im Abschnitt Kunst und Unterhaltung geschrieben waren, zwischen ein paar Bildern von betrunkenen Stars, die aus Taxis stürzten. Das war weit entfernt vom Leitwerk des Materials, das sie normalerweise hatten. Er hatte das getan, um mich bis zum Anschlag zu verärgern, und es hatte funktioniert.

Ich schnappte mir die Zeitung und warf sie in den Müll – *bis hier hin und nicht weiter*. Mein Vater saß wahrscheinlich irgendwo, darauf wartend, dass ich das Telefon schnappte, um ihn wütend anzuschreien, damit er sich zurücklehnen und den Unschuldigen mimen konnte, der gerade zufällig über den einen Autor berichtete, den ich zu fassen suchte. Ich wollte ihm nicht das Vergnügen bereiten. Ich wollte das Ganze umkehren. Ich wollte

Robert Soros dazu bringen, bei mir zu unterschreiben, egal was es kostete. Selbst wenn es bedeutete, zu dieser Hochzeit zu gehen.

Ich verließ mein Büro und fühlte mich plötzlich von einem neuen Sinn und Zweck getragen. Olivia schaute vom Schreibtisch auf und bot mir ein weiteres nervöses Lächeln.

„Alles klar?"

„Alles ist wunderbar“, antwortete ich. „Hast du eine Kopie der Hochzeitseinladung, die du mir gestern gegeben hast?"

„Äh, ja, ich glaube, ich habe eine Kopie davon behalten ..." Sie durchsuchte ihren Schreibtisch, bis sie sie schließlich herauszog. „Hier ist sie."

Ich hatte die andere am Tag zuvor zerknittert, als wir beide darüber geredet hatten. Was für eine idiotische Aktion. Gott sei Dank war sie so vorausschauend. Ihr Haar war heute offen und sie sah ein wenig errötet aus, als wäre ihr zu warm.

„Geht es dir gut?", fragte ich, als sie mir die Karte übergab; unsere Finger streiften sich für eine Sekunde und sie zog ihre Hand zurück, als ob sie einen elektrischen Schlag erhalten hätte.

„Ja bei mir ist alles gut“, antwortete sie. Aber sie hatte mir nicht in die Augen gesehen. Hatte ich sie am Tag zuvor verärgert? Ich fühlte mich ein wenig schuldig; ich wusste, dass ich nicht viel Zeit mit ihr verbracht hatte, aber sie musste es inzwischen gewohnt gewesen sein. Als ob das eine noble Ausrede wäre, um jemandem gegenüber, der es nicht verdient hatte, wie ein Arschloch aufzutreten.

„Vielen Dank für die Einladung.“ Ich lächelte sie an und sie warf einen Blick in meine Richtung und lächelte scheu zurück. Ich mochte ihr Lächeln sehr. Schön und aufrichtig. Diese grünen Augen leuchteten so sehr, dass sie gegen das Rot ihrer Haare und die Blässe ihrer Haut aufleuchteten. Ich fragte mich insgeheim, ob sie sich mit jemandem traf, aber ich wies diesen Gedanken schnell zurück, bevor er in irgendeine falsche Richtung ging. Sie war meine Sekretärin, um Himmels willen, und ich war mir sicher, dass ich nicht vorhatte, dieses Klischee zu bedienen.

Ich ging zurück ins Büro und schloss die Tür hinter mir und schaute auf die Einladung herab. Es waren nur noch ein paar Wochen bis dahin. Ich müsste mir die Zeit für die Arbeit nehmen - und, oh Scheiße, sie war auch noch in Spanien. Auch der Jet müsste geordert werden. Aber dort hinzugehen oder die Zeit vom Büro entfernt zu sein, war nicht das Problem, sonst hätte ich bereits zugestimmt. Ich dachte, das wäre alles, was nötig wäre, um Robert dazu zu bringen, nach meiner Pfeife zu tanzen. Nein, ich brauchte etwas mehr als das. Etwas Größeres. Etwas Besseres. Etwas, das ihm beweisen sollte, dass ich der Familienmensch bin, für den er mich hielt.

Aber wie genau sollte ich das schaffen? Mein eigener Vater versuchte mich mit seiner Zeitung zu untergraben und es war nicht so, als könnte ich einfach ein paar Kinder anheuern und so tun, als wären sie meine eigenen – besonders nachdem ich ihm bereits gesagt hatte, dass ich kinderlos sei. Wie sonst könnte ich ihn dazu bringen, zu glauben, dass ich die Art von Mann bin, von der er dachte, dass ich es sein müsste, damit wir zusammenarbeiten konnten?

Und dann traf es mich. Wie viele Frauen hatte ich in meinem kleinen schwarzen Buch? Und wie viele von ihnen hätten sich die Möglichkeit einer kostenlosen Reise nach Spanien für ein paar Tage gewünscht, um sich als meine Frau auszugeben? Sicher, es wäre unaufrichtig, aber ich könnte die Beziehung, nachdem er den Vertrag unterzeichnet hatte, bedauerlicherweise beenden. Ich brauchte Robert eher früher als später an Bord. Ich hatte das Gefühl, dass das, ganz egal was bei dieser Familienhochzeit geschah oder nicht, bestimmen würde, ob ich ihn dazu bringen konnte, für mich zu unterschreiben oder nicht.

Ja, das würde ausreichen. Ich würde eine Frau mitnehmen. So tun, als wäre sie meine Frau. Ihm sagen, dass wir zusammen durchgebrannt waren, wenn es das ist, was es brauchte, damit er mir glaubte. Ihm sagen, dass sie die Liebe meines Lebens war und dass ich es einfach nicht erwarten konnte, mit ihr eine Familie zu gründen. Schwerpunktsetzung auf die Familie. Ihm die ganze Liebe und Romantik an diesem Wochenende zeigen, ihn überzeugen, dass ich der Mann war, nach dem er suchte. Dann würde er bei meiner Firma unterzeichnen und seinen neuen Blockbuster-Roman veröffentlichen. Eine perfekte Lösung.

Ich sah mein Spiegelbild und konnte nicht anders, als mich selbst anzugrinsen. Es war ein verrückter Plan, selbst für mich. Ich hatte eine Menge wilder Sachen gemacht, viel Gerede und Getue und Gelaber, um diesen Ort am Laufen zu halten und sicherzustellen, dass ich mir über meinen Vater hinaus einen Namen machte, aber das wäre das Größte gewesen, was ich je gemacht hatte. Ich würde einen Mann auf der Hochzeit seiner Tochter anlügen, um ihn dazu zu bringen, einen Vertrag mit mir abzuschließen. War das eine Spur zu viel? Würde das etwas in mir verändern, dem ich nicht den Rücken kehren konnte?

Meine Augen wanderten von meinem Spiegelbild zu dem Papier, das ich in den Müll gestopft hatte, und ich spürte eine Welle der Zuversicht in meiner Brust. Nein, ich würde es tun. Um zu beweisen, dass ich nicht herumgeschubst werden konnte. Um es einfach jedem aufmerksamen Beobachter zu beweisen – wovon ich wusste, dass mein Vater einer sein würde. Ich war kein kleiner Fisch, der Spiele spielte und falsche Informationen in der Hoffnung veröffentlichte, meinen Willen durchzusetzen. Ich war ein großer Fisch in diesem riesigen Teich und das Einzige, was ich veröffentlichen wollte, war ein Roman von einem der gefragtesten und gefeiertsten Autoren der letzten zehn Jahre, der direkt wieder an die Spitze jeder Bestsellerliste des Landes kommen würde.

Aber wen würde ich überzeugen können, das mit mir zu machen? Es musste jemand sein, der das Geld brauchte. Jemand, von dem die Leute nicht bemerken würden, dass er für ein paar Tage weggeht, dessen Abwesenheit nicht in Frage gestellt würde. Die meisten der Frauen, mit denen ich herumhing – diejenigen, die mich sowieso noch einmal sehen wollten – konnten sich kaum eine Weile davonschleichen, ohne dass es jemand bemerkte.

Ich stürzte mich in meinen Stuhl, mein Verstand tobte und ich bemerkte, wie meine Augen durch das kleine Fenster in der Tür gezogen wurden – zu Olivia und ihrem Chaos aus losen roten Haaren, die am Schreibtisch direkt vor meinem Büro saß.

Kapitel Fünf

Olivia

Ich überprüfte zum zehnten Mal meinen Rock, bevor ich in sein Büro ging. Ich wusste, dass er bemerkt hatte, dass ich mich aufregte, und ich wollte nicht, dass er dachte, dass ich für diesen Job nicht dankbar wäre. Ich wollte nicht, dass er auf die Idee käme, dass ich etwas anderes tat, als mich voll und ganz für ihn einzusetzen. Und ich wollte nicht, dass er auch nur ansatzweise auf den Gedanken kam, dass ich die Nacht zuvor mit der Hand in meinem Höschen verbracht hatte und bei dem Gedanken an seinen in meiner Pussy vergrabenen Schwanz gekommen war. Ich wollte nicht zulassen, dass mir das in diesem Moment überhaupt durch den Kopf geht. *Hat ja toll geklappt.*

Nein, er war wahrscheinlich wegen des kleinen Streits, den wir am Vortag hatten, komisch zu mir und ich wollte dies auf keinen Fall Auswirkungen auf meine Arbeit haben lassen. Er hatte wahrscheinlich keinen Moment darüber nachgedacht, aber ich schon, und ich wollte meinen Job richtig machen. Ich musste die stärkere Person sein – er war zu beschäftigt, um sich mit solchem Kleinscheiß zu befassen, aber mir stand dieser Luxus nicht zu.

Ich klopfte an die Tür, atmete tief ein und öffnete sie langsam.

„Komm rein“, rief er, woraufhin ich sie aufschob und in sein Büro trat. Er blickte erwartungsvoll zu mir auf.

„Bist du gerade beschäftigt?”, fragte ich, worauf er den Kopf schüttelte und seine Augenbraue hob.

„Ist alles in Ordnung?", antwortete er, worauf ich nickte und dann den Kopf schüttelte.

„Ich wollte mich nur entschuldigen", fing ich an. „Für gestern. Ich hätte dich nicht so anmachen sollen, das war nicht richtig von mir."

„Hast du dich deshalb heute Morgen so seltsam benommen?" Sein Gesicht leuchtete vor Erkenntnis auf.

„Ja, das stimmt … Entschuldigung. Ich bin in letzter Zeit etwas angespannt."

„Wirklich?" Er sank zurück in seinen Stuhl und sah mich interessiert an. „Warum das?"

„Ach, weißt du, Geldsorgen." Ich winkte mit der Hand ab und vergaß für einen Moment, dass ich mit einem Kerl sprach, der so etwas wahrscheinlich noch nie zuvor in seinem Leben gehabt hatte. *Und mein Boss war.*

„Bezahlen wir dir nicht genug?" Er kniff die Augen fast unmerklich zusammen, woraufhin ich sofort den Kopf schüttelte.

„Nein, nein, nein, das ist es nicht." antwortete ich etwas zu schnell. „Es ist nur ... ich bin erst vor Kurzem hierhergezogen. Und ich bin auch wirklich bemüht, alles hinzubekommen – ich sollte dir das wahrscheinlich nicht sagen, weil du mein Boss bist, aber ich besuche im Moment tatsächlich die Abendschule ..."

„Warum solltest du mir das nicht sagen?" Seine Augen blitzten vor Erheiterung. „Du willst mich also verlassen, sobald du die Chance dazu hast?"

„Nun, Sekretärin war nicht das, wovon ich geträumt habe, als ich ein kleines Mädchen war", scherzte ich zurück, als er kicherte. Ich fühlte, wie mein Kiefer anfing, sich zu entspannen. Auch wenn er mich nur dazu benutzte, sich von seiner Arbeit abzulenken, genoss ich seine Aufmerksamkeit, sein auf mich gerichtetes Vertrauen. Schon das bloße Gespräch mit jemandem fühlte sich gut an.

„Also, worin nimmst du Unterricht?", fragte er und ich zuckte mit den Schultern.

„Modedesign", antwortete ich und schämte mich ein wenig, dass ich es zugegeben hatte. „Ich weiß, das klingt kitschig, aber –"

„Nein, es ist nicht kitschig", unterbrach er mich, wobei er mich überraschte. Ich war es so sehr gewohnt, meine Leidenschaften zu verharmlosen, dass es seltsam war, wenn jemand zur Abwechslung mal ein Interesse an ihnen zeigte. Was eine ziemlich deprimierende Erkenntnis war, aber egal.

„Also studierst du, um in die Modebranche einzusteigen?", fragte er, als er seinen Kopf auf mich richtete, und ich nickte.

„Das ist es, was ich hoffentlich tun werde", antwortete ich. „Aber mir fehlt das Geld für die restlichen Stunden. Ich bin mir nicht sicher, ob ich in der Lage sein werde, den Kurs abzuschließen."

„Ich bin sicher, wir können einen Weg finden, um das zu vermeiden", versicherte er mir, woraufhin ich den Kopf schüttelte.

„Nein, nein, ich will keine Gehaltserhöhung oder so." Ich antwortete mit einem flüchtigen Lächeln. „Ich bin nur ... ich bin nur etwas unsicher, das ist alles. Darüber, ob ich für den Rest des Jahres alles zusammenbekomme."

„Ich verstehe", nickte er. „Aber du solltest mit dem Modedesign weitermachen. Tue das, was du willst. Es ist schwer, aber es lohnt sich, wenn man schließlich dort angekommen ist."

„Ja, wer weiß, vielleicht werde ich eines Tages mein eigenes

Modelabel haben“, scherzte ich und er grinste mich an.

„Schließe es nicht aus“, zuckte er mit den Schultern. „Man weiß nie, was passieren wird.”

„Nun, ich denke, im Moment muss ich deinen Zeitplan für den Rest der Woche in Ordnung bringen“, merkte ich an. „Ich wollte nur klarstellen, was vorhin passiert ist.”

„Wunderbar“, nickte er zustimmend. „Betrachte es als geklärt.”

Und damit zog ich mich aus dem Büro zurück und ging mit einem Seufzer der Erleichterung zu meinem Schreibtisch zurück. Nun, das war etwas leichter gewesen, als ich es mir vorgestellt hatte. Zumindest hatte er das, was gestern passiert war, nicht gegen mich verwendet. Ich nahm an, dass es Kleinigkeiten waren verglichen mit dem, womit er es in seinem allgemeinen Arbeitsleben zu tun hatte – ein kleines Aufeinanderstoßen mit mir war nichts gegen all die Diskussionen, die er wahrscheinlich im Laufe seiner Karriere an diesem Ort geführt hatte.

Aber trotzdem war es schön, dass er sich über mich erkundigt hatte. Es war lange her, dass ich ein echtes Gespräch mit jemand anderem geführt hatte, auch wenn er es wahrscheinlich nur getan hatte, um höflich zu sein – die Chancen, dass jemand wie er ein echtes Interesse an einer Person wie mir entwickelt hatte schienen ziemlich gering, aber trotzdem. Das war das meiste, was wir je gesprochen hatten, seit ich hier angefangen hatte zu arbeiten. Vielleicht fing er an, sich für mich zu interessieren. Vielleicht sollte ich doch um diese Gehaltserhöhung bitten.

An diesem Abend war ich besser gelaunt denn je, als ich zurück in meine Wohnung kam – zum Teufel, so richtig gut, wenn man es genau nimmt. Ich fühlte mich jedenfalls um einiges glücklicher als in den letzten Wochen und war froh, zur Abwechslung mal wahrgenommen worden zu sein, froh, wieder Teil von etwas zu sein. Als ich dann aber meinen Laptop hochfuhr und plante, etwas zu bestellen und beim Abendessen eine schäbige TV-Show zu sehen, kam das Letzte, was ich erwartete zu sehen.

Beim unbeschwerten Durchscrollen meiner Social-Media-Seiten, darauf wartend, dass die Pasta endlich ankam, rutschte mein Herz in die Hose, als ich das Bild oben auf der ersten Seite sah. Von all den Dingen, mit denen mich das Universum treffen musste … Musste es wirklich das sein?

Es war ein Bild meiner Mutter – ein neues, ihrem Haarschnitt nach zu urteilen – umgeben vom Rest unserer Familie. Ein großes Grinsen lag auf ihren Gesichtern. Arme umeinandergeschlungen. Im Restaurant unweit des Hauses, in dem ich aufgewachsen war, dasjenige, zu dem Papa uns immer mitgenommen hatte. Alle von ihnen dort unterstützten sie, halfen ihr, sorgten sich um sie; während ich hier war und mich dermaßen alleine fühlte. Ich hasste das. Es war nicht fair.

Ich schlug den Laptop zu und mein Appetit war plötzlich weg. Ich war eifersüchtig, fast krank vor Eifersucht. Warum hatten sie sich nicht die Mühe gemacht, mir gegenüber dieses Treffen zu erwähnen? Früher hätte sich meine Mutter nie vorstellen können, dass sie einmal ein großes Familientreffen orchestrieren würde, ohne mir gegenüber ein Wort darüber zu verlieren. Zum Teufel, normalerweise hätte ich darauf gewettet, dass dieses Bild in meinen Posteingang gelangen würde, weil meine Mutter einfach so scharf darauf war, es mir zu zeigen. Doch das hatte sie nicht getan. Vielleicht hatte sie nie beabsichtigt, dass ich es mir ansehe. Ihre Schwestern, meine Cousins, die Familie, von der ich in letzter Zeit so verdammt wenig hatte. Alle von ihnen waren da und rieben mir meine Abwesenheit ins Gesicht. Das wäre nie passiert, wenn mein Vater noch da gewesen wäre.

Als ich aufstand, um mich abzuschminken, war es, als hätte jemand die gute Stimmung, in der ich mich eben noch befand, ausgeknipst und sie wieder ins Nichts zurückgeschickt. Ich konnte nicht glauben, dass sie das getan hatte, ohne auch nur ein Wort zu sagen. War mein Vater der letzte Faden gewesen, der mich mit dieser Familie verband? Je mehr ich darüber nachdachte, desto mehr konzentrierte ich mich darauf und es schien wirklich so zu sein; er war das Einzige, was mich in ihrer Nähe gehalten hatte, und nun, da er weg war, hatte ich auch den Rest der Familie verloren.

In dem Moment, als mich die Tränen überkamen, versuchte ich, diesen qualvoll überwältigenden Gedanken nicht in meinen Kopf zu lassen. Die Dinge waren schon hart genug gewesen.

Kapitel Sechs

Cody

Ich wusste, dass ich die richtige Person für diesen Job gefunden hatte. Also warum zum Teufel konnte ich nicht einfach da rausgehen und sie persönlich danach fragen?

Ich saß da an meinem Schreibtisch und starrte durch das Fenster auf Olivia. Sie saß an ihrem Arbeitsplatz, vollkommen unbeeindruckt von dem, was ich sie fragen wollte; wahrscheinlich war sie es auch. Natürlich war sie das, sie hatte ja keine Ahnung. Ich wusste nicht, wie sie darauf reagieren würde, und ich fragte mich, ob es besser gewesen wäre, einfach da rauszugehen und es zu erledigen oder einen subtileren Lösungsansatz für das zu wählen, was ich von ihr wollte.

Was ich von ihr wollte. Das klang so, als wäre sie eine Geschäftsmöglichkeit, die ich versuchte, zu einem Abschluss zu bringen. Was ich von ihr verlangte, war so weit außerhalb der beruflichen Verpflichtungen, wie es nur möglich war, aber ich wusste, dass sie die einzig mögliche Kandidatin in meinem Leben war. Entweder ich würde sie fragen, es zu tun, oder ich konnte mir Robert Soros abschminken!

Außerdem war es nicht so, als würde ich sie bitten, das kostenlos zu tun. Im Gegenteil. Das war es, was mich eigentlich auf die Idee gebracht hatte – als sie mir von ihrer Leidenschaft für Modedesign erzählt hatte, von den Kursen, die sie besuchte. Und als sie mir außerdem gesagt hatte, dass ihr das Geld ausging, um die Ausbildung weiter zu finanzieren, wusste ich, wie ich sie motivieren konnte. Ich konnte ihr einen großen Haufen Geld anbieten, genug, dass sie sich keinen Moment mehr um die Bezahlung der Kurse kümmern musste, für die sie sich so begeisterte. Ich fühlte mich ein wenig schuldig, weil ich ihre Leidenschaft ausnutzte, um zu bekommen, was ich wollte, aber sie war diejenige gewesen, die auf mich zukam und mir alles erzählte. Ich benutzte nur die Werkzeuge, die mir zur Verfügung standen, um das zu bekommen, was ich von ihr brauchte.

Und doch wusste ich, dass es keine Alternative gab, als sie einfach zu fragen. *Hey, willst du ein paar Tage lang meine Frau spielen, damit ich einen Autor unter Vertrag nehmen kann, den ich benötige, um meinem Vater eins auszuwischen?* Es hörte sich verrückt an. Und das war es, was mich bei dieser ganzen Sache zögern ließ: die Frage. Ich hatte keine Ahnung, wie ich von einer Frau wie ihr, einer Frau, die ich wirklich kaum kannte, so etwas verlangen konnte und das, obwohl sie seit Monaten für mich arbeitete.

Anstatt das zu tun, was ich hätte tun sollen, nämlich einfach rauszugehen und sie direkt zu fragen, schlich ich mich aus meinem Büro und entschied, dass die Rechtsabteilung die beste Anlaufstelle sein würde. Halte alles schriftlich fest, was ich selbst nicht mit mir vereinbaren kann. Nur so konnte ich sie fragen, ohne es irgendwie zu versauen – oder sie zu beleidigen, sodass sie sowieso nein sagen würde.

„Guten Morgen", sie blickte mit einem großen Lächeln auf, als ich an ihr vorbeiging. Es sah ein wenig angespannt aus, als ob sie sich sehr bemühte, irgendetwas zu vertuschen, von dem sie nicht wollte, dass ich es sehe. Aber ich hatte nachgefragt. Das Letzte, was ich wollte, war eine Art Intimität zwischen uns aufzubauen, um sie glauben zu lassen, dass es bei diesem Vertrag um irgendetwas anderes als nur ums Geschäft ging.

„Morgen, Olivia", antwortete ich und blickte sie mit einem Lächeln an.

„Du hast ein Meeting, das gleich –", begann sie zu sagen, wobei ich sie jedoch unterbrach.

„Könntest du heute alles um eine halbe Stunde verschieben?", fragte ich sie, woraufhin sie überrascht aus der Wäsche guckte.

„Ist alles in Ordnung?"

„Ja, alles ist bestens." Ich nickte. „Ich habe nur etwas, um das ich mich mit der Rechtsabteilung kümmern muss. Das ist alles."

„Sicher." Sie nickte und starrte mich für einen Moment an, offensichtlich etwas unentschlossen, zu glauben, was ich ihr gerade gesagt hatte. Doch ich hatte keine Zeit zu verschwenden. Diese Hochzeit war nächste Woche und wenn ich das erfolgreich abschließen wollte, musste ich so früh wie möglich loslegen.

„Bis später", murmelte ich, als ich zum Aufzug ging und mich auf den Weg in die Rechtsabteilung machte. Sie befand sich im Erdgeschoss – ich schätze, die Bemerkung meines Vaters, alle Anwälte wären „Kellermeister", war unterbewusst hängengeblieben, ob es mir gefiel oder nicht. Doch damals hatte er sie immer so gesehen, weil sie Kunden repräsentierten, die versuchten seine Zeitung wegen der Veröffentlichung irgendeines fiktiven Bullshits über sie zu verklagen. Ich handelte ausschließlich mit fiktivem Blödsinn, also wurde ich hier weitaus seltener wegen Falschdarstellung verklagt als bei der Leith Tribune.

Ich verbannte meinen Vater aus meinem Gewahrsein. Nein, nein. Er hatte damit nichts zu tun, überhaupt nichts. Er durfte in keinem Teil meines Denkens und meiner Argumentation mitwirken. Ich hasste es, dass ich seinen falschen Artikel so sehr an mich herangelassen hatte; es war der Beweis dafür, dass er mir immer noch unter die Haut ging und dass er seine Macht so lange ausnutzen würde, wie er konnte. Wir hatten uns seit Monaten nicht mehr gesehen und doch verspürte er immer noch das Verlangen, mich zu verärgern, basierend auf einigen Gerüchten, die er wohl durch Klatsch und Tratsch über einen Autor gehört haben musste, mit dem ich hoffte, zusammenarbeiten zu können. Es wäre beinahe lustig gewesen, wenn es nur nicht so erbärmlich gewesen wäre. Wenn es nicht eine Bedrohung für Soros' Platz in meinem Verlag gewesen wäre. In meinem Unternehmen. Das hat nichts mit meinem Vater oder seinem Boulevardblatt zu tun.

Ich traf in der Rechtsabteilung ein und als ich durch die Tür kam, sahen die Anwälte von ihren Schreibtischen, an denen sie an Verträgen über geistiges Eigentum arbeiteten, auf und blickten mich an. Ich war bisher nicht sehr oft hier runtergekommen – ich habe meine Nase nicht in andere Abteilungen gesteckt, es sei denn, ich hatte einen guten Grund dazu, und die meiste Zeit gab es einfach auch keinen Grund dafür. An den Blicken in ihren Gesichtern konnte ich erkennen, dass sie bereits besorgt waren, allein durch meine unangekündigte Präsenz, und fürchteten, dass ich sie um irgendeinen Mist bitten würde. Offensichtlich versuchten sie verzweifelt in ihren Köpfen zu identifizieren, was das sein könnte, während sie darauf warteten, dass ich zu sprechen begann.

„Hey", nickte ich dem Haufen zu. „Kann ich mir einen von euch für eine Minute ausleihen?"

Eine Frau, etwas jünger als ich, sprang auf die Beine, sie sah offensichtlich eine Chance, sich zu beweisen, und wollte sich diese Möglichkeit nicht entgehen lassen. Alle anderen standen erstarrt da, als ob sie darauf warteten, dass etwas passierte.

„Ich brauche Hilfe mit …" Ich überlegte wie ich es am besten beschreiben sollte. „In Ordnung, ich denke, du musst zuerst eine Verschwiegenheitserklärung unterschreiben …"

Und so führte ich sie in den Besprechungsraum hinter dem Büro und schloss die Tür fest hinter uns und stellte sicher, dass niemand draußen ein Wort darüber hören konnte, was wir zu besprechen hatten.

Sie war zunächst erschüttert – so schockiert, dass ich froh war, dass ich sie dazu gebracht hatte, eine Verschwiegenheitserklärung zu unterschreiben, bevor ich ihr die Wahrheit gesagt hatte –, aber sie war letztendlich doch in der Lage, über ihre Verwunderung hinwegzukommen und mir einen Vertrag auszuarbeiten, der alle Aspekte dessen abdeckte, was ich vorhatte. Absolute Diskretion, feste Regeln und ein hervorragender Zahltag am Ende des Ganzen für die Person, die diesen Vertrag unterzeichnen würde.

„Sind sie sich mit allem wirklich sicher?", fragte mich die junge Anwältin Julia, bevor ich aufstand, um das Büro zu verlassen. „Ich meine, das ist alles sehr ... unkonventionell."

„Ich weiß." Ich nickte, dankbar, dass ich Anwälte in meinem Team hatte, die sich nicht nur vor all meinen Ideen beugen wollten, weil ich ihr Boss war.

„Aber das ist der einzige Weg, wie ich das schaffen kann. Glauben Sie mir, ich habe das schon hundertmal durchgespielt", versicherte ich ihr. „Wenn ich einen anderen Weg wüsste, würde ich es tun. Aber das ist das Problem. Das ist der einzige Weg, wie ich das bekommen kann, was ich brauche."

„Wie Sie meinen." Sie schob die fertigen Verträge über den Tisch zu mir rüber. „Wenn ich sonst noch etwas für Sie tun kann, sie wissen, wo sie mich finden."

„Sicher." Ich nickte und blätterte ein letztes Mal durch die Seiten. Ich konnte nicht glauben, dass das passierte. Ich konnte nicht glauben, dass ich tatsächlich darüber nachdachte, das durchzuziehen.

Aber ich hatte die Verträge in der Hand und ich wollte jetzt nicht aufgeben, schon gar nicht, weil ich so nah dran war an dem, was ich erreichen wollte. Mein Verstand blickte auf diesen Artikel in der Leith Tribune zurück, der erklärte, dass Robert bereits bei jemand anderem unterschrieben hatte, und ich fühlte, dass ich das richtige tat. Es würde passieren. Egal wie verrückt es auch schien, es würde passieren.

Ich durchlief den Rest meines Tages wie gewohnt und vermied es, Olivia zu begegnen, so gut ich konnte. Ich wollte die Verträge auf ihrem Schreibtisch lassen, damit sie sie am nächsten Tag finden konnte, was wohl ein wenig feige war, aber wahrscheinlich das Sicherste für mich angesichts dessen, was ich von ihr verlangte. Ich durchlief meine Meetings und ging hin und her zu meinem Büro, wie ich es immer tat, und jedes Mal, wenn ich an ihr vorbeikam, dachte ich darüber nach, was ich wirklich von ihr verlangte.

Sich als meine Frau auszugeben. Nur für ein paar Tage, sicher, aber trotzdem – als meine Frau. Ich hatte mir nie vorgestellt, eine Frau zu haben, nie jemanden getroffen, der diesen Hebel in mir umgelegt hatte. Ich hatte genug Familie, mit der ich so fertig werden musste. Warum sollte ich dem noch etwas hinzufügen wollen?

Aber wenn ich irgendwann einmal heiraten würde, könnte ich mir vorstellen, dass es jemand wie sie sein könnte. Vielleicht. Wenn ich einfach nur einmal blinzeln könnte, um all die Unterschiede in unserer beider Leben zu ignorieren, wie wenig wir voneinander wussten, wie viel ich von ihr verlangte, all die nervtötenden kleinen Streitigkeiten, die wir seit dem Beginn ihrer Tätigkeit hier hatten. Aber sie war klug und mutig, und sie hatte keine Angst, es zuzugeben, wenn sie im Unrecht war; etwas, das ich noch im Kopf hatte. Sie würde einfach gut passen. Das war genau das, was sie zu einer so perfekten Wahl für dieses kleine Schauspiel machte, das ich unbedingt durchziehen musste. Wenn ich es sehen konnte, dann bedeutete das, dass ich auch andere Menschen davon überzeugen konnte, dass es tatsächlich so war. Und das war das Einzige, worauf es wirklich ankam.

Ich lauerte in meinem Büro, bis sie mit ihrer Arbeit für den Tag fertig war, und ging dann zu ihrem Schreibtisch, nachdem sie ihn verlassen hatte. Für einen Moment zögerte ich mit den Verträgen in der Hand und fragte mich, ob das wirklich eine gute Idee war – oder ob ich im Begriff war, mich in eine ganze Menge Ärger zu stürzen, ohne dass es sich auszahlen würde.

Aber da sprach mein Vater und die Unsicherheit aus mir, die mich nur zu einem Punkt bringen würden, den ich nicht hätte hören wollen. Ich warf die Verträge auf ihren Tisch, drehte mich um und ging los, um meine Sachen zu holen. Ich wollte hier raus, bevor ich die Gelegenheit hatte, diese Entscheidung zu überdenken. Vorzugsweise an einen Ort, an dem ich einen guten Drink bekommen konnte. Damit ich mich morgen nicht mit ihrer Reaktion auseinandersetzen muss – egal wie sie ausfallen mochte.

Kapitel Sieben

Olivia

Ich starrte auf die Verträge und versuchte, den Sinn dessen zu verstehen, was da vor mir lag. Das konnte nicht das sein, wonach es aussah. Oder doch?

Ich hatte sie inzwischen mindestens dreimal durchgelesen und ich konnte immer noch nicht erkennen, was zum Teufel da von mir verlangt wurde. Ich wusste, dass er sie hiergelassen hatte – es gab keinen anderen als Cody, der auf meinen Schreibtisch hätte zugreifen können, und außerdem war es sein Name auf diesen Verträgen. Diese Verträge, die mich, wenn ich sie unterzeichnen würde, als seine Frau auf eine Auslandsreise schicken würden, um Robert Soros zu beeindrucken, den Autor, dem er in den letzten Monaten so verbissen nachgejagt hatte.

Aber das konnte nicht alles sein. Das war so ein haarsträubender Plan – nein, jemand wie Cody würde sich nie so etwas ausdenken. Er war ein besonnener Geschäftsmann, nicht irgendein Verrückter, der glaubte, dass so ein Scheiß eine auch nur im entferntesten gute Idee wäre. Ich musste das falsch verstanden haben. Oder vielleicht war es nur ein Witz, ein Test, um zu sehen, wie weit ich gehen würde. Ein Test, um zu sehen, ob ich daran interessiert wäre oder … an ihm interessiert wäre?

Ich legte die Verträge wieder in meinen Schreibtisch und lehnte mich zurück in meinen Stuhl. Er war als Erstes an diesem Morgen zu einem Meeting aufgebrochen und er würde erst in zwanzig Minuten wieder da sein. Ich hatte noch Zeit, meine Gedanken zu sortieren, um herauszufinden, was ich zu ihm sagen würde, wenn er hier vor mir stünde. Aber wenn ich ehrlich war, wusste ich nicht einmal, wo ich anfangen sollte.

Ich hatte natürlich bis zum Ende des Vertrages gelesen und gesehen, wie viel Geld er mir hier anbot. Und das war eine Menge. Genug, um aus meiner beschissenen Wohnung auszuziehen. Genug, dass ich ein ganzes Jahr lang Kurse in Modedesign bezahlen konnte, wirklich eine ganze Menge. Dazu die Chance, nach Europa zu reisen. Jetzt war ich hier und versuchte, eine Antwort auf diese Frage für mich selbst zu finden: Würde ich vorgeben, die Frau meines Chefs zu sein, für diese Art von finanzieller Sicherheit, von der ich sonst nur träumen konnte?

Er musste sich diesen Plan ausgedacht haben, als ich ihm gesagt hatte, welche Probleme ich mit dem Geld hatte. Kein Wunder, dass er so interessiert war. Ich hatte gedacht, dass er einfach nur nett und freundlich war und das tat, was jeder anständige Chef getan hätte, doch es war offensichtlich, dass es alles ein Spiel war, mich dazu zu bringen, mir diese Verträge anzusehen. Ich wusste, dass ich das Geld brauchte, ich wusste, dass es mich verfolgen würde, nein zu diesem Angebot zu sagen.

Und das tat weh. Ich dachte, wir hätten dort den Hauch einer Verbindung gehabt, aber offensichtlich lag ich völlig falsch. Er benutzte mich nur als Mittel zum Zweck, als Chance für ihn, das zu bekommen, was er brauchte. Oder was er wollte. Ich meine, ich hatte immer noch keine verdammte Ahnung, was sein genauer Plan mit dieser ganzen Sache war, aber er musste es offensichtlich dringend nötig haben, wenn er bereit war, mir ein so verrücktes Angebot auf den Tisch zu knallen. Er hatte viel damit riskiert, aber das hatte ihn offensichtlich nicht ein bisschen gestört. Wie sehr wollte er das? Mein Verstand flog zu dem Artikel, den ich in der Zeitung seines Vaters gesehen hatte, und ich fragte mich, ob diese zielstrebige Dringlichkeit daraus entstanden war. Ich fühlte einen Moment lang mit ihm – vielleicht versuchte er damit nur, seiner Familie etwas zu beweisen, denn das könnte ich nachvollziehen.

Ich sah auf die gewichtigen Papiere vor mir hinunter und runzelte die Stirn. Doch egal, wie viel Mitgefühl ich für ihn hatte, ich konnte das Gefühl nicht bekämpfen, dass das irgendwie falsch war. Hatte er mich angemacht oder so? Hatte ich irgendwie diese Schwingungen auf ihn projiziert am Tag, nachdem ich diese Fantasie über ihn gehabt hatte? Vielleicht dachte er, ich sei interessiert, hoffte, dieses Interesse für seine eigenen Zwecke ausnutzen zu können. Vielleicht wollte er mich nur ins Bett kriegen und sah das hier als eine schnelle Möglichkeit. Ich schaute die Verträge noch einmal durch, fand jedoch nichts über Körperkontakt – oder das Fehlen von Körperkontakt. Herrgott, in meinem Kopf herrschte Chaos, und es war alles seine Schuld. Es war alles seine *Schuld.*

Als sich die Aufzugstüren öffneten und er hinaustrat, ging er leicht gequält in Richtung seines Büros, woraufhin ich sofort aufstand. Wenn er wirklich dachte, dass ich ihn damit einfach davonkommen lassen würde, lag er falsch.

„Ich habe gerade die Verträge gelesen." Ich schlug die Papiere auf meinen Schreibtisch und er blieb vor mir stehen. Er starrte mich für einen langen Moment an und versuchte offensichtlich, meine Reaktion zu verstehen, aber ich glaubte nicht, dass ich meine Gefühle so gut verbarg. Warum sollte ich auch? Er hatte sonst sicherlich kein Problem damit, es rauszulassen.

„Oh?" Er verschränkte seine Arme defensiv über seiner Brust und sah mich an.

„Ja, ich würde ganz gern wissen, was zum Teufel du glaubst, das du hier tust?", fragte ich. Ich wusste, dass es die Dinge nicht besser machen würde, wenn ich so wütend auf ihn wäre, aber es war mir gerade scheißegal. Vielleicht war es dieses

Aufblitzen einer Verbindung, die wir kurz hatten und die nun zerstört worden war, als ich den wahren Grund für sein Interesse an mir erblickt hatte. Doch ich hatte nichts mehr zu verlieren und ich war nicht in der Lage, mein Glück zu verspielen, obwohl ich es gerade tat.

„Es ist lediglich ein Angebot, Olivia“, sagte er mir, ohne sich einen Zentimeter zu bewegen, mit einem unüberwindbaren Gesichtsausdruck. „Du musst es nicht annehmen.”

„Und was jetzt? Soll ich so tun, als hättest du nicht versucht, mich dazu zu bringen ...?” Ich wedelte ihm mit der Hand mit den Papieren zu. „Was zum Teufel ist das hier? Ich sollte es einfach vergessen.”

„Wenn du es nicht tun willst, dann vorzugsweise, ja“, zuckte er mit den Achseln und ging in sein Büro. Ich folgte ihm dicht auf den Fersen. Damit würde er nicht so leicht davonkommen.

„Du kannst nicht einfach so etwas auf meinen Schreibtisch legen und erwarten, dass ich da mitmache“, protestierte ich, als ich die Tür hinter uns schloss. „Das ist lächerlich. Das ist völlig über allem, wofür ich mich mit diesem Job verpflichtet habe.”

„Tu es nicht, wenn es dich so wütend macht“, antwortete er, nahm Platz und sah mich mit einem wahnsinnig ruhigen Ausdruck an.

„Ich verstehe nur nicht, warum zum Teufel du mich dafür wählen würdest!“ Ich schüttelte meinen Kopf. „Worum geht es hier? Willst du …”

Ich hielt inne, ließ die Worte unausgesprochen, und er blickte mich für eine Sekunde an und versuchte herauszufinden, was ich gerade sagen wollte. Und dann schien sie ihn zu treffen, die eigentliche Frage, die ich stellte.

„Du denkst, ich tue es nur, weil ich versuche dich zu vögeln?" Seine Augenbrauen schossen nach oben und für einen Moment dachte ich, er würde vor Lachen platzen. Ich errötete ein wenig und die Hitze lief über meinen Hals und über mein Gesicht.

„Nun, du bittest mich, deine Frau zu sein“, erklärte ich. „Ich glaube nicht, dass ich mir das total aus den Haaren ziehe, oder?"

„Schau, Olivia.“ Er stand auf und sah mir direkt in die Augen. „Ich weiß nicht, was du denkst, was ich versuche damit zu erreichen, aber ich verspreche dir, es ist nicht ... *DAS."*

„Verrätst du mir dann, worum es eigentlich geht?", fragte ich und kreuzte meine Arme. Ich war mir nicht ganz sicher, warum, aber ich fühlte mich verlegen – obwohl ich nicht diejenige war, die gerade vorgeschlagen hatte, dieses komplett bescheuerte Schauspiel irgendwo in Spanien aufzuführen.

„Du kennst Robert Soros, richtig?", begann er und sprach ganz ruhig, als ob er versuchte mich zu beruhigen. Ich nickte.

„Natürlich kenne ich ihn!“

„Ich sprach mit ihm auf einer Benefizveranstaltung vor einigen Wochen. Und er hat ziemlich klar zum Ausdruck gebracht, dass er nicht mit jemandem zusammenarbeiten will, der nicht gut zu seiner Familie ist."

„Also bist du aus dem Rennen“, antwortete ich freimütig. Ich strapazierte mein Glück, doch das war erst der Anfang. Er spannte seinen Kiefer für einen Moment an, atmete einmal und fuhr fort.

„Ja, das dachte ich auch“, gab er zu. „Ich stehe meiner Familie nicht sehr nahe und ich habe nicht einmal eine eigene, die ich ihm vorführen könnte."

Ich fühlte einen Anflug von Empathie. Ich wusste, wie sich das anfühlte. Ich erinnerte mich an dieses Foto in der Nacht zuvor, das von meiner Mutter und dem Rest von ihnen, alle zusammen, ohne mich. Es tat weh, so weit weg von den Menschen zu sein, die dazu bestimmt waren, dich zu lieben. Das kann einen dazu bringen, verrückte Dinge zu tun. Vielleicht nicht so verrückt wie das hier, aber trotzdem. Ich konnte ihn ein Stück weit verstehen.

„Mein Vater und ich, wir haben uns vor langer Zeit verkracht", schüttelte er den Kopf. „Und als ich die Geschichte sah, die er in seiner Zeitung veröffentlicht hatte …"

Er hielt sich für einen Moment zurück und versuchte, die Worte zu finden.

„Ich wusste, dass ich ein für alle Mal eine Botschaft an ihn richten musste", fuhr er fort. „Ziemlich paradox, was? Das alles zu tun, um meine Familie zu verärgern."

„Ja, irgendwie schon", antwortete ich und ließ meine Arme wieder nach unten fallen. Er tat mir einfach leid. Ich wusste, wie es sich anfühlte, diese Distanz zur eigenen Familie zu haben, wie lähmend es war, sich so weit weg von den Menschen zu fühlen, mit denen man alles geteilt hatte.

„Er hat mich zur Hochzeit seiner Tochter nach Spanien eingeladen", erklärte er. „Er sagte, ich solle mitkommen. Aber ich will nicht alleine gehen. Ich möchte ihm zeigen, dass dieses Unternehmen der richtige Ort für ihn ist, dass wir alle – auch ich – seine Werte teilen. Und ich weiß, dass ich das nicht tun kann, wenn ich ihn immer wieder denken lasse, dass ich nur ein nutzloser Junggeselle ohne Familienwerte bin."

„Selbst, wenn du es bist?", neckte ich ihn vorsichtig und er lächelte.

„Ja, selbst wenn es so ist“, gab er zu. „Aber dafür brauche ich dich. Jemand, der neben mir steht und sich anständig verhalten kann und Robert davon überzeugt, dass ich die gleiche Art von Mensch bin wie er.”

„Und was passiert, wenn wir von dieser Reise zurückkommen?” Ich hob eine Augenbraue. „Wird er nicht ziemlich schnell herausfinden, dass wir nicht wirklich verheiratet sind?”

„Ja, aber hoffentlich hat er den Vertrag bis dahin unterschrieben.“ Er grinste. „Und dann kann ich einfach sagen, dass du mich mit deinem Yogalehrer betrogen hättest oder so.“

Ich musste unwillkürlich kichern. „Namaste. Okay, folgender Vorschlag.” Ich hob einen Finger. „Ich stimme dem nur zu, wenn das alles nicht unser Arbeitsverhältnis beeinflussen wird. Ich brauche echt nicht noch mehr Stress aktuell in meinem Leben.“

„Genau meine Meinung.“ Er streckte seine Hände hoch und lächelte. Ich schwieg für einen Moment und betrachtete sein Angebot noch einmal.

„Dies ist ein Geschäftsvorgang“, versicherte er mir mit dem Gefühl, dass er kurz davor war, den Deal abzuschließen. Ich hatte ihn noch nie zuvor in diesem Modus gesehen, fast wie auf der Jagd, kurz davor, das zu bekommen, was er wollte, und darauf zu drängen, es zu erreichen, doch ich musste zugeben, dass er verdammt überzeugend war.

„Ich weiß, dass du finanzielle Probleme hast“, bemerkte er. „Das hast du mir selbst gesagt. Darüber musst du dir dann keine Sorgen mehr machen, wenn du dieses Angebot annimmst. All das verschwindet, wenn du es akzeptierst. Ein paar Tage Arbeit, ein Auslandsaufenthalt mit viel Sonne und die Dinge werden wieder normal. Für immer. Ich verspreche es.”

Ich starrte einen Moment lang auf meine Füße. Er hatte recht. Alles, womit ich mich im Moment beschäftigte, all diese Geldprobleme, wären in einem Augenblick und für eine lange Zeit verschwunden. Ich könnte etwas von dem Geld gebrauchen, um ein eigenes Unternehmen zu gründen. Ich blickte zu ihm zurück und schloss meine Augen. Wenn ich das tun würde, dann würde ich das Beste daraus machen, oder? Kein Zurückhalten. Das brachte nichts. Ich hatte nichts zu verlieren und alles zu gewinnen.

„Der Preis, den du im Vertrag angegeben hast?”

„Ja?”, nickte er mit funkelnden Augen, als er sich mit Interesse nach vorne lehnte.

„Verdopple ihn“, antwortete ich und hielt unseren Augenkontakt. Er zuckte nicht einmal zusammen.

„Okay“, schoss er zurück und er streckte seine Hand zu mir aus. Ich schlug sofort ein.

„Also, sind wir uns einig?”, fragte er und, ohne einen Moment nachzudenken, nickte ich.

„Ja“, antwortete ich. „Lass den Vertrag mit dem neuen Betrag ausarbeiten und ich werde ihn unterschreiben. Du hast mein Wort.”

„Du hast keine Ahnung, was für eine unglaubliche Sache du für diese Firma tust“, sagte er mir und packte meine Hand. Ich fühlte, wie sich ein Impuls von seiner Hand zu meiner bewegte, als würde Strom zwischen uns fließen. Ich entfernte mich blitzschnell von ihm und zog meine Finger wieder auf meine Seite zurück.

„Ok, nun gut.” Ich sah ihn ganz genau an. „Nur für ein paar Tage, richtig? Und dann ist alles wieder beim Alten.”

„Alles wird wieder wie gehabt“, wiederholte er. „Darauf hast du mein Wort.”

„Na gut.“ Dann nickte ich und ich ging zurück zu meinem Schreibtisch. Aber bevor ich es konnte, ergriff er meinen Arm. Ich fühlte erneut diese vibrierende Elektrizität, und wandte mich ihm zu.

„Olivia …“ Er zögerte einen Moment, bevor er sprach. „Ich danke dir dafür. Im Ernst. Ich kann dir nicht sagen, wie viel mir das bedeutet. Du hast keine Ahnung, wie sehr du mir hilfst.“

„Danke mir, wenn ich tatsächlich unterschrieben habe, okay?” antwortete ich, woraufhin er grinste.

„Das werde ich ganz sicher“, versicherte er mir, und ließ meinen Arm los. „Und ich weiß, dass wir ihn kriegen werden. Ohne Zweifel.”

„Das hoffe ich doch“, murmelte ich, als ich zur Tür hinaus und zurück zu meinem Schreibtisch ging. Während ich auf meinen Stuhl sank, begann das Gewicht dessen, dem ich gerade zugestimmt hatte, auf mich zu wirken. Seine Frau. Das war es, was ich sein würde. Sicher, nur für ein paar Tage, aber trotzdem. Ich musste diese Rolle authentisch spielen, nicht wahr?

Ich drehte mich um, um ihn in seinem Büro anzusehen – diesen Mann, der bald meinen glücklichen Ehegatten spielen sollte –, bis ich einen kleinen Nervenkitzel in mir verspürte. Vielleicht würde das doch nicht so schlimm werden. Vielleicht, nur vielleicht, könnte ich daraus tatsächlich etwas annähernd Vergnügliches machen. Vielleicht könnte es sogar Spaß machen. Und ich brauchte jetzt sicher etwas Spaß in meinem Leben.

Kapitel Acht

Cody

In Ordnung. Zeit, es zu tun. Ich richtete meinen Rücken auf und lockerte meine Schultern, während ich das Auto vor der Adresse, die sie mir gegeben hatte, zum Stehen brachte. Dann wartete ich auf sie.

Die letzten Tage waren ein gewaltiger, überanstrengender Rausch gewesen, in dem wir versuchten, alles rechtzeitig für die Reise nach Spanien zusammenzubekommen. Sie hatte um viel mehr Geld gebeten, als ich erwartet hatte, aber ich wusste, dass sie die Beste für die Durchführung der Sache war. Ich schätzte, sie hatte das erkannt und schamlos ausgenutzt. Ich konnte es ihr nicht verübeln.

Ich trommelte mit den Fingern auf dem Lenkrad und wartete darauf, dass sie aus dem Apartment herauskam. Sollte ich zur Tür gehen und klingeln, um sie wissen zu lassen, dass ich angekommen war? Nein, sie würde das wahrscheinlich als Eingriff in ihre Privatsphäre betrachten und ich hatte nicht die Absicht, so rüberzukommen. Ich schüttelte den Kopf und blickte auf meine Uhr. *Wir hatten noch eine Stunde Zeit.* Dann sollten wir am Flughafen sein und mit meinem Privatjet losfliegen. Robert war begeistert, als ich ihm sagte, dass ich gemeinsam mit meiner Begleitung zu der Hochzeit kommen würde.

„Du wirst eine tolle Zeit haben“, versicherte er mir am Telefon, als ich ihn endlich erwischt hatte. „Warst du schon mal in Andalusien?”

„Nicht direkt“, antwortete ich. Ich hatte Spanien schon einmal mit meiner Familie besucht, aber ich wollte das nicht zu sehr durchdenken. Nicht inmitten von allem anderen, was gerade vor sich ging.

„Du wirst es lieben“, sagte Robert zu mir, sodass ich das Grinsen in seiner Stimme hören konnte, während er sprach. „Und ich freue mich darauf, deine Frau persönlich kennenzulernen, wenn ihr beide hier ankommt.”

„Ja, sie freut sich auch darauf, dich kennenzulernen“, antwortete ich in der Hoffnung, dass ich diesen Betrug so lange aufrechterhalten konnte, wie ich es brauchte. Es war eine höllische Aufgabe – ich war schon länger nicht mehr als für ein paar Stunden mit einer Frau in der Öffentlichkeit zusammen gewesen. Ich musste so tun, als ob ich vor ihr auf die Knie gegangen wäre und diese Frau gebeten hätte, den Rest ihres Lebens mit mir zu verbringen. Das war das einzige Mal, dass ich einen kleinen Funken Zweifel verspürte und mich fragte, ob ich das überhaupt noch durchziehen könnte. Aber ich schob das sofort in den Hinterkopf – es ging nicht darum, ob ich es konnte oder nicht, sondern darum, ob ich es durchziehen würde. Und das stand ganz allein in meiner Macht. Ich wollte nicht zulassen, dass er mir durch die Finger glitt.

Olivia war zur Verschwiegenheit verpflichtet worden, unterschrieb die entsprechenden Vereinbarungen dazu, die Verträge, einfach alles, was sicherstellte, dass sie das für mich durchziehen würde. Je mehr Zeit ich mit ihr verbrachte, desto mehr wurde mir klar, dass sie die Richtige für diesen Job war. Sie hatte eine lockere und charmante Art an sich, genau die Art von Frau, die ich für eine Veranstaltung wie diese an meiner Seite haben wollte. Und als ich sie fragte, ob jemand merken würde, dass sie für ein paar Tage aus der Stadt sei, hatte sie direkt den Kopf geschüttelt und nichts weiter gesagt.

„Stimmt etwas nicht?”, hatte ich gefragt, als ich die von ihr unterschriebenen Verträge abholte, um sie an die Rechtsabteilung weiterzuleiten. Wieder schüttelte sie den Kopf.

„Nichts“, antwortete sie kurz und atmete tief durch und sah wieder zu mir auf. „Nichts, entschuldige, ich war gerade mit meinen Gedanken woanders. Niemand wird bemerken, dass ich weg bin.”

„Perfekt.“ Ich lächelte sie an und bemerkte direkt, dass sie leicht nervös war. Ein Teil von mir war neugierig, herauszufinden, was es war, dass sie ansprach, aber ich hatte keine Sekunde Zeit übrig, um darüber nachzudenken. Ich schnappte die Unterlagen und ging nach unten, um diese Verträge einzureichen und diese ganze Sache ein für alle Mal abzuschließen.

Und damit waren wir bereit zu starten. Ich hatte ihr etwas Geld gegeben, um ein paar formelle Kleider für diesen Anlass zu kaufen, und ich musste zugeben, ich freute mich darauf, zu sehen, was sie ausgesucht hatte. Ich hatte sie vorher nur im Büro gesehen, aber sie war zweifellos schön. Sie in etwas anderem zu sehen, könnte einfach ...

Nein. Auch diesen Gedanken verdrängte ich. Die Situation war schon kompliziert genug, ohne dass ich eine echte Anziehungskraft auf sie hatte. Wir beide mussten die Dinge streng platonisch halten – ich würde auf der Couch schlafen, sie könnte das Bett haben und jedes Mal, wenn wir mit anderen Leuten zusammen waren, würden wir das liebevolle Paar spielen. Aber zwischen uns war eigentlich nichts. Das war das, was ich mir immer wieder in Erinnerung rufen musste, egal wie verlockend es auch war, zu glauben, dass es anders sein könnte. Egal wie sehr ich mich von der Vorstellung angezogen fühlte, dass vielleicht, nur vielleicht …

Bevor mein Verstand weiter in diesen Abgrund driften

konnte, öffnete sich die Tür des Apartments und Olivia erschien. Sie zog einen großen Koffer hinter sich her und strahlte. Sie war völlig normal angezogen, Jeans und T-Shirt, ihr Haar war wieder zu einem Zopf gebunden. Es war ein lässiger Look, gerade richtig zum Reisen. Doch es ließ mir trotzdem einen Schauer über die Wirbelsäule laufen, als ich sie so anders als sonst im Büro sehen konnte.

Sie stieg zu mir in das Auto, nachdem sie ihren Koffer auf den Rücksitz gelegt hatte, und lächelte aufgeregt in meine Richtung. Alle Bedenken, die sie vorher hatte, schienen jetzt endgültig aus ihren Gedanken verschwunden zu sein, als wir losfuhren.

„Ich kann nicht glauben, dass wir das wirklich tun“, platzte sie heraus und starrte mich mit großen Augen an. „Passiert das jetzt wirklich?”

„Na klar“, antwortete ich. „Du hast die Verträge unterschrieben, es gibt also kein Zurück mehr.”

„Oh, glaub mir, ich will aus der Sache nicht raus“, versicherte sie mir. „Ich war noch nie in meinem Leben außerhalb des Landes. Es wird so cool sein, tatsächlich ein wenig von der Welt zu sehen ...”

„Du warst noch nie im Ausland?”, antwortete ich ungläubig, bevor ich mich daran erinnerte, dass nicht jeder die gleiche Kindheit wie ich durchgemacht hatte: Man vergaß es leicht, wenn der Reichtum so selbstverständlich war, dass andere Menschen ohne ihn aufwuchsen. Ich zuckte zusammen und hoffte, dass ich nicht zu sehr wie ein herablassender Wichser wirkte.

„Ich nehme an, dass du schon längst auf der ganzen Welt gewesen bist“, seufzte sie, als sie aus dem Fenster auf die dunklen

Straßen blickte, die draußen an uns vorbeizogen. „Ich weiß nicht, ob ich jemals wieder die Chance bekomme, die Staaten zu verlassen …"

„Mit dem Geld, das du bekommst, kannst du fast überall hinfliegen", sagte ich, woraufhin sie noch mehr grinste.

„Ich schätze, da hast du recht", stimmte sie zu. „Wo warst du denn bisher auf all deinen Reisen?"

„Die kann ich so aus dem Kopf nicht alle aufzählen." Ich runzelte meine Stirn und zählte alle Kontinente, alle Länder, alle Städte, in denen ich in den letzten zehn Jahren war.

„Du Glücklicher", schüttelte sie den Kopf. „Ich kann mir nicht vorstellen, wie es ist, die gesamte Welt zu bereisen, wann immer man will."

„Ich habe mittlerweile das Unternehmen, da geht es nicht ganz so, wie ich es will", stellte ich klar, woraufhin sie mich mit einem scharfen Blick aus dem Augenwinkel ansah.

„Es sei denn, du reist geschäftlich, richtig?", sagte sie. „So ist es doch gerade, oder?"

„Ja, aber das ist eine Ausnahme von …" Ich hob meine Augenbrauen an. „So ziemlich jeder Regel, die ich je hatte, um ehrlich zu sein."

„Bei mir auch", stimmte sie zu und für einen Moment waren wir beide ruhig. Und dann erinnerte ich mich an etwas – etwas, woran ich gedacht hatte, als ich vor ihrem Haus gewartet hatte.

„Hey, öffne das." Ich nickte zu dem Fach vor ihr. Nachdem sie drei Sekunden damit gekämpft hatte, ging es auf. Sie blickte für einen Moment genervt in den dunklen Raum unter dem Armaturenbrett.

„Was soll ich mir da ansehen?", fragte sie, woraufhin ich selbst hineingriff. Ich drückte ihr zwei Schatullen in die Hände, kleine Samtkästchen, die ich zuvor in einem Juweliergeschäft in der Stadt abgeholt hatte.

„Ist es das, wofür ich es halte?" Dann lachte sie und öffnete beide. Im Inneren warteten zwei Ringe, einer für mich und ein passender für sie. Ich dachte mir, wenn ich das schon tun würde, dann würde ich es auch komplett durchziehen, Ringe und alles, und sie würden wunderschön und teuer sein und etwas, worauf jeder auf dieser Hochzeit eifersüchtig sein würde.

„Das ist der schönste Ring, den ich je gesehen habe", merkte sie an, als sie sich den für sie Bestimmten herauszog. Ich hatte ein weiß-goldenes Stück mit einem grünlichen Edelstein ausgesucht, der zu ihren Augen passte.

„Nun, er gehört ganz dir", antwortete ich und sie steckte ihn sich direkt auf den Finger.

„Das ist jetzt nicht ganz so, wie ich es mir vorgestellt hatte, einen Antrag zu bekommen, aber ich nehme ihn an", sagte sie und sah mich mit einem breiten Grinsen an.

„Ja, ich auch nicht", zuckte ich mit den Schultern. „Doch die Umstände stimmen, oder?"

„Absolut", pflichtete sie mir bei, als sie ihre Hand vor sich hinstreckte und den Ring bewunderte. Im Licht, das aus der Stadt außerhalb von uns kam, glitzerte er ansprechend und ich konnte nicht umhin zu bemerken, wie zart ihre Finger waren – wie klein ihre Hand war, wie gut sie in meine hätte passen können.

„Willst du deinen jetzt anstecken?" fragte sie und stellte die andere Samtschatulle hinter das Lenkrad. Ich schüttelte den Kopf und räusperte mich.

„Ich denke, ich werde warten, bis wir am Flughafen sind", antwortete ich, woraufhin sie mit den Schultern zuckte.

„Sicher", bemerkte sie und war immer noch begeistert von der strahlenden Schönheit des Ringes, den ich ihr geschenkt hatte. Ich hatte noch nie zuvor in meinem Leben jemandem so etwas geschenkt und es war ein wenig seltsam, das jetzt in dieser Situation zu tun. Ich hatte bis jetzt nie wirklich ernsthaft über die Ehe nachgedacht, aber das bedeutete nicht, dass sich das nicht ein wenig unangenehm anfühlte, irgendwie. Ein wenig so, als würde ich mich darüber lustig machen. Fast schon falsch.

„Also, warst du schon mal in Spanien?", fragte sie im Plauderton und ich nickte.

„Ja, ein paarmal", sagte ich.

„Und wie war' s beim ersten Mal?" Sie stützte ihr Kinn auf ihre Hand, der Ring glitzerte im Schein des Lichts von außen. Er passte fast perfekt zu ihren Augen und für eine Sekunde war ich kurz abgelenkt von der Art und Weise, wie mich beide anzustarren schienen.

„Uh, das ist schon lange her", zuckte ich mit den Schultern. „Ich war noch ein Teenager, glaube ich. Und es war ein wirklich touristischer Urlaub, du weißt schon, was das heißt. Sehr viel Kulturelles, um später darüber prahlen zu können."

„Oh, das klingt wirklich lustig", seufzte sie fröhlich. „Ich schätze, wir werden keine große Chance haben, so etwas nachzugehen, während wir da sind, oder?"

„Nein, ich denke, wir werden auf der Hochzeit sein und das war's", antwortete ich und sie verzog prompt das Gesicht.

„Ich schätze, es ist trotzdem eine Reise nach Spanien", zuckte sie. „Mit wem warst du das erste Mal dort?"

„Mit meiner Familie“, antwortete ich schnell und kalt und meine Finger griffen fester um das Lenkrad. Ich mochte es nicht, so über sie nachzudenken; es war einfacher für mich, sie mir aus dem Kopf zu schlagen, wenn ich mich nicht gerade auf die guten Zeiten konzentrierte, aber dieser Urlaub war eines unserer besten Erlebnisse gewesen. Lustig, leicht, albern. Ich konnte mich noch an den Geschmack des Zitronensorbetts erinnern, das ich auf dem Pier gegessen hatte, und dass wir fünf zusammen waren und über einen beschissenen Witz lachten, den einer meiner Brüder gemacht hatte. Die Erinnerung brannte hell in meinem Kopf und weigerte sich, ignoriert zu werden, und ich fühlte, wie sich meine Mundwinkel nach unten drehten, während ich mein Bestes tat, das zu unterdrücken.

„Oh? Wie war es so?”, fragte sie mich und ich schüttelte nur den Kopf.

„Unwichtig“, antwortete ich knapp, dabei rutschte ihr das Lächeln sofort vom Gesicht.

„Ich habe ja nur gefragt–”

„Ja, nun, je weniger du über meine eigentliche Familie weißt, desto besser ist es“, warf ich zurück.

„Sollte ich nicht zumindest ein wenig wissen?”, brachte sie an. „Damit ich tatsächlich als deine Frau durchgehen kann und so?”

„Du erfindest, was immer du willst, und ich mache einfach mit. Alles, was du wissen musst, ist, dass mein Vater eine Zeitung verlegt. Alles andere liegt in deiner Hand.”

„Du willst wirklich nicht–”

„Ich will wirklich nicht“, antwortete ich entschlossen und unterbrach sie, sodass sie still wurde und ihre Aufmerksamkeit wieder auf die Straße vor uns richtete. Ich wusste, dass ich mich wie ein Arsch benahm, aber die Verträge waren unterzeichnet und wir waren auf dem Weg; nichts konnte mich jetzt an diesem Deal hindern.

Sie hatte nicht weiter nachgefragt, was ich sehr begrüßte, und wir bewältigten den Rest des Weges zum Flughafen in aller Stille. Die Schachtel, die den Schmuck enthielt, den ich tragen sollte, rutschte auf dem Armaturenbrett herum, der einzige Ton im Auto war der des Samts, wie es über das Holz kratzte. Sie strich ihr Haar hinter ihr Ohr zurück, sodass der Ring im Dunkeln leuchtete, mal blitzte, und es fühlte sich an, als ob er sich für immer in meinen Kopf einbrennen würde.

Kapitel Neun

Olivia

„Du hast einen Privatjet?" Mir entglitten meine Gesichtszüge, als ich aus seinem Auto stieg und auf das Flugzeug starrte, das auf uns am Flughafen wartete.

„Habe ich das nicht erwähnt?", bemerkte er ruhig, als er mein Gepäck vom Rücksitz nahm und es auf seine Schulter warf. Als wir ankamen, trug er seinen Ring, sodass ich nicht anders konnte, als beim Anblick zu lächeln. Er passte mit dem gleichen weiß-goldenen Ring zu meinem. Er passte zu ihm. Er passte gut zu *mir*.

„Ja, du hast es vergessen zu erwähnen", sagte ich und stupste an seine Schulter, als ich rüber zu dem Flugzeug ging. „Ich weiß aber auch nicht, was ich erwartet habe. Du und dein Geld ..."

„Hey, ich werde uns für einen so langen Flug nicht in die Business Class stecken", stellte er klar.

„Ja, aber dennoch ..." Ich blieb stehen, als ich das auf dem Rollfeld auf uns wartende Flugzeug ansah. Ich war mir nicht sicher, was zum Teufel ich erwartet hatte, aber selbst das schien mir etwas zu viel zu sein. Das war mehr als alles, was ich mir vorgestellt hatte, das er bringen würde. Was jedoch angesichts der Tatsache, dass er bereits so viel Geld für einen unglaublich teuren Ring für mich ausgegeben hatte, keine Überraschung war, wenn man es genauer betrachtete.

„Komm schon, lass uns einsteigen", hetzte er mich in Richtung Flugzeug durch die erfrischende Nacht, um an Bord zu gehen. „Ich möchte eher früher als später starten."

„Sicher." Ich eilte ihm nach, immer noch ein wenig schockiert von dem, was ich sah. Das war die Art von Geld, die ich mir einfach nicht vorstellen konnte zu haben, so wie ich mir mein Leben ausgemalt hatte. Ich meine, ich wusste, dass er reich war, das hatte ich immer gewusst. Aber die Art und Weise, wie er das Ganze handhabte, als wäre es normal, lässig. Ja, es war genau das, was mir bewies, dass er mit Geld aufgewachsen war. Denn egal, wie viel Geld ich in meinem Leben hatte, ein Privatjet wäre für mich nie mehr als ein schwindelerregender, überflüssiger Luxus gewesen.

Ich ging die Stufen hinauf in die Kabine des Flugzeugs und fand eine lächelnde Stewardess, die auf mich wartete; sie war tadellos gekleidet und ich konnte nicht umhin, sie anzustarren. Hatte er sie auf der Gehaltsliste behalten, nur damit er jemanden haben konnte, der gut aussah, um ihm bei den seltenen Gelegenheiten, an denen er diesen Jet tatsächlich benutzte, Getränke zu servieren? Nun, das war vielleicht ein Luxus.

„Herzlich willkommen." Sie lächelte mich freundlich an und strich eine Strähne unbändiger blonder Haare wieder an Ort und Stelle. „Darf ich Ihnen die Kabine zeigen?"

„Aber natürlich." Ich stimmte sofort zu und sie nickte und fing an, mir eine Führung durch das Flugzeug zu geben. Die Kabine war klein, aber gut ausgestattet; Cody hatte bereits einen Platz in einem der Ledersitze neben einem großen Fenster eingenommen. Von dort aus blickte er auf die leicht feuchte Startbahn hinter uns, scheinbar unbehelligt von meiner Überraschung angesichts dessen, was ich sah. Es gab einen kleinen Barbereich, ein paar Tische mit Zeitschriften und Büchern und Platz für ein Bett, das sich ausziehen ließ, wenn man schlafen wollte.

„Es ist unglaublich", sagte ich der Stewardess und sie grinste mich an, als ob sie der gleichen Meinung wäre.

„Wollen Sie einen Drink?", schlug sie vor und zeigte dabei auf die Bar.

„Tatsächlich würde ich gerne einen haben", vertraute ich ihr an. „Es ist mein erster Flug und ich bin ziemlich nervös."

„Lassen Sie mich Ihnen etwas bringen", sagte sie mir liebevoll, verschwand zur Bar und ließ mich dort unbeholfen in der Mitte der Kabine alleinstehen.

„Hey, komm und setz dich." Cody winkte mir zu und zeigte auf den Platz vor sich. Ich sank in das bequeme Leder, fühlte mich aber trotzdem etwas angespannt.

„Geht es dir gut?", fragte er, woraufhin ich nickte, dann aber den Kopf schüttelte.

„Das alles ist einfach so viel zum Verarbeiten", merkte ich an. „Ich meine, ich wusste, dass du Geld hast, aber das ist ... das ist mehr, als ich mir jemals hätte vorstellen können."

„Nun, daran musst du dich gewöhnen", sagte er. „Du spielst für die nächsten Tage meine Frau, oder? Du musst so tun, als ob all das eine Selbstverständlichkeit für dich wäre."

„Richtig." Ich war einverstanden und ich streckte meine Hand vor mir aus. Der Ring, der so schön ausgesehen hatte, als er ihn mir geschenkt hatte, schien jetzt eher ein Kostüm zu sein in einem abstrusen wie verdammt wichtigen Schauspiel. Und ich hoffte, dass ich glaubhaft meine Rolle würde spielen können.

Die Stewardess kam mit meinem Getränk zurück und überreichte es mir mit einem nachsichtigen Lächeln. *Ob sie mich für die nächste billige Frau in Codys Bett hält?* Ich nahm ihr das Glas ab und erlaubte mir einen Schluck; ich war mir nicht sicher, was sie mir gegeben hatte, aber es war scharf und fruchtig und erfrischend mit einem Hauch von Alkohol, der mich beruhigte.

„Das ist gut“, merkte ich an, woraufhin Cody mich anlächelte.

„Ich stelle nur die Besten ein“, antwortete er und blickte hinüber, wo die Stewardess sich damit befasste, die Bar wieder zu organisieren.

„Ich hoffe, das gilt auch für den Piloten“, bemerkte ich und er kicherte.

„Ja, ich habe auch bei ihm nicht gespart, keine Sorge“, schüttelte er den Kopf. Er schien sich in dieser Umgebung wohlzufühlen, in der ich das Gefühl hatte, dass ich jeden Moment durch die Luft geschüttelt werden würde. Ich hatte ihn in der ganzen Zeit, in der ich ihn bereits kannte, noch nie so entspannt gesehen. Er befand sich tatsächlich in seinem Element, ohne Zweifel.

Doch zuvor im Auto hatte ich einen Hauch von Widerstand in ihm gespürt – er war angespannt, verkrampft und gereizt gewesen, als ich nach seiner Familie gefragt hatte. Ich wusste, dass ich kein Recht hatte, derartig in sein Leben einzudringen, und dass ich kein Anrecht darauf hatte, herauszufinden, was wirklich passiert war. Doch ich war neugierig. Vielleicht war es etwas, dass uns enger zusammenbringen konnte. Nicht, dass ich die Absicht hätte, mich mit diesem Mann enger zusammenzubringen, selbstverständlich nicht.

„Und, bist du jemals in diesem Ding mit deiner Familie irgendwohin geflogen?”, fragte ich im Plauderton. Er sah mich von der anderen Seite der Kabine aus an und schüttelte den Kopf.

„Nein, ich verwende es hauptsächlich fürs Business“, antwortete er mit gedämpfter Stimme, als würde er seine Worte sorgfältig auswählen, bevor er sie sprach.

„Ich schätze, dass hier ist auch geschäftlich, richtig?”, merkte ich an, als ich auf das Getränk in meiner Hand herabblickte. „Dann sollte ich das wahrscheinlich nicht trinken.”

„Es ist zwar geschäftlich, aber so privat wie nur möglich“, antwortete er. „Trink ruhig. Im Ernst. Habe so viel, wie du willst.”

„Oh, das würde ich an deiner Stelle nicht sagen“, scherzte ich. „Ich war seit Monaten nicht in der Lage, mir guten Alkohol zu leisten, also lass mich nicht mit deinem anfangen.”

„Nun, gewöhne dich daran“, antwortete er. „Sie werden wahrscheinlich auf der Hochzeit gutes Zeug haben. Vielleicht solltest du deine Verträglichkeit jetzt in den Griff bekommen, bevor wir dort ankommen.”

„Willst du damit sagen, dass du in der Zeit, in der wir dort sind, keine betrunkene Frau an deiner Seite haben willst?”, schoss ich zurück, woraufhin er lachte.

„Ja, das war sicherlich Teil eines der Verträge“, erinnerte er mich. „Und ich glaube nicht, dass das mit den Familienwerten vereinbar ist, die ich versuche, denen zu vermitteln.”

„Hmm, guter Punkt.“ Ich tippte mit dem Finger gegen meine Unterlippe. „Aber zu meiner Verteidigung, ich habe das Gefühl, dass es immer ein Familienmitglied geben muss, das sich unpassend in bestimmten Situationen verhält, richtig? Das könnte ich sein!”

„Oder auch nicht“, antwortete er, als die Stewardess mit seinem Drink ankam. Er lächelte sie eindringlich an.

„Danke sehr, Suzanne.”

Ich spürte ein Gefühl der Eifersucht, als er in ihre

Richtung grinste und sie ihr Haar vor seinen Augen wieder in Position brachte. Was lächerlich war, da zwischen uns eigentlich nichts war. Aber der Ring an meinem Finger bedeutete, dass ich so tun musste, als gäbe es etwas, und ich könnte genauso gut jetzt damit anfangen. Sobald Suzanne sich auf den Weg gemacht hatte, um sich um das zu kümmern, wofür sie zum Start gebraucht wurde, hob ich meine Augenbrauen.

„Mit der Servicekraft flirten? Und das in der Anwesenheit deiner Frau?"

„Ich habe nicht geflirtet", protestierte er, hielt seine Hände hoch und ich drehte meinen Kopf zu ihm.

„Das klingt genau nach jemandem, der mitten beim Flirten erwischt wurde", antwortete ich und er kicherte.

„Ich schätze, du hast recht", gab er zu. „Ich werde die Sache im Auge behalten müssen, wenn uns die Leute das tatsächlich abkaufen sollen."

„Ja, das solltest du", stimmte ich zu. „Also lass das Flirten sein, in Ordnung? Sonst muss ich bei der Hochzeit eine große Szene machen."

„Oh mein Gott, das klingt nach dem Schlimmsten auf der ganzen verdammten Welt", rief er und schlug sich mit der Hand auf die Stirn. „Kannst du dir vorstellen, tatsächlich dieses Paar auf der Hochzeit zu sein? Diejenigen, die ein verdammtes Referendum über ihre Beziehung abhalten, wenn alle anderen nur da sind und versuchen, eine gute Zeit zu haben?"

„Wenn es da oben einen Gott gibt, dann muss ich es wohl nie herausfinden", schüttelte ich den Kopf und er grinste.

„Ich habe noch nie zuvor ein Date mit zu einer Hochzeit genommen", gab er zu, woraufhin ich erneut meine Augenbrauen hob.

„Du verarscht mich, richtig?", fragte ich ungläubig. Er schüttelte den Kopf.

„Nein", fuhr er fort. „Ich war noch nie lange genug mit jemandem zusammen, um das zu verantworten."

„Um es zu *rechtfertigen*, dass man sie zu einer Hochzeit mitnimmt?" Ich runzelte meine Stirn. „Nicht sie zu heiraten. Einfach mit ihr zu einer Hochzeit zu gehen?"

„Ja, ich denke nicht", gestand er und sah mich von der anderen Seite der Kabine aus an. „Ist das seltsam?"

„Ja, das ist ein bisschen seltsam", bemerkte ich. „Denkst du, sie werden dieses Ehefrauen-Ding glauben? Mit dem Wissen über dich?"

„Gott sei Dank, er wird nicht genug über mich wissen, um zu sehen, wie ungewöhnlich das ist." Er klopfte mit der Hand gegen die Lehne des Stuhls, als wir begannen, die Startbahn hinunterzurollen.

„Ja, hoffentlich", antwortete ich. „Sorry, ich bin immer noch dabei, die Tatsache zu überwinden, dass du noch nie jemanden zu einer Hochzeit mitgenommen hast."

„Warum ist das so eine Überraschung?", fragte er und lächelte mich neugierig an.

„Ich meine …" Ich schüttelte währenddessen meinen Kopf. „Ich sehe dich überall in der Zeitung, mit all diesen Frauen. Ich nahm an, dass du tatsächlich mit einer von ihnen richtig ausgehst, zumindest ab und an einmal."

„Nun, entschuldige die Enttäuschung, aber du bist wahrscheinlich die längste Beziehung, die ich in der jüngsten

Vergangenheit hatte“, antwortete er mit einem Achselzucken. Ich fühlte bei dem Gedanken ein kleines Flattern durch meine Brust ziehen, aber ich ignorierte es. Das war kein Ort, an dem ich mich gehen lassen konnte. Das wäre garantiert etwas, das mich verletzen würde. Da saß mir ein Typ gegenüber und sagte mir im Grunde genommen, dass er noch nie zuvor in einer ernsthaften Beziehung gewesen sei. Das war eine Warnung. Und ich sollte darauf hören.

„Das ist verrückt“, schüttelte ich meinen Kopf. „All diese Frauen und keine von ihnen war etwas Ernsthaftes?”

„Ich bin nicht gut darin, ernsthaft zu daten“, antwortete er. „Das war ich noch nie. Ich schätze, dass man sich irgendwann zwischen seiner Karriere und seinem Privatleben entscheiden muss, und ich habe einfach entschieden, dass ich meine Karriere mehr als eine Familie wollte.”

Da war wieder dieser Blick – das Flackern der Traurigkeit, als würde er etwas zurückhalten und verbergen. Ein Teil von mir wollte nachhaken, aber ich wusste, dass er sich mir nicht öffnen würde. Zumindest noch nicht. Und das Drängen an die Grenzen des Ertragbaren würde ihn nur sauer auf mich machen. So beschloss ich, die Stimmung ein wenig aufzulockern.

„Hey, wenn es dir ein Trost ist, ich bin auch nicht gut in der ganzen Dating-Sache“, antwortete ich. „Ich war seit dem College nicht mehr in einer richtigen Beziehung und selbst da bin ich mir ziemlich sicher, dass er nur mit mir zusammen war, weil er der einzige aus seiner Gruppe von Freunden war, der keine Freundin hatte.”

„Dein Ernst?”, lachte er und ich zuckte mit den Schultern. Ehrlich gesagt war ich mir nicht sicher, aber ich hatte jedenfalls den Verdacht. Und dieser reichte aus, um das letzte bisschen meines Selbstwertgefühls zu vertreiben. Aber jetzt saß ich hier bei ihm, mit diesem Ring am Finger, in diesem unverschämt ausgefallenen Privatjet, der so abgehoben schien, als wäre alles nur ein Traum.

„Ja, ich denke schon“, gab ich zu. „Du hast also einen guten Fang gemacht, das sage ich dir. Hervorragender Marktwert.”

„Hmm, scheint wohl so“, stimmte er zu und ich nahm einen Schluck von meinem Drink, ganz im Bewusstsein der Tatsache, dass er seine Augen noch nicht von mir genommen hatte.

„Ich weiß nicht, ob ich mich an so einen Playboy binden sollte“, neckte ich ihn. „Wenn du nicht mal aufhören kannst, mit der Stewardess zu flirten …”

„Ich habe nicht mit ihr geflirtet!”, protestierte er, woraufhin ich ihn auslachte.

„Das hast du wohl“, korrigierte ich ihn. „Was, du weißt nicht einmal, dass du es tust?”

„Ich denke nicht“, antwortete er. „Das passiert bei mir unterbewusst.”

„Nun, versuch das zumindest für die nächsten Tage einzudämmen“, schimpfte ich ihn spielerisch an. „Ich will nicht, dass jeder denkt, dass mein Mann Augen für das Personal hat.”

„Du klingst wie eine typische Ehefrau.“ Er lehnte sich in seinem Sitz zurück und lächelte mich an – ein bisschen Stolz schien ihm in den Augen zu leuchten.

„Das ist es, was ich erreichen will“, antwortete ich, setzte eine hochmütige Stimme auf und hob meine Nase ein wenig an.

„Sei einfach gemeiner zu den Leuten, die dir Getränke servieren, und niemand wird den Unterschied erkennen können“, zwinkerte er mir zu und ich lachte.

„Sind sie wirklich alle so schrecklich?"

„So sehr, dass du es nicht glauben würdest", antwortete er mit schwerer Stimme, als hätte er für den Rest seines Lebens genug davon gesehen. Wieder einmal schien sich die Kluft zwischen uns beiden zu öffnen. Die Frauen und Menschen, mit denen er zusammen war, waren so anders als die Leute, mit denen ich es zu tun hatte. Ich könnte mir nie vorstellen, wie meine Mutter als Snob und unhöflich zu Leuten wäre, die für sie arbeiteten. Ich konnte mir nicht ansatzweise vorstellen, dass sie eine solche Person sein könnte …

Plötzlich beschleunigte das Flugzeug zum Start und ich musste einen riesigen Atemzug nehmen, um zu verhindern, dass ich vor Angst quietschte.

„Hast du das noch nie zuvor gemacht?", fragte er vorsichtig und ich schüttelte den Kopf.

„Nein", antwortete ich und schaffte es, ein Lächeln aufzusetzen. „Und ich bin verdammt verängstigt, um ehrlich zu sein."

„Hey, es wird alles gut gehen." Er griff nach mir und nahm meine Hand – und diese Verbindung zwischen uns, der Strom, war im Nu wieder da. So wie es war, als wir in seinem Büro die Hände geschüttelt hatten. Ich tat mein Bestes, um es zu ignorieren, aber es war da. Und als ich ihm in die Augen blickte, sah ich dort eine echte Sorge, als ob er sich um mich kümmerte, nicht wollte, dass ich mich mit all dem auseinandersetzen musste. Das Flugzeug hob von der Startbahn ab und ich ließ einen langen Atemzug los, wobei ich meine Augen für einen Moment schloss, als wir den Erdboden verließen.

„Es wird schon gut gehen", antwortete ich leise, bewegte jedoch meine Hand nicht von seiner. Es fühlte sich zu schön an, seine Aufmerksamkeit gegenüber mir, sein Mitgefühl ganz auf meine Person gerichtet zu spüren. Er mochte ein Playboy sein, aber in den nächsten Tagen war er mein Playboy. Und ich wollte das Beste daraus machen, solange ich nur konnte.

Kapitel Zehn

Cody

„Verdammt, bin ich müde“, stöhnte Olivia, als sie über die Türschwelle des Raumes stolperte, in dem wir während unserer Zeit in Spanien wohnen würden.

„Wie kann man nur so erschöpft sein, indem man einfach so lange auf seinem Arsch in einem Flugzeug sitzt?”, fragte sie, als sie ihre Taschen neben ihre Füße fallen ließ und einen Blick von dem Haus erhaschte.

„Man gewöhnt sich dran“, versprach ich ihr. „Es ist der Zeitunterschied, verstehst du? Du wirst dich daran gewöhnen.”

„Wie, planst du eine weitere Reise mit mir?”, neckte sie mich spielerisch und ich rollte mit den Augen.

„Das steigt dir alles etwas zu Kopfe, was?”, warnte ich sie, während sie auf das Doppelbett fiel, das den größten Teil des Raumes im Schlafzimmer einnahm. Ich fühlte, wie ein kleiner Schauer über meine Wirbelsäule lief, den ich schnell ignorierte. Es bedeutete nichts. Das war nur mein Übermut. Wie üblich.

Das Wichtigste, was sie interessierte, war, dass wir sicher und pünktlich in Fuengirola angekommen waren. Die Reise war reibungslos verlaufen, auch wenn sie lange gedauert hatte, und ich hatte es geschafft, trotz des Zeitunterschiedes etwas Schlaf zu finden. Robert hatte einen Fahrer am Flughafen warten lassen, der uns zur Villa direkt am Strand brachte – klasse, dieser Mann – und schon bald waren wir an unserem Flügel der Luxusvilla angelangt, in dem wir während der Hochzeit wohnen würden.

Es war schon dunkel, als wir dort ankamen, zu spät, um unsere Ankunft zu verkünden, ohne die anderen Gäste aufzuwecken, die versuchten zu schlafen. Also machten wir uns einfach auf den Weg die Treppe hinauf und zu unserem Schlafzimmer. Als sie sich auf das Bett legte und die Decke anstarrte, schlich ich mich auf den Balkon hinaus, von dem aus ich über den Ozean hinausblickte.

Es war wunderschön hier draußen, wirklich. Auffallend schön. Ich war schon einmal nach Spanien gereist, aber diesen Teil hatte ich noch nie gesehen. Ich hatte Fuengirola als Erwachsener nie berücksichtigt aus Angst vor zu vielen Touristen. Doch jetzt war ich hier und konnte sehen, dass ich falsch lag. Sicher, es gab die glitzernden Lichter der Casinos und Bars und englischsprachigen Restaurants am Strand. Aber dennoch konnte ich die wahren Geräusche der Stadt hinter mir hören, die Schwingungen von Musik und warme spanische Euphorie. Ich fing tatsächlich an, mich ein wenig zu entspannen, endlich.

„Wie kannst du nicht erschöpft sein?", rief Olivia vom Bett aus, woraufhin ich mich umdrehte und mich daran erinnerte, dass sie direkt bei mir war.

„Ich habe im Flugzeug etwas geschlafen." Ich zuckte mit den Achseln, dann bedeckte ich meinen Mund und gähnte. „Aber ich könnte wahrscheinlich etwas mehr gebrauchen, weißt du, bevor wir uns morgen der realen Welt stellen müssen …"

„Es wird hart werden, nicht wahr?" Sie verzog das Gesicht und ich nickte.

„Ja." Ich seufzte, setzte mich auf den Rand des Bettes und sah sie an. Es gab etwas seltsam Intimes daran, zu wissen, dass ich dieses Bett für die nächsten Tage mit dieser Frau teilen würde – nun, vielleicht nicht buchstäblich, aber ich würde jede Minute eines jeden Tages mit ihr verbringen. Ich hatte das mit niemandem zuvor getan, solange ich mich erinnern konnte. Spätestens nach dem zweiten Kaffee des Morgens danach wollte ich immer meine Ruhe haben. Und es gab dafür einen verdammt guten Grund; ich war nie gut darin gewesen, mich an jemanden zu binden, mich zu verpflichten, und der Gedanke, in den nächsten Tagen die Rolle des engagierten Ehemanns spielen zu müssen, ja, das würde schwer werden.

„Aber ich hätte dich nicht für diesen Job engagiert, wenn ich nicht daran glauben würde, dass du es schaffst“, erinnerte ich sie daran und sie lachte.

„Nun, zuerst einmal, wenn wir diese Sache durchziehen wollen, müssen wir aufhören, sie als Job zu bezeichnen“, sagte sie.

„Was? Ich kann dich nicht als meine Angestellte bei den Leuten auf der Hochzeit vorstellen?” Ich scherzte und sie neigte ihren Kopf nach hinten und lachte immer lauter.

„Sorry“, kicherte sie in ihre Hand. „Ich will niemanden aufwecken.”

„Ich bin sicher, wir haben hier oben genug Platz für uns“, versicherte ich ihr und für einen Moment sah sie mich so an, als ob sie versuchen würde, etwas in Worte zu fassen, was sie bis zu diesem Moment nie wirklich in Erwägung gezogen hatte. Aber bevor sie es sagen konnte, schüttelte sie den Kopf und wandte sich auf, um ihr Gesicht in das aufgebauschte weiße Kissen oben auf der anderen Seite zu stecken.

„Ich brauche etwas Schlaf“, antwortete sie und schloss die Augen. Und als ich sie so sah, so erschöpft, fühlte ich, dass eine entsprechende Welle der Müdigkeit auch mich traf.

„Ja, ich könnte wahrscheinlich auch etwas Schlaf gebrauchen …” murmelte ich, als ich auf die andere Seite des Bettes ging und meine Schuhe auszog. Ich legte meinen Kopf auf das Kissen und ich schwor bei Gott, ich hatte nur vor, ein paar Minuten zu schlafen, damit ich den Rest des Wochenendes kein kompletter Jetlag-Zombie sein würde. Aber der Klang ihres Atems, als sie in einen tiefen Schlaf fiel, beruhigte mich irgendwie. Und ich bemerkte, dass mein Verstand endlich abschaltete, als ich dankbar in den Schlaf fiel. Keine Gedanken an Verträge, Pläne oder Familien und wie man sie spielte, wenn derjenige, der mich gezeugt hatte, mich verlassen hatte – einfach schlafen, ruhig und erholsam und erholt sein ... nach einer so langen Reise.

Als ich aufwachte, schien die Sonne durch das Fenster herein und der ganze Raum leuchtete in der Helligkeit des Morgens. Ich hob meinen Kopf vom Kissen und blickte auf den Ozean hinter mir hinaus. Es dauerte einen Moment, bis ich mich daran erinnerte, wo ich tatsächlich war. Ich nahm an, dass ich träumte und mich beim nächsten Blinzeln wieder im Bett in meiner Wohnung befinden würde. Doch dann erinnerte ich mich – an die Reise, die ich am Vortag gemacht hatte, die Reise mit Olivia an meiner Seite. Olivia. Ihr Name war süß und ich konnte nicht anders, als zu lächeln – bevor ich mich daran erinnerte, dass ich vor ein paar Stunden neben ihr eingeschlafen war.

Ich riss meinen Kopf vom Kissen hoch und drehte mich um, um sie noch friedlich neben mir schlafen zu sehen. Sie war voll bekleidet, aber ich fühlte mich immer noch, als hätte ich damit etwas zutiefst falsch gemacht. Ich wollte mich von ihr lösen, um so viel Abstand wie möglich zwischen uns beiden zu schaffen. Das war nicht Teil des Vertrages gewesen und ich wollte ihr kein Unbehagen bereiten – oder mich in einer Klage wegen unangemessenen Verhaltens gegenüber einem Mitarbeiter wiederfinden. Aber es war klar, dass sie von der Flugreise hierher immer noch völlig ausgepowert war, sodass sie es auch nicht bemerkt hätte, wenn ich hier in meinem Adamskostüm gekleidet gelegen hätte.

Ich ließ meinen Kopf wieder auf das Kissen fallen und beobachtete, wie sie sich im Schlaf ein wenig bewegte. Sie hatte ein süßes Gesicht, das hatte sie wirklich; zarte Gesichtszüge, diese hellen Augen, die direkt durch mich hindurchzuschauen schienen, wenn sie sauer war. Ihr Haar war schön – ich hatte Rothaarige schon immer geliebt, aber sie war irgendwie anders, so strahlend hell. Ich fragte mich, wie jemand jemals etwas anderes sehen konnte, wenn sie im Raum war.

Und mit ihr im Flugzeug zu plaudern, war einfacher gewesen, als ich es mir vorgestellt hatte. Sie hatte eine lockere Art, entspannt und charmant. Wahrscheinlich war es der Grund, warum ich sie überhaupt eingestellt hatte, obwohl das so lange her war, dass ich mich nicht genau an meine Argumente dafür erinnern konnte. Vielleicht hatte ich unterbewusst bereits schon geahnt, dass ich für eine solche Veranstaltung jemanden wie sie finden musste, und ich hatte sie als entsprechendes Asset behalten, sobald die Zeit gekommen war.

Oder vielleicht hatte ich das zu sehr überdacht und sie war einfach zur richtigen Zeit am richtigen Ort gewesen und es war nichts weiter. Ich rieb mir die Hand über das Gesicht und beschimpfte mich, weil ich meinen Geist in diese Richtung wandern ließ. Nennen wir es den Ort, die Schönheit von allem um uns herum, doch ich wurde ein wenig zu romantisch für meinen Geschmack. Ich könnte es als methodisches Handeln durchgehen lassen, oder? Behaupten, dass ich eigentlich nur darauf bedacht war, in die Rolle zu kommen? Wir hatten in den nächsten Tagen einige ernsthafte Szenen zu spielen und ich hatte keine Ahnung, ob ich in der Lage sein würde, jemanden davon zu überzeugen, dass ich ein Ehemann war. Geschweige denn der Ehemann der schönen Frau, die neben mir schlief. Diejenige, die jeden Mann in der Stadt hätte haben können, den sie wollte.

Aber sie wollte keinen von ihnen. Oder zumindest hatte sie

im Moment niemanden gehabt. Das hatte mich überrascht, um ehrlich zu sein. Jemand in ihrem Alter, mit ihrem Ehrgeiz, ihrem Aussehen, ihrer Persönlichkeit, sie hätte auf der Stelle aufgerissen werden können. Bei dem Gedanken, mit einer Frau zusammen zu sein, die tatsächlich ein Zuhause hatte, könnte einigen Männern in meinem Alter seltsam werden. Ich wusste von ein paar Männern, die ihre Frauen hübsch, aber relativ einfach mochten, nur um sicherzustellen, dass sie diejenigen waren, die intellektuell an der Spitze standen. Das war eines der dümmsten Dinge, die ich je in meinem Leben gehört hatte. Der Gedanke, meine ganze Zeit mit jemandem zu verbringen, der nichts anderes als okay zum Anschauen war, reichte aus, um mir den Magen umzudrehen. Wie essentiell Gespräche und gemeinsame Interessen dann doch waren, kam mir erst jetzt in den Sinn. Ich schüttelte den Kopf über meine eigene, bisher gelebte Interpretation dieses Gedankens.

Aber andererseits war ich auch Single. Also vielleicht waren die Männer, die mit dummen Frauen ausgingen, irgendwie im Bilde. Denn ich hatte niemanden gefunden, der bereit gewesen war, bei mir zu bleiben, um meine Ecken und Kanten kennenzulernen. Denn jede Frau, mit der ich mich in den letzten Jahren getroffen hatte, hatte meinen Ruf bereits ausreichend gut gekannt, um entweder bis zu meinem Aufwachen gegangen zu sein oder nicht zu erwarten, dass ich ihnen Frühstück machte. Das war nicht die Art von Ruf, auf die ich stolz war, wenn ich ehrlich sein sollte. Es war die Art von Ruf, der aufgebaut wurde, um Familienmänner wie Soros abzuschrecken, konstruiert, um Frauen fernzuhalten, die tatsächlich etwas Ernstes von mir wollen könnten.

Hatte ich überhaupt Zeit für etwas Ernstes? Das war die eigentliche Frage, die ich beantworten musste, bevor ich anfing, melancholisch zu werden, dass ich niemanden hatte. Ich hatte mir seit Jahren den Arsch aufgerissen, lange genug, dass ich nicht einmal wusste, wie es sich anfühlte, mit der Arbeit aufzuhören. Ich hatte mich damit abgefunden, das Geschäft gegen das einzutauschen, was sich einmal wie mein Leben anfühlte, und ich wollte das alles nicht aufgeben, nur um Platz für etwas so Vergängliches wie eine Beziehung zu schaffen. Die Zeit, die ich in die Arbeit investiert hatte, hatte für mich offensichtliche Vorteile gezeigt; in einer Beziehung konnte ich aus dem Nichts entlassen werden, hinter meinem Rücken betrogen oder auf spektakuläre Weise verarscht werden. Und ich hatte nicht die Absicht, mich so zum Narren zu machen.

Bevor ich weiter in die Schlupfwinkel meines persönlichen Lebens rutschen konnte, bewegte sich Olivia neben mir. Ich wusste, dass ich eigentlich aus dem Bett hätte aufstehen sollen, um vielleicht zu duschen oder sonst etwas, aber irgendetwas in mir weigerte sich.

Einen Moment später streckte sie ihren Arm über mich aus und ließ ihn auf meiner Brust nieder. Ich spürte eine Wärme von der Stelle aus, an der sie sich an mich lehnte, eine Hitze, die von ihren Fingern über die Oberseite meines Armes, wo sie sich befanden, auszugehen schien. Ich wusste, dass ich sie hätte aufwecken sollen, aber ich genoss die Nähe zu sehr. Außerdem war sie diejenige, die damit angefangen hatte, richtig?

Sie schob ihren Körper näher an meinen heran und kuschelte sich an meine Seite – mein Arm steckte zwischen uns und ich wusste, dass ich mich in einem Dilemma befand. Wenn ich mich zu ihr wandte, um sie richtig zu kuscheln, dann würde ich zugeben, dass dies wirklich geschah. Und wenn ich es nicht täte, könnte sie jeden Moment aufwachen und denken, dass ich das nur aus Unbeholfenheit tat, während ich tatsächlich in der Art von Nähe schwelgte, die ich seit langem mit niemandem mehr geteilt hatte. Naja, nicht ohne zuerst mit ihnen zu schlafen, was den Punkt etwas zunichte gemacht hatte. Das war keusch, süß, unschuldig und ich genoss es als das, was es war. Ich wollte den Moment nicht ruinieren. Ich wollte eigentlich gar nicht, dass er endete.

Sie kuschelte ihren Kopf auf meine Schulter und ich drehte mich um, um mein Gesicht in ihrem Haar zu vergraben. Wir waren beide noch voll bekleidet und ich war nicht erregt von dem, was sie tat, aber es war eine Herzlichkeit darin. Eine Intimität. Es war die Art von Sache, nach der ich suchte, als ich mich mit allem traf, was sich bewegte, die Art von Sache, die für jemanden wie mich nicht so einfach war. Ich würde mich davor zurückhalten, die Frau, mit der ich es tat, in Frage zu stellen und mir Sorgen zu bereiten, sie dazu zu bringen, wenn ich mich in meinem Kopf noch nicht an sie binden konnte. Aber als Olivia hier lag und sich an meine Seite kuschelte, ihr Haar nach Himbeere und Minze roch, machte es mir nichts aus.

Nach ein paar Augenblicken – eigentlich hätte es länger dauern können – rührte sie sich. Ich wollte mich von ihr zurückziehen und die Tatsache verbergen, dass ich das zugelassen hatte, aber wenn ich sie von meiner Brust gekippt hätte, hätte ich sie viel zu offenherzig weggeschoben. Ich schloss meine Augen schnell und begann langsam zu atmen, in der Hoffnung, dass sie glauben würde, dass ich schlief.

„Oh, verdammt.“ Ich hörte sie schläfrig murmeln und sie zog sich sofort von mir zurück. Ich öffnete die Augen und spielte, als wäre ich gerade erst erwacht.

„Ist alles in Ordnung?”, fragte ich und kämpfte gegen den Drang an, die Hand auf ihre Schulter auszustrecken oder auf ihren Rücken zu legen; es fühlte sich für mich einfach natürlich an, aber ich wusste, dass es die Dinge zu weit getrieben hätte.

„Ja, alles gut“, antwortete sie schnell, setzte sich auf und fuhr mit den Händen durch ihr Haar; das Make-up, das sie am

Vortag getragen hatte, war ein wenig verschmiert und ihre Kleidung war vom Schlaf zerknittert.

„Ich sollte duschen und mich umziehen", bemerkte sie und sah mich immer noch nicht an. Sie hatte sich so schnell von mir entfernt. War sie besorgt, eine Grenze zwischen uns zu überschreiten und die Dinge weiter zu verkomplizieren, als sie es wollte?

„Warte, lass mich deine Taschen holen." Ich stand auf und ging los, um ihre Sachen zu holen, die wir einfach nur durch die Tür geworfen hatten, als wir in der Nacht zuvor angekommen waren.

„Nein." Sie eilte hin, um sie sich zu schnappen. „Ich kann mich selbst um sie kümmern. Danke."

„In Ordnung." Ich hielt meine Hände hoch und lehnte mich zurück auf das Bett und beobachtete, wie sie ihre Taschen aufhob und zum Badezimmer ging, das vom Schlafzimmer wegführte. Sie schien es eilig zu haben, von mir wegzukommen und meinem Blick auszuweichen, als ich ihr durch den Raum folgte. War es ihr peinlich? Ich hoffte nicht. Ich wünschte, ich konnte einen Weg finden, ihr zu sagen, dass das, was zwischen uns passiert war, perfekt war, genau das, was ich brauchte, aber es gab keine Möglichkeit, wie ich das unter den gegenwärtigen Umständen herausbringen konnte, ohne wie ein Widerling zu wirken.

„Oh mein Gott", schnaufte sie, als sie an dem Balkon vorbeikam. „Ich habe die Aussicht gestern Abend nicht gesehen. Dieser Ort ist unglaublich …"

Sie trat auf den Balkon und blickte über den Strand auf das Wasser hinunter. Ich grinste und stand auf und folgte ihr.

„Wunderschön, nicht wahr?" Sie sah mich an und lächelte

verträumt, als sie über das Wasser hinunterblickte. Ich musterte sie aus den Augenwinkeln, diese Frau, die in den nächsten Tagen meine Ehefrau spielen sollte. Und ich dachte, ich könnte jetzt genauso gut in die Rolle kommen.

„Oh ja", stimmte ich zu, ohne die Augen von ihr abzuwenden. „Wundervoll."

Und damit drehte sie sich wieder zum Raum zurück und verschwand, um sich umzuziehen und zu waschen. Und ich fühlte ein Flackern der Aufregung am unteren Ende meiner Brust. Ich hatte das Gefühl, dass die nächsten 72 Stunden sehr interessant werden würden.

Kapitel Elf

Olivia

Ich zog den Zeitplan aus meiner Tasche und überflog ihn noch einmal. Ich hatte ihn schon so oft angesehen, dass er inzwischen in meinem Gedächtnis festgebrannt sein müsste, aber ich wollte sichergehen, dass ich alles genau richtig gemacht hatte, ohne jeglichen Spielraum zum Versauen zu haben.

Die Hochzeit war heute, aber wir hatten vorher ein Frühstück und Getränke mit allen; eine Chance für alle Teilnehmer, um zwanglos miteinander zu plaudern. Und für die nächsten Tage sollte ich einer dieser Menschen sein. Ich atmete tief durch und griff in meine Tasche und holte das Kleid heraus, das ich speziell für diesen Anlass gekauft hatte. Es war leicht und zart, hellblau mit einem Neckholder, das in einen leicht ausgestellten Rock um meine Knie fiel. Und ich war froh, dass ich mich nicht für etwas Dramatischeres entschieden hatte, denn ich fing bei diesem Wetter bereits jetzt an zu überhitzen.

Oder vielleicht lag es daran, dass ich an diesem Morgen in der Nähe von Cody aufgewacht war. Ja, das war kaum hilfreich gewesen. Ich hatte es nicht glauben können, als ich aufwachte und erkannte, dass ich mich an ihn schmiegte, während er schlief. Gott sei Dank war er nicht vorher aufgewacht, sonst wäre ich wie ein hoffnungsloser Vollidiot rübergekommen, der noch in der allerersten Nacht die Grenzen dieses Engagements überschritt.

Trotzdem, ich musste zugeben, dass es schön gewesen war, jemandem auf diese Art und Weise wieder nahe zu sein. Es war eine verdammt lange Zeit her, seit ich mit jemand anderem ein

Bett geteilt hatte, und ich nahm an, dass ein Teil meines Gehirns sich nach der Nähe sehnte. Er war stark und standhaft und er roch gut. Natürlich hatte ich ihn geknuddelt. Ich war etwas angeschwipst und eh völlig kaputt von der langen Reise. Dazu die ganze Aufregung.

Der Ort war wunderschön, obwohl ich annahm, dass Cody es gewohnt war, in Villen mit so viel Luxus zu übernachten. Wir hatten einen kleinen Trakt für uns allein – ein Schlafzimmer, ein Badezimmer, einen Balkon –, aber selbst das war etwa dreimal so groß wie meine Wohnung zu Hause. Der Ort war riesig, mit Marmorverzierungen und Gold besetzt, mit diesem Balkon, der einen atemberaubenden Blick auf das Meer hinaus bot. Einen Einblick in das Leben zu bekommen, was ich hätte leben können, wenn ich das Geld hätte, das Cody dafür ausgegeben hat, war gleichzeitig frustrierend und berauschend – man stelle sich vor, ich hätte die ganze Zeit so leben können. Ich könnte in Flugzeuge auf der ganzen Welt springen, wann immer ich Lust dazu hatte, Ausflüge zu solchen Orten machen.

Ich wusch mich allmählich und nahm mir Zeit, aber meine Nervosität fing an, mich ein wenig zu überwältigen. Wenn ich bereit war, würde ich mit einigen der größten und wichtigsten Menschen aus der Literaturszene meiner Stadt – ach was, meines Landes – frühstücken; nicht nur mit Robert Soros, sondern auch mit einigen anderen Autoren und zweifellos mit einigen literarischen Agenten und weiteren Verlegern wie Cody, die ihr Bestes taten, um ihn für sein nächstes Buch auf ihre Seite zu ziehen. Ich war nur eine Sekretärin – eine, die seit weniger als einem Jahr dabei war – und ich war mir sicher, dass jemand meine Deckung auffliegen lassen würde, sobald ich dort reinkam. *Hey, das Mädchen hat seit drei Monaten kein Buch mehr gelesen!*

Als ich meine Haare trocknete und mein Kleid anzog, sah ich mich im Spiegel an. Ich musste sie weder als Karrierefrau beeindrucken noch meinen Platz in dieser Branche beweisen. Ich musste an Codys Seite stehen und überzeugen in der Rolle, dass ich seine Frau war. Dass ich ihn liebte, dass ich mich zu ihm hingezogen fühlte. Ich musste nur den unterbewussten Teil von mir, der sich an ihn gekuschelt hatte, als er schlief, übernehmen lassen, das war es, was mich durch die nächsten Tage bringen würde.

Ich legte mein Make-up sorgfältig auf – Gott, wenn ich nur den Make-up-Artist hätte hinzuziehen können, der wahrscheinlich für die Braut zur Verfügung stand – und versuchte, die Hitze zu ignorieren, die sich bereits in meiner Umgebung einzurichten begann. Oder vielleicht war das nur meine Panik bei dem Gedanken, inmitten davon aufzufliegen.

Denn wenn jemand die Wahrheit darüber herausfinden würde, was mit Cody und mir los war, würde er natürlich so einiges an Hohn und Spott abkriegen. Die Leute würden Fragen haben, sie würden monatelang darüber reden, sie würden die ganze Sache wahrscheinlich verwirrend und gleichermaßen zum Lachen finden. Aber was war mit mir? Was würden sie von dem Mädchen halten, das das Ganze mitgemacht hatte, das sich für die Dienste einer Escort-Dame für ein paar Tage im Ausland bezahlen lassen hatte? Das Mädchen musste verrückt sein, verzweifelt, um so etwas zu tun. Oder unbewältigte Gefühle für ihren Chef haben, das arme Ding. Aber so oder so, es gab keine Chance, dass sie das *nur* wegen des Geldes tat. Da musste noch etwas anderes für sie drin sein.

Ich setzte etwas blassrosa Lippenstift auf und trat zurück, um mich im Spiegel zu mustern. Ich fand, ich sah gut aus – passabel, wenn man das Kleid nicht zu genau ansah und erriet, dass ich es in einem Second-Hand-Laden geschossen hatte. Ich schüttelte meine Haare, hob mein Kleid vor mir an und blickte auf den Ring im Spiegel. Er war noch immer genauso surreal schön, genauso auffällig und offensichtlich teuer wie gestern. Er nahm das ernst – ernst genug, um wirklich teuren Schmuck zu kaufen – also wollte ich es auch ernst nehmen. Niemand würde erraten, was mit uns vor sich ging, die Wahrheit hinter unserer Ehe. Ich wollte die perfekte Frau, der perfekte Partner sein, und nichts würde mir im Weg stehen, meinem Chef das zu geben, was er brauchte.

Ich stieg in meine Schuhe, glättete mein Kleid und ging nach draußen, um Cody zu begleiten; ich fand ihn auf dem Balkon auf das Meer schauend. Ich machte mich auf den Weg, um mich ihm anzuschließen. Und ich hielt plötzlich inne, als ich ihn zum ersten Mal in seinem Anzug sah.

„OK", merkte ich an und spürte, wie die Hitze in meinen Hals aufstieg. „Du siehst …"

„Anders aus?", antwortete er. Ich hatte ihn schon oft in einem Anzug bei der Arbeit gesehen, aber das war etwas anderes – das passende Einstecktuch und Hemd, die hellblaue Jacke, die zu meinem Kleid zu passen schien, so als ob sie so gemacht worden wären, dass sie zusammenpassen würden.

„Hey, wir passen perfekt zusammen", gestikulierte er von meinem Outfit zu seinem Outfit.

„Zwei Dumme, ein Gedanke", sagte ich und schlug mir auf die Stirn. Unten konnte ich die Leute reden und lachen hören, der Tag der Hochzeit begann endlich.

„Ich nehme an, wir sollten daruntergehen und uns vorstellen, oder?", bemerkte er und ich wünschte mir plötzlich, dass wir nur noch ein wenig mehr Zeit für uns haben könnten. Ich wusste, dass es nicht so funktionieren würde, aber es war mir egal. Ich wollte nur für einen Moment mit ihm allein sein, nicht all den Leuten da unten gegenübertreten müssen, die uns beobachteten und bewerteten und uns fragten, wie wir uns kennengelernt hatten.

Gott, ich hasste diesen Smalltalk.

„Ich nehme an, das sollten wir." Ich stimmte zu und er nahm meine Hand. Für eine Sekunde dachte ich, es sei nur ein normaler Ausdruck seiner Zuneigung zu mir, und mein Herz überschlug sich in meiner Brust. Aber dann, als er mich ansah, wurde mir klar, dass es nur ein Teil des Spiels war. Ich schaffte es, zurückzulächeln.

„Lass uns das durchziehen." Er zog mich zur Tür und ich beeilte mich, Schritt zu halten.

„Nicht so schnell", meckerte ich. „Ich trage Absätze, ich falle noch die Treppe runter."

„Sorry, sorry." Er verlangsamte sein Tempo und ließ mich ihn einholen. Ich war mit ihm im Gleichschritt auf dem Weg die riesige Marmortreppe der Villa hinunter zur Eingangshalle; es war so spät gewesen und ich war so müde, als wir gestern Abend eingetroffen waren, dass ich kaum Gelegenheit gehabt hatte, sie zu erkunden, doch bei Tageslicht und nach ein paar Stunden Schlaf war sie so großartig wie der Rest dieses Ortes. Das riesige Foyer war mit Sonnenlicht und Menschen gefüllt, die Marmorböden blendeten fast in der Helligkeit und die Gäste wanderten in kleinen Gruppen hin und her zu einem riesigen Buffet-Tisch, der mit genügend Essen für eine Kleinstadt gefüllt war.

Ich beobachtete ein paar Frauen, die sich miteinander unterhielten, als sie vor uns entlangschwebten. Sie waren wunderschön gekleidet, in dieser Art von mühelosen Outfits, die so aussahen, als hätten sie sich aus der Luft materialisiert, um auf ihren zarten, schlanken Körpern zu erscheinen. Sie trugen beide teuren Schmuck, ihre Haare waren sorgfältig frisiert, ihr Make-up war diskret, aber makellos. Ich blickte auf mein eigenes Outfit herab und spürte einen Ruck von dem vertrauten Gefühl, mit dem ich in letzter Zeit viel zu tun hatte. Aber ich richtete mich schnell auf und versuchte, mich zu sammeln. Ich musste das Spiel hier spielen, musste alle an diesem Ort davon überzeugen, dass ich genauso sehr hierher gehörte wie jeder andere auch.

„Cody!"

Als wir den Fuß der Treppe erreichten, erregte eine Stimme unsere Aufmerksamkeit. Cody stieß mich an und bewegte sich, damit er mir ins Ohr murmeln konnte.

„Okay, es geht los", warnte er mich und ich zauberte ein großes Lächeln auf mein Gesicht, als Robert Soros aus einem Raum gegenüber der Treppe auftauchte und uns zuwinkte.

„Schön, dich hier zu sehen, Cody." Er streckte die Hand nach meinem Fake Ehemann aus, um ihn zu begrüßen, und richtete dann seine Aufmerksamkeit auf mich. „Und das ist …?"

„Meine Frau." Cody legte seinen Arm um meine Taille und drückte sie sanft. Als ich hörte, wie die Worte aus seinem Mund kamen, erfuhr ich einen Schock der Begierde, als ob ein Teil von mir sich danach sehnte, dass die Worte wahr wären. Dieser Satz hatte etwas Klares an sich: *meine Frau.* Als ob ich eine Ergänzung zu ihm wäre.

„Olivia", stellte er mich vor und ich streckte meine Hand nach Robert aus.

„Schön, Sie kennenzulernen." Ich begrüßte ihn mit einem Lächeln und dankte Christus, dass er noch nie im Büro gewesen war, sodass er mich nicht erkennen konnte.

„Ganz meinerseits", antwortete er begeistert. „Wissen Sie, ich wusste nicht einmal, dass der junge Cody hier verheiratet war, bis er das letztens erwähnte. Ich freue mich, dass Sie beide hier sind."

„Und wir sind einfach begeistert, dass wir kommen

durften." Dann schaute ich zu Cody auf in der Hoffnung, eine passable Version von „Kate und William" abzuliefern. „Vielen Dank, dass wir hier sein dürfen. Dieser Ort ist wirklich ganz fantastisch."

„Ich bin sicher, Sie sind in der Stadt viel Besseres gewöhnt", zwinkerte er mir zu. „Mit diesem jungen Ding verheiratet zu sein und all das."

„Manchmal ist altmodisch ebenso gut." Ich grinste und ich fand mich schneller in der Rolle wieder, als ich dachte, dass ich in der Lage dazu sein würde.

„Versuchen Sie das meiner Tochter zu sagen." Robert kicherte und schüttelte liebevoll den Kopf. „Ich wollte eine traditionelle kirchliche Hochzeit organisieren, aber sie wollte etwas am Strand direkt am Wasser. Ich weiß nicht, scheint meinem Geschmack nach ein wenig zu alternativ zu sein."

„Wir haben in der Kirche geheiratet", Cody sprang sofort ein und sah offensichtlich eine einfache Möglichkeit, sich mit dem Mann vor ihm gutzustellen. „Ich hätte es nicht anders gemacht."

„Ja, nun, ein wenig spät, um zu versuchen, Beverly davon zu überzeugen, fürchte ich", rollte er mit den Augen. „Aber sie hatte schon immer ein Talent dazu, ihren Willen durchzusetzen. Ich schätze, das hat sie von ihrer Mutter."

Familie. Dieses schwere Wort, an das ich kaum denken konnte, ohne den Stich des Schmerzgefühls in meiner Brust zu haben. Hier war ich, umgeben von all diesen Menschen, von denen die meisten hier waren, weil sie entweder direkt mit der Braut verwandt waren oder weil sie ihre Familie liebten. Und meine Familie war eine Million Meilen entfernt auf der anderen Seite der Welt, so weit von mir entfernt, dass ich den Schmerz des Alleinseins einen Moment lang in meiner Brust brennen spüren konnte. Ich fühlte mich wie der einsamste Mensch auf der Welt.

„Aber Sie wissen, wie es mit der Familie ist", fuhr Robert fort und holte mich zurück ins Hier und Jetzt. „Ich kann nicht ohne sie leben."

„Sicher", stimmte Cody zu. Ich stellte sicher, dass das Lächeln in meinem Gesicht fixiert war und wollte nicht verraten, dass ich im letzten Halbjahr gezwungen war, ohne meine Familie zu leben.

„Denken Sie darüber nach, bald eine eigene Familie zu gründen?" Er gestikulierte zwischen uns und Cody warf einen Blick in meine Richtung. Ich konnte die Panik in seinen Augen bei dem Gedanken sehen, aber er atmete tief durch und drehte sich dann zu Robert zurück und drückte dabei seine Hand fester um meine Taille.

„Ja, das tun wir", antwortete er mit einem kühlen, ruhigen und selbstbewussten Auftreten. Ich musste ein Kichern ersticken, um uns nicht zu verraten.

„Wundervoll." Robert schien beeindruckt von der Offenbarung. „Hoffen Sie auf einen Jungen oder ein Mädchen?"

„Vorzugsweise beides", antwortete ich und ich konnte spüren, wie Cody neben mir leicht verkrampfte. Ich vermutete, dass er mit dieser Art von Gespräch sehr ungeübt war. Er war so sehr überrascht, aber ich wollte so authentisch wie möglich wirken, um sicherzustellen, dass alles nach Plan lief. Ich wurde doch dafür bezahlt. Und ich wollte einen guten Job machen.

„Ich weiß, wie Sie sich fühlen." Robert kicherte und schüttelte den Kopf. „Ich wollte so viele, wie wir in das Haus bekommen konnten."

„Wenn es aber darum geht, für ihre Hochzeiten zu

bezahlen, wünschen Sie sich, Sie hätten ein paar weniger gehabt, was?" Cody antwortete und Robert lachte noch einmal. Er hatte eine leichte, lockere Art an sich, als ob er hier hätte stehen und den ganzen Tag mit uns plaudern können.

„Ich würde nichts ändern", zwinkerte er Cody zu. „Abgesehen von der Rechnung. Sie müssen mich entschuldigen, ich muss mich um meine Frau kümmern – sie ist gestresst wegen der Blumen oder der Sitzordnung oder so, ich bin mir nicht sicher, aber ich weiß, dass ich derjenige sein muss, der den Überblick behält."

„Wir sehen uns später." Cody nickte ihm zu und er lächelte uns an, bevor er verschwand, um sich um die Katastrophe zu kümmern, die sich gerade ereignete.

„Mein Gott", schüttelte Cody den Kopf. „Wer würde aus freien Stücken heiraten? Es scheint einfach nur stressig für alle Beteiligten zu sein …"

„Vielleicht sollte dich niemand anderes das sagen hören, hm?", erinnerte ich ihn und zeigte ihm meinen Ring. „Wir sind verheiratet, schon vergessen?"

„Aber sicher", grinste er mich an. Er hatte seinen Arm nicht von meiner Taille genommen und ich war mir deutlich bewusst, wie nah wir aneinander waren, wie leicht ich mich hätte hochlehnen und einfach einen Kuss auf seinen Mund platzieren können. Und dass ich auch damit hätte davonkommen können, weil es Teil des Spiels war, das wir inszenierten.

„Sollen wir etwas zu essen holen?", schlug er vor und ich nickte schnell.

„Und zu trinken", antwortete ich. „Ich habe ein paar Leute mit Champagner gesehen und ich will einen haben."

„Hey, es ist früh am Morgen“, protestierte er und ich winkte mit meiner Hand ab.

„Es ist eine Hochzeit, die ist dazu bestimmt, ein paar Drinks zu trinken“, antwortete ich. „Komm schon, ich möchte etwas essen.”

Er führte mich zum Buffet-Tisch und wir besorgten uns Teller mit Essen und ich war froh, dass ich mich auf etwas konzentrieren konnte, das über das hinausging, was in meinem Kopf in diesem Moment vor sich ging.

Weil ich von einer Familie umgeben war. Nicht meine eigene, sondern diese Familie. Eine Familie, die glücklich war, zusammen zu sein, eine Familie, die wahrscheinlich Verlust und Trauer erlitten hatte und es geschafft hatte, trotzdem zusammenzuhalten. Eine Familie, die sich gegenseitig schätzte. Als ich mich an diesem überfüllten Ort umsah, war ich mir sicher, dass keiner dieser Leute später, zur Verzweiflung und Überraschung von nicht eingeladenen Leuten, Bilder posten würde, so wie meine Mutter es mit den Bildern meiner Tanten getan hatte. Ich war mir sicher, dass keiner dieser Leute einen von ihnen in die große weite Welt hinauswerfen und erwarten würde, dass er plötzlich losgelöst von ihnen zurechtkam. Sogar mit Cody an meiner Seite, der sich als meine Familie ausgab, fühlte ich mich wie ein Betrüger an einem Ort wie diesem. Es war eine Hochzeit, die für alle Beteiligten ein freudiger Anlass sein sollte, und ich fühlte mich hier, mittendrin, wie ein Stück verrottetes Obst.

Ich fand das Champagnertablett und packte mir ein Glas, Codys Blick gekonnt ignorierend. Wenn ich das durchstehen wollte, ohne als ein heulendes Wrack zusammenzubrechen, musste er sich mit meinem Trinken arrangieren. Und außerdem, war es nicht selbstverständlich, dass er missbilligte, wie viel Alkohol ich trinken würde?

Ich trank meinen Champagner und knabberte an Tapas, die ich fürs Frühstück mitgenommen hatte. Ich beobachtete die Menge um mich herum. Ich lehnte mich zu Cody hinüber und murmelte ihm ins Ohr.

„Wer genau sind all diese Leute?", fragte ich ihn und er lenkte seine Aufmerksamkeit vom Fenster und dem Meer zurück zu mir.

„Ich habe keine Ahnung, wer die meisten von ihnen sind", gab er zu. „Aber ich erkenne ein paar. Ich weiß, dass es hier ein paar Leute mit der gleichen Agenda wie mich gibt, die versuchen, Robert als Kunden zu gewinnen."

Er zeigte auf eine ältere Frau, die in einem tadellosen Anzug gekleidet war, mit ihrem frisierten blonden Haar, das auf ihrem Kopf aufgetürmt war.

„Das ist Evie Porter", erklärte er mir. „Sie ist vom Heralding-Print-Verlag und ich weiß, dass sie schon eine Weile an ihm herumgegraben haben."

„Was ist mit ihm?" Ich nickte mit meinem Kopf subtil in die Richtung eines Mannes, der uns beobachtete, seine Augen hingen an uns beiden, als ob wir für ihn von großem Interesse wären.

„Joel Hill", antwortete er und musste nicht einmal hinschauen, um es zu wissen. „Evening Orchid, deshalb ist er hier. Ich lasse nicht zu, dass er sich Robert vor mir nimmt."

„Also haben wir Konkurrenz, was?", bemerkte ich und grinste ihn an. Er nahm meine Hand und der plötzliche Körperkontakt reichte aus, um meinen Verstand in Bewegung zu setzen.

„Reichlich", antwortete er.

„Also müssen wir eine gute Show abliefern?"

„Die beste", nickte er und er sah sich noch einmal um, als ob der Rest der Welt uns in diesem Moment beobachten würde. Und dann lehnte er sich nach vorne und drückte seine Lippen gegen meine.

Es war ein kurzer Kuss, nichts Ernsthaftes, keine Zunge, nicht mehr als ein paar Sekunden lang. Aber ich war lange, lange Zeit von niemandem mehr geküsst worden und ich fand mich sofort darin wieder. Ich legte sogar meine Finger an sein Gesicht, ohne nachzudenken, streichelte über die Rauheit seiner Stoppeln, fasziniert für einen Moment von der Weichheit seines Mundes, verbunden mit der Härte seines Gesichts ...

Und dann zog er sich plötzlich zurück und es war vorbei, woraufhin ich mit einem unglücklichen Ruck daran erinnert wurde, dass all das für ihn nichts anderes als ein Spiel war. Er grinste mich an und hob seine Augenbrauen.

„Überzeugend", er nickte. " Du machst das gut, Olivia."

„Nenn mich Oli", antwortete ich, ohne nachzudenken. Auf meinen Wunsch hin spürte ich sofort einen Hauch von Verlegenheit; das war der Name, den mir meine Familie immer gegeben hatte, die drei Buchstaben, die von einer Liebe geprägt waren, reich an Bedeutung und Geschichte. Ich war mir nicht sicher, warum ich wollte, dass sie aus seinem Mund kamen, aber ich tat es. Vielleicht konnte ich mich für den Rest dieser Reise davon überzeugen, dass er wirklich meine Familie war. Und vielleicht wäre das genug, um mich aus diesem Wahnsinn herauszuholen, in dem ich die letzten sechs Monate gefangen war.

„Sollen wir uns den Rest der Villa ansehen?" Er stand auf und bot mir seine Hand an. „Oli?"

„Sicher", antwortete ich, nahm das Glas Champagner, an

dem ich gearbeitet hatte, und ließ das Essen zurück. Ich war sowieso nicht so hungrig.

Kapitel Zwölf

Cody

Irgendwann – zwischen dem Wein und dem Champagner und dem Gespräch und ihrer Hand in meiner – nahm ich an, dass die Grenze zwischen dem, was real war, und dem, was nicht, etwas verschwommener wurde, als sie sein sollte.

Olivia – Oli – war den ganzen Tag über an meiner Seite und ich war einfach froh, das alles nicht alleine machen zu müssen. Jemand, der mir bei der Navigation durch all die schleimigen Smalltalks half, die durch die Teilnahme an einer Hochzeit entstanden, besonders bei der Hochzeit von jemandem, den man eigentlich gar nicht kannte. Sie lachte über meine Witze, füllte die Lücken in meinem Gespräch aus und hing im Allgemeinen wie Klebstoff an mir fest, um sicherzustellen, dass ich nie allein unterwegs war, wenn es um den richtigen Umgang mit diesen Menschen ging. Robert schlenderte immer wieder zu uns zurück und ich bemerkte, dass keiner der anderen Verlagsmitarbeiter, die an der Hochzeit teilnahmen, so etwas wie ein Date zu haben schienen. Was zu meinen Gunsten war.

„Wissen Sie, ich sehe ein Paar wie Sie an", erzählte Robert uns, als wir darauf warteten, zum Strand zu gehen, um die Hochzeit zu verfolgen.

„Und es gibt mir Hoffnung für die Zukunft", schüttelte er den Kopf. Seine Augen waren ein wenig vernebelt und er hatte jeden Schnaps, den er an diesem Tag in die Hände bekommen hatte, konsequent getrunken. Ich nahm es ihm auch nicht übel, da er wahrscheinlich für alles bezahlt hatte.

„Ein junges Paar wie Sie", fuhr er fort. „Sie erinnern mich

an meine Tochter und ihren Verlobten. Ihr werdet die Familien der Zukunft sein und es ist gut zu wissen, dass es tatsächlich Menschen da draußen gibt, die aufrichtig die Familienwerte aufrechterhalten wollen.“

„Aber sicher.“ Ich nickte und schenkte Oli einen liebevollen Blick, von dem ich hoffte, dass er es war.

„Wie auch immer, ich sollte zur Zeremonie gehen“, wedelte er mit der Hand.

„Genießen Sie den Rest des Tages“, rief Oli ihm nach. Ich wandte mich zu ihr.

„Glaubst du, wir stehen das durch?”, fragte ich.

„Wenn jemand hört, wie du das fragst, dann haben wir keine Chance“, antwortete sie und klopfte unauffällig auf meinen Arm. Ich grinste.

„Wir sollten wahrscheinlich daruntergehen und uns hinsetzen“, bemerkte ich und blickte von der Terrasse der Villa nach unten, wo die Gäste auf ihre Plätze unter uns zusteuerten.

„Ja, sollten wir“, antwortete sie und stieß einen langen Atemzug aus. „Macht es dir was aus, wenn ich mir noch eine Sekunde Zeit nehme?”

„Ist alles ok?”, fragte ich sie besorgt und sie nickte schnell.

„Ja, ja, mir geht es gut“, versicherte sie mir, obwohl ich in ihrem ganzen Gesicht lesen konnte, dass das, was sie mir sagte, gelogen war.

„Was stimmt nicht?”, fragte ich sie, aber bevor sie antworten konnte, tauchte eine Flut von Leuten hinter uns auf und ertränkte alles, was sie vielleicht herausgebracht hätte.

„Wir sollten runtergehen“, antwortete sie und sah mich

nicht an und ich spürte, wie etwas Melancholisches in Wellen aus ihr herauszubrechen schien – aber ich kannte sie nicht gut genug, um herauszufinden, was es war. Ich folgte ihr hinunter zum Strand, wo die perfekten blauen Wellen gerade erst damit begonnen hatten, sich sanft glitzernd über den goldenen Sand zu schmiegen. Die Gäste flanierten umher, nahmen Platz und unterhielten sich an- und aufgeregt. Wir fanden unsere uns zugewiesenen Plätze und warteten auf den Beginn der Zeremonie. Olis Augen waren auf den hübschen Bogen vor uns fixiert, weiß und mit Blumen durchzogen, wo der Bräutigam bereits wartete. Als ob das Betrachten von etwas anderem die Erinnerungen an das wecken könnte — was auch immer es war — das sie am meisten versuchte zu vermeiden.

„Bist du sicher, dass du –", murmelte ich und lehnte mich zu ihr hinüber, aber bevor ich beenden konnte, was ich sagen wollte, begann die Musik zu spielen und die Gäste drehten sich alle um, um zu sehen, wie die Braut ihren Weg zum Altar beschritt. Sie hatte ein riesiges Grinsen im Gesicht und hielt ihr Kleid hoch, um zu vermeiden, dass es den halben Sandstrand hinter sich herzog.

„Ich denke, ich sah an meinem Hochzeitstag besser aus", flüsterte Oli mir zu und grinste schelmisch. Was auch immer es war, das sie bedrückt hatte, es schien sich einfach so aufgelöst zu haben. Ich lächelte und lehnte mich zurück in meinen Sitz, um an der Zeremonie teilzuhaben.

Es war lange her, dass ich auf einer Hochzeit war. Die meisten der Freunde, die ich getroffen hatte, als ich im College war, hatten entweder bereits ihre College-Partner geheiratet, oder hatten wie ich die Junggesellenexistenz lange genug herausgezögert, dass niemand mehr glaubte, sie würden sich jemals wirklich binden. Ich musste zugeben, dass es süß war, ein paar so offensichtlich und völlig verliebte Menschen zu sehen, die ihre Gelübde rezitierten. Ohne nachzudenken, streckte ich die Hand aus, um Olis Hand zu nehmen. Ich sagte mir, dass es Teil unseres Schauspiels war, aber die Grenze zwischen dem, was ich spielte, und dem, was ich gerade tat, weil ich es wollte, wurde immer weicher.

Die Zeremonie war schnell und konfessionslos und die Menge applaudierte, als das Paar sich zum ersten Mal als Mann und Frau küsste. Oli drückte meine Hand und ich hatte ganz vergessen, dass ich ihre gehalten hatte. Das wurde gefährlich einfach, dieses Spiel, das wir spielten. Ich fühlte mich, als hätte ich es für immer beibehalten können, wenn es nötig gewesen wäre. Was ich, je nachdem, ob Robert diese Verträge tatsächlich unterzeichnete bis ich weg war, vielleicht tatsächlich tun musste.

Das neue Paar machte sich auf den Weg zurück zum Fest und Oli blickte mit nebligen Augen auf sie, als sie sie beim Gehen sah. Sie hatte diesen Ausdruck wieder auf ihrem Gesicht, diesen, bei dem es mir schwerfiel, einen Einblick zu bekommen, und der mir verriet, dass etwas sehr Schwerwiegendes in ihren Gedanken vor sich ging.

„Geht es dir wirklich gut?", fragte ich noch einmal und fühlte mich, als würde ich sie nerven. Sie nickte. Der Rest der Gäste stand auf und bereitete sich darauf vor, wieder zur Villa zu gehen.

„Lass uns gehen." Sie riss ihren Kopf in die Richtung, in die sie alle gingen.

Sie schob ihren Arm durch meinen und folgte mir zurück zur Villa; an ihr war etwas, das seltsam schwerelos wirkte, als ob sie über den sandigen Boden unter ihr schwebte. Ich wollte sie fragen, was zum Teufel in ihrem Kopf vor sich ging, was sie versuchte vor mir zu verstecken, aber ich hatte kein Recht darauf, auf nichts davon. Ich konnte nur das nehmen, was sie mir geben würde, und musste akzeptieren, dass es alles sein könnte, was ich von ihr bekommen würde.

Wir kamen mit allen anderen am Empfang an, wo die Tische vom Frühstück umgestellt worden waren und der Ort wie ein Luxushotel eingerichtet war. Eine Band richtete sich in der Ecke einer der Haupthallen ein und es gab ein paar Kinder, die hyperaktiv hin und her rannten, angesteckt von der vibrierenden Energie. Der Ort brummte vor Leben und Aktivität und ich spürte einen Schmerz, als ich mich daran erinnerte, wie es war, als ich eines dieser Kinder war, das bei einer Familienhochzeit umherlief. Meine Mutter hatte stets versucht mich an der Hand zu halten, aber mein Vater ermutigte mich stillschweigend, drängte mich mit und fand es amüsant, wenn ich den Abend damit verbrachte, zu albernen alten Hits zu tanzen und mich in meinen unbequemen formalen Schuhen zu erschöpfen. Was würde er von so etwas halten? Nicht nur von dieser Hochzeit, sondern auch von dem, was ich hier tat, wie weit ich gehen würde, um das zu bekommen, was ich wollte. Er wäre wahrscheinlich beeindruckt. Ohne ihn hätte ich diese Charaktersicherheit, diese Gewissheit, dass mein Geschäft vor allem anderen stand – auch vor der Wahrheit – nie gefunden. Er hätte an meiner Stelle genau das Gleiche getan, dessen war ich mir sicher.

„Wohin gehen wir jetzt?", fragte Oli und sie klang ein wenig müde, als ob all diese Aktivitäten anfingen, sie zu erschöpfen. Wir waren am Tag zuvor viel gereist und ich wollte sie nicht über das Maß beanspruchen, mit dem sie umgehen konnte, aber wir mussten zumindest das Abendessen und ein paar Tänze aushalten.

„Essen", sagte ich ihr, woraufhin sie mich anlächelte.

„Nun, das geht immer!" Sie stimmte begeistert zu und ich führte sie durch den Speisesaal, wo Kellner die Gäste auf ihren Plätzen versorgten und die Leute untereinander über die schöne

Hochzeit und das zauberhafte Paar plauderten, und alles war einfach nur schön, super schön oder außerordentlich schön. Der Zyniker in mir fragte sich, wie viele von ihnen nur das sagten, von dem sie glaubten, dass es sich gehörte, und wie viele von ihnen wirklich auch das meinten, was sie an Worthülsen so von sich gaben.

Wir setzten uns hin und bald waren das Essen und – endlich – der Alkohol da. Ich unterhielt mich mit den anderen jungen Paaren an unserem Tisch und versuchte mein Bestes, um mich ihnen anzupassen. Es war seltsam, von anderen Menschen umgeben zu sein, die mich als einen von ihnen sahen, obwohl ich wusste, dass ich ungefähr so weit davon entfernt war, wie es nur möglich war. Sie sprachen über ihre eigenen Hochzeiten oder sie planten sie – sie sprachen über Kinder und Jobs und auch über die Finanzen und Häuser und die Familiendramen. Sie prallten aufeinander, als hätten sie diese Gespräche schon seit Jahren geführt. Ich war dankbar für die Frau an meiner Seite, denn Olivia schien besser darauf eingestellt zu sein, ihren Weg durch das Ganze zu navigieren, als ich, Fragen zu stellen und die Aufmerksamkeit von unserem eigenen Mangel an Substanz an dieser Front abzuwenden.

Als wir mit dem Abendessen fertig waren, startete die Band und Olivia, ein wenig betrunken, stand auf.

„Sollen wir tanzen?", fragte sie, woraufhin ich ihre Hand nahm und ebenfalls aufstand, um mich ihr anzuschließen.

„Ich denke, es wäre unhöflich, es nicht zu tun", stimmte ich zu, dankbar, dass ich mich vor dem sperrigen Gespräch, mit dem ich so schlecht zurechtkam, drücken konnte. Sie führte mich auf die Tanzfläche, gefüllt mit anderen Paaren, die zum sanften Swing der Band schaukelten, und legte ihre Arme um mich.

Sie schmiegte ihren Kopf an meine Schulter und ich fragte

mich, wie viel von diesem Auftritt ernst war. Das war die Frage, die mir nicht aus dem Kopf ging, wie viel davon Fake und wie viel davon Wahrheit war. Ich hasste es, dass ich mich so ständig in Frage stellte, hasste das zerrissene Dasein, welches ich in meinem Kopf erlebte. Ich war normalerweise nie so unsicher, aber dieses Spiel war ein Gefährliches, weil ich wusste, dass jeder unbedachte Zug das alles hier abrupt und ziemlich peinlich hätte beenden können. Und wenn jemand herausfinden würde, dass alles nur eine Inszenierung war, wäre einfach alles in Gefahr. Meine Karriere, mein Ruf, sie würden in Trümmern liegen.

Aber es gab auch etwas anderes als die nörgelnde Stimme in meinem Kopf. Etwas Dringenderes, Aggressiveres. Es ging darum, einer Frau so nahe zu sein, wie ich es lange nicht mehr erlebt hatte, das Zusammensein mit ihr zu teilen, ihre lebensbejahende Leichtigkeit zu spüren, die mich ein paar Millimeter vom Boden abzuheben vermochte. Sie konnte ein Gespräch führen, als ob es für sie eine Selbstverständlichkeit wäre, egal mit wem. Sie gab mir das Gefühl von Sicherheit und Ruhe, als wäre sie eine Barriere zwischen mir und dem Rest der Welt. Und vielleicht war es nur der Champagner, der aus mir sprach, aber ich konnte schwören, dass ich jedes Mal, wenn ich sie berührte, diesen Ansturm von Aufregung spürte, als würde Elektrizität von ihrem Körper zu meinem fließen.

„Mmm“, ließ sie einen kleinen Seufzer in meine Schulter aus und sie klang dabei melancholisch. Ich zog mich zurück und sah sie ehrlich interessiert fragend an.

Sie runzelte ihre Stirn und sah zu mir auf. Was auch immer sie versucht hatte, vor mir zu verbergen, bahnte sich in diesem Moment den Weg ins Ausgesprochene.

„Mir geht es gut“, antwortete sie, als die Musik zu Ende ging. „Ich brauche allerdings einen Drink.”

„Wenn ich dir einen besorge“, fing ich an mit ihr zu verhandeln, „wirst du mir sagen, was dich bedrückt?”

Sie starrte mich für einen langen Moment an und wog deutlich die Vor- und Nachteile dessen ab, was ich anbot. Und dann zuckte sie mit den Schultern.

„Sicher“, antwortete sie, woraufhin sie mir zur Bar in der Ecke des Raumes folgte. Sie nahm einen Platz neben mir ein, bestellte ihren Drink und ließ mich bezahlen; ich schätze, die offene Bar hatte irgendwann auch ihre Grenzen erreicht, aber bei einer so großen Hochzeit gab ich keinem die Schuld.

„Also, erzähl mir, was los ist.“ Ich lehnte mich an die Bar zurück, als wir unsere Aufmerksamkeit auf die Menge der Leute richteten, die vor uns tanzten. Sie blickte mich grübelnd an, zuckte dann mit den Achseln und schien entschieden zu haben, dass das Herausrücken mit der Sprache die beste Option in diesem Moment war.

„Mein Vater ist Anfang des Jahres gestorben“, sagte sie und es war, als ob es das erste Mal war, dass diese harten, bedeutungsschweren Worte ihre Lippen verlassen hatten. Wie selbstverständlich berührte ich ihre Hand.

„Das tut mir leid“, murmelte ich, aber sie schüttelte den Kopf.

„Danke ...aber das ist nicht das, was mich beschäftigt“, gab sie zu und gestikulierte mit ihrem Glas Wein durch den Raum.

„Was ist es dann?”

„Es ist das hier... das Zusammensein mit *Familien* wie diesen“, antwortete sie und legte den Schwerpunkt auf das Wort, als ob es aus einem tiefen, verborgenen Teil von ihr herausgekratzt würde.

„Ich habe noch eine Familie“, fuhr sie fort und sprach jetzt schneller. So als ob sie besorgt darüber wäre selbst nicht mehr dran zu glauben, wenn es jetzt nicht rausgelassen würde.

„Aber du würdest es nicht glauben, so wie sie mich behandeln“, fuhr sie fort, die Worte fielen aus ihrem Mund. „Nachdem mein Vater gestorben war, zog ich hierher und sie alle blieben dort unten und behandelten mich, als hätte ich ein schreckliches Verbrechen begangen, indem ich nicht bei ihnen blieb. Und meine Strafe dafür ist, dass ich völlig von der Familie ausgeschlossen werde.”

Meine Augen erforschten ihr auf so zerbrechliche Art wunderschöne Gesicht. Obwohl ich meinen Vater nicht verloren hatte, war ich auf irgendeiner Ebene mit dem bekannt, was sie zu mir sagte: diese Distanz, diese Abneigung. Ich konnte in ihrer Stimme die gleiche Betonung hören, die ich in meinem eigenen Kopf hörte, wenn ich sauer auf den Zustand meines eigenen Familienlebens war.

„Ich sehe, wie meine Mutter diese Bilder mit dem Rest der Familie veröffentlicht“, fuhr sie fort. „Und es ist so, als ob sie nicht einmal will, dass ich existiere, weißt du?”

Sie endete plötzlich, nahm einen Schluck von ihrem Wein und blickte durch den Raum auf die Menge vor uns. Plötzlich fühlte ich diese tiefe Verbundenheit zu ihr, als ob ein Teil von ihr auch in mir steckte. Ich wollte etwas anbieten, etwas, das die Dinge besser machen würde, aber ich hatte keine Ahnung, was das war oder wie es aussah oder wie ich es formulieren sollte. Also schwieg ich und dachte, es sei besser, als etwas Dummes herauszuquetschen.

„Es tut mir leid, ich hätte es nicht erwähnen sollen“, schüttelte sie ihren Kopf.

„Nein, es ist wirklich in Ordnung“, versicherte ich ihr.

„Wir sollten wieder tanzen“, sagte sie und sah mich frech an. „Lass uns hier in dieser Ecke nicht länger unglücklich sein, ok?”

„In Ordnung.“ Ich stimmte zu und ich erlaubte ihr, mich wieder auf das Parkett zu führen, immer noch unsere Getränke haltend und sorgfältig die Hände aufeinander abgestimmt, damit wir nichts verschütteten. Und wir sprachen nicht mehr, weil es sich nicht anfühlte, als ob es noch viel zu sagen gab. Vielleicht sollte ich ihr mehr über meinen Vater erzählen, zugeben, dass ich eine Bindung zu ihr fühlte, die ich schon lange nicht mehr empfunden hatte. Dass wir beide hier draußen waren, umzingelt von so viel Familienglück, während wir so weit von unserem eigenen entfernt waren. Zugeben, dass wir vergessen hatten, wie es sich anfühlte, sie um uns zu haben.

Aber ich sagte kein Wort davon. Stattdessen zog ich sie einfach immer näher an meinen Körper heran, bis wir uns als Einheit bewegten – unsere Körper fühlten sich nicht mehr so an, als wären wir zwei verschiedene Menschen, wenn wir zusammen tanzten und die Musik durch uns strömte. Und obwohl ich wusste, dass wir unsere Ehe gut verkauften, verstand ich, dass dies keine einfache Täuschung mehr war. Als sie ihren Kopf nach oben neigte, um mich noch einmal zu küssen, wusste ich, dass wir das nicht mehr zur Show tun würden. Wir taten es für uns, weil wir es wollten, weil es eine echte und organische Anziehungskraft zwischen uns gab. Und ich hatte kein Interesse daran, zu versuchen, sie aufzuhalten. Wusste ich, dass das eine schlechte Idee war? Natürlich. Aber das war nicht genug, um es aufzuhalten.

Wir tanzten, bis die Band ihr letztes Lied ankündigte, tranken zusammen, hatten kaum gesprochen, was auch nicht nötig war. Die Verbindung war tiefer als das. Ihre Arme wickelten sich um mich und sie flüsterte in mein Ohr.

„Wir sollten in unser Zimmer gehen“, sagte sie mir und ich zog mich zurück und starrte sie an. Wenn ich ihr Angebot annehmen würde, dann würde ich die letzte Chance verpassen, die wir hatten, um so zu tun, als wäre alles zwischen uns gespielt.

„Bist du sicher?”, fragte ich und gab ihr die Möglichkeit, sich zurückzuziehen, obwohl ich hoffte, dass sie das nicht tun würde.

„Ja“, murmelte sie, ihr Atem war warm in meinem Ohr. „Bitte. Bring mich nach oben. Ich will mit dir zusammen sein …”

Und die Worte waren so verheißungsvoll, dass ich mich in diesem Augenblick nicht mehr halten konnte, also packte ich ihre Hand und drehte mich um, um von der Tanzfläche zu gehen. Was wir taten, fühlte sich katastrophal an, auch wenn wir für alle anderen nur ein Ehepaar waren, das auf dem Weg war, nach einem langen Tag etwas Ruhe zu finden.

Wir gingen die Treppe hinauf und ich ging langsam, als würde ein falscher Schritt diesen Gedanken aus ihrem Kopf schütteln und als würde sie herausfinden, was für eine verrückte Idee das war. Aber wir schafften es in den Raum, unversehrt, verpassten unsere letzte Chance, dies zu stoppen und umzukehren und uns darauf zu einigen, wer von uns auf dem Boden schlafen würde, bevor es zu weit ging.

„Cody…”, murmelte sie und es war, als ob sie versuchte, einen guten Grund in ihrem Kopf zu finden, wieder aus dieser Nummer herauszukommen. Sie versuchte sich selbst davon zu überzeugen, auf die eine oder andere Weise aufzuhören. Aber sie tat es nicht. Das konnte sie nicht. Der Sog zwischen uns war zu intensiv, die Realität der Situation zu stark. Und so, bevor einer von uns es sich anders überlegen konnte, lehnte sie sich hoch und drückte ihren Mund noch einmal an meinen. Diesmal kein Publikum, niemand, vor dem wir spielen müssten. Nur wir selbst und die knisternde Intensität dessen, was zwischen uns lag.

Kapitel Dreizehn

Olivia

Ich wickelte meine Arme sofort um ihn und zog ihn zu mir hinunter. Ich fühlte, wie seine Hände auf meine Taille fielen, als würde er mich an Ort und Stelle halten. Seine Zunge glitt in meinen Mund und ich wusste, dass mir die letzten Fragen, die ich darüber hatte, ob dies eine gute Idee war oder nicht, ob es möglich war oder nicht, endlich aus dem Kopf getragen wurden. Es war nicht zu leugnen, dass ich dies wollte, dies brauchte, dies benötigte, ihn brauchte. Ich war betrunken, sicher, aber in dieser riesigen Villa, so weit weg von zu Hause, was auch immer genau das war, umgeben von einer Familie, die einander liebte, war er die einzige Person, die ich kannte. Und ich wollte ihn für immer festhalten.

Er führte mich über die Schwelle zum Schlafzimmer und schob mich zum Bett – ich zog meine Schuhe aus, während er seine Jacke zur Seite warf. Wir beide bewegten uns schnell, so schnell, dass wir es uns einfach nicht mehr hätten anders überlegen können. Ich zog ihn auf mich herunter, entschlossen, das Gewicht von ihm zu spüren, welches mir Schutz gab und mich gleichzeitig an dieses Bett fesselte.

Unsere Hände bewegten sich schnell, so schnell, dass ich sie kaum im Auge behalten konnte – über meine Brüste, seine Beine, meine Taille, seine Oberarme. Er schob den Saum meines Kleides nach oben, enthüllte mich und bewegte seine Hand nach oben zwischen meine Oberschenkel, wobei er meine Vulva für einen Moment durch mein Höschen berührte. Ich stöhnte und drückte mich gegen ihn. Ich konnte nicht darüber hinwegkommen, wie gut sich das anfühlte, wie aufregend und auch verboten, weil der Mann mit der Hand zwischen meinen Beinen derselbe war, dem ich in den letzten sechs Monaten Kaffee geholt und Treffen organisiert hatte.

Ich war bereits feucht und ich wusste, dass ich ohne ihn in mir nicht mehr viel länger durchhalten würde. Ich wusste, dass ich ungeduldig und gierig war, aber es war so lange her, dass ich mich irgendeiner Form menschlicher Verbindung hingegeben hatte, geschweige denn einer so tiefen und kraftvollen wie dieser. Er rieb sich an meiner Hüfte und ich konnte spüren, dass er bereits knallhart war. Als ich meine Hand nach unten schob, packte ich seinen Schwanz durch seine Hose, drückte ihn sanft und ließ ihn wissen, dass ich ihn wollte, jeden Teil von ihm.

Und er schien mehr als bereit zu sein, es mir zu besorgen. Er griff nach unten und zog mein Höschen aus, warf es zur Seite, woraufhin ich nichts anderes wollte, als so viel von ihm in mir zu spüren, wie es menschenmöglich war. Ich brauchte seinen Körper mehr als alles andere. Der Alkohol fühlte sich an, als wäre er ganz aus meinem System herausgefiltert, das einzige Rauschmittel war sein starker Körper auf mir.

„Mmm", stöhnte er, als er mit seinen Händen über meine Oberschenkel fuhr und seinen Mund wieder an meinen Hals drückte; sein Atem war warm, beruhigte mich und besänftigte die Körperteile, die erregt waren.

„Du fühlst dich so gut an", flüsterte er mir ins Ohr, als er eine Hand über meinen Körper gleiten ließ und meine Arme über meinen Kopf schob – er lehnte sich zurück, blickte auf mich herab und schien glücklich mit dem, was er sah. Ein Lächeln zeigte sich in seinem Gesicht, seine Augen strahlten, als er mich betrachtete. Hatte er sich das jemals vorgestellt? Hatte er, wie ich, spät in der

Nacht in seinem Bett gelegen und sich ausgemalt, wie es wäre, mich so zu haben? Der Gedanke war unmöglich berauschend, sodass es mir kalt über den Rücken lief. Ich konnte den Wunsch spüren, ihn komplett zu verwöhnen, sodass ein Teil von mir ihn sofort befriedigen wollte – und ein anderer Teil wollte diesen Moment verweilen lassen, um jedes Bisschen davon auszukosten.

Er küsste meinen Hals und meine Brüste und schob die Träger meines Kleides hinunter, so dass er Zugang zu meinen Brustwarzen hatte. Er nahm sie einzeln in seinen Mund und saugte daran, bis sie hart zwischen seinen Lippen anschwollen. Ich starrte an die Decke, keuchte, versuchte, Luft zu holen, mein Herz klopfte so hart, dass es sich anfühlte, als würde es direkt aus meiner Brust springen. Selbst als seine Hand von meinen Handgelenken wegrutschte, hielt ich meine Arme über mir, ausgestreckt unter ihm. Ich fühlte mich wie die Statue einer Göttin in der Stille, die Art und Weise, wie er mich berührte, verstärkte dieses Gefühl nur noch. Als wäre ich die erste Frau, die er je in seinem Leben in die Finger bekommen hatte.

Er setzte seine Reise fort und meine Vagina sehnte sich unendlich nach ihm – mein ganzer Körper fühlte sich an, als würde er unter Strom stehen, kleine Feuerwerke explodierten überall, wo er mich berührte. Er strich mit seinem Mund über meinen Bauch, bis zu diesem empfindlichen Punkt direkt unter meinem Nabel, und schließlich rutschte er zwischen meine Beine.

Er bewegte seine Finger spielerisch und zärtlich über meine Schamlippen und ließ etwas, was nach einem tiefen Knurren des Vergnügens klang, heraus.

„Du bist so feucht“, murmelte er und blickte mich herausfordernd mit einem Hauch von Vergnügen in seinen Augen an. Alles, was ich tun konnte, war, mich hoffnungslos auf dem Bett unter ihm zu winden. Ich wollte seinen Mund auf mir spüren.

Ich wollte kommen und ich wollte, dass er mich zum Kommen brachte. Ich wollte, dass er es gnadenlos aus mir herausholte.

Und schließlich gab er mir, was ich wollte.

Er bewegte sich auf mich zu, strich mit seinen Lippen über meine geschwollene Mitte und flickte seine Zunge über sie, als ob er auf den Geschmack gekommen wäre. Ich schloss die Augen und ließ mich von dem Gefühl überwältigen, das ich nicht mehr bekämpfen konnte. Ich griff nach unten und packte seinen Kopf, hielt ihn an Ort und Stelle, als er seine Aufmerksamkeit auf meine Klitoris richtete, seine Lippen um mich schloss und leise saugte, während er mit seiner Zunge Kreise zeichnete. Er ließ ein leises Stöhnen aus, als ob er sich den ganzen Tag über danach gesehnt hätte.

Es hatten mich schon einige Kerle vorher geleckt, aber es hatte sich immer so angefühlt, als würden sie es tun, nur um etwas von mir zu bekommen. Mit Cody zwischen meinen Beinen fühlte ich mich, als ob das alles für mich wäre, alles zu meinem Besten, dass er die ganze Nacht dort hätte bleiben können, wenn es das war, was ich gewollt hätte. Und er könnte mich tatsächlich dazu bringen. Ich neigte meinen Kopf zurück in das Bett hinter mir, als er etwas mehr Druck auf mich ausübte und mich fast zum Kommen brachte.

Er bewegte seine Finger nach oben und in mich hinein, spreizte mich, und ich wusste sofort, dass ich seinen Schwanz in mir spüren wollte. Ich hatte noch nie zuvor ein Verlangen gehabt, das so plötzlich oder so stark war – sicher, ich war von Kerlen angezogen worden, aber dieser Funke verblasste im Allgemeinen, wenn wir tatsächlich im Bett herumfummelten. Bei Cody schien diese Anziehungskraft in Wellen über uns zu ziehen, uns zu kontrollieren, uns zu besitzen. Jeder geübte Zug, den er machte, reichte aus, um einen weiteren Schrei des Verlangens aus mir herauszuholen.

Er ließ ein weiteres Stöhnen aus und die Schwingungen schienen sich den ganzen Weg nach oben und in meinen Körper zu bewegen und schüttelten mein Inneres. Ich war kurz davor, mein ganzer Körper war von der Notwendigkeit dieser Befreiung ergriffen, und er schien entschlossen, mich dorthin zu bringen. Er fuhr seine Zunge in langen, langsamen Zügen über meinen Kitzler, seine Finger tief in meiner Vagina, seine andere Hand packte meinen Hintern, um mich weiter zu sich zu ziehen. Und die Mischung aus Empfinden und Aufregung auf einmal reichte aus, um mich kommen zulassen.

„Fuck!", schrie ich auf und fuhr mit meinen Fingern durch sein Haar, als sich meine Pussy fest um seine Finger presste. Der Orgasmus schien durch mich zu fließen, schüttelte jeden Zentimeter meines Körpers und setzte mich in Gang: Ich zitterte und fing an zu beben, als er mich weiter verzehren wollte, bis ich schließlich seinen Kopf von meiner Muschi wegzog, zu überempfindlich, um so weiterzumachen.

Er küsste mich wieder, drückte seine Zunge tief in meinen Mund, und ich konnte mich auf seinen Lippen schmecken – die Mischung aus mir und ihm zusammen war unglaublich gut. Ich spreizte meine Beine und wickelte sie eng um ihn herum, zog sie zusammen; ich konnte spüren, wie sein Schwanz gegen meine nackte Vagina drückte, mein Kleid bündelte sich um meine Taille, und ich wollte nichts anderes, als es auszuziehen und ihn in mir zu spüren.

„Willst du, dass ich dich ficke?", atmete er mir ins Ohr und ich nickte.

„Ich möchte hören, wie du es sagst", murmelte er und strich seine Lippen über meine, seine Augen brannten sich in meine.

„Ich…" Ich kämpfte damit, die Worte zu finden, die Fähigkeit zu sprechen war noch nicht wieder komplett wiederhergestellt. Aber das brennende Bedürfnis zwischen meinen Beinen reichte aus, um die Worte aus meinem Mund zu bekommen.

„Ich will, dass du mich fickst", sagte ich ihm schließlich. Er grinste und küsste meine Lippen und spreizte meine Beine. Er öffnete schnell den Reißverschluss seiner Hose und zog sich aus, bewegte sich zwischen meine Beine und fasste sich an. Mein Kopf brummte vor Verlangen nach ihm, mein Körper wölbte sich zu seinem und schließlich kam er zu mir und drückte seinen Schwanz auf meine heiße Vulva.

„Oh mein Gott." Ich keuchte, als ich spürte, wie er in mich eindrang. Er fühlte sich unglaublich lang und dick an, spreizte meine Muschi und füllte mich mit Leichtigkeit voll aus. Ich wölbte meine Hüften vom Bett, als er seine Arme eng um mich legte, mich an sich zog und festhielt. Ich grub meine Fingernägel tief in seinen Rücken, durch sein Hemd, spürte den Druck seiner Muskeln, als er anfing, tief in mich hineinzustoßen.

Ich bewegte mich im Takt mit ihm und klammerte mich an ihn, als wäre er der Anker, der mich am Boden hielt. Ich konnte nicht glauben, dass das passierte. Er war mein Boss. Ich war als seine Angestellte hierhergekommen und jetzt hatten wir diese Grenzen so weit verwischt, dass ich mir nicht sicher war, ob wir jemals wieder dahin zurückkehren könnten.

Er küsste mich, als er mich fickte, verlangsamte seinen Rhythmus ein wenig, als ob er den Moment genoss. Ich wusste, wie er sich fühlte. Ich wollte nicht, dass das endete. Denn wenn das vorbei war, mussten wir in die reale Welt zurückkehren, in die Welt, in der ich gerade für ihn arbeitete, und ich war mir nicht sicher, ob ich diese Beziehung so schnell aufgeben konnte. Seine

Zunge tanzte mit meiner und ich schob meine Hand über seinen Hals, zog meine Finger über seinen Nacken und spürte die Gänsehaut, die auf seiner Haut auftauchte, als ich ihn berührte. Ich fühlte mich, als hätte er mich genauso sehr unter Kontrolle wie ich ihn und ich liebte es. Ich liebte ...

Bevor ich diesen Satz in meinem Kopf beenden konnte, zog er das Tempo wieder an und ich konnte spüren, wie ich wieder näher an den nächsten Orgasmus herankam. Das Vergnügen wusch alles aus meinem Kopf und ich drängte mich gegen ihn auf und nahm ihn tiefer in mir auf.

„Du fühlst dich so gut an“, murmelte er, versenkte seine Zähne für einen Moment in mein Ohrläppchen und ließ mich erzittern. Die Mischung aus Schmerz und Wohlbefinden reichte aus, um mich dort hinzubringen, so nah, dass ich spürte, wie mein Körper zusammenbrach und meine Klitoris kribbelte. Ich küsste seinen Hals, atmete den süßlichen Duft seines Aftershaves ein, schwelgte köstlich in der Besonderheit, wie lange es her war, dass ich auf diese Weise genommen worden war, da mir diese Art von Vergnügen so lange versagt war.

Kurz darauf spürte ich, wie sein Schwanz in mir zuckte, und er verlangsamte das Tempo, während er seinen Schwanz tief in mir behielt. Die Gewissheit, dass ich genug war, um ihn zum Kommen zu bringen, das reichte aus, um mich ebenfalls dorthin zu bringen – meine Pussy presste sich schließlich um ihn herum, mein Körper explodierte wieder vor Zittern, als das Vergnügen von ihm auf mich überging. Ich klammerte mich an ihn, küsste ihn noch einmal, drückte mich gegen ihn, als hätte ich nie vor, ihn gehen zu lassen. Und ich war mir nicht sicher, ob ich das wollte. Das war noch lange nicht vorbei. Ich wollte nicht, dass es vorbei war.

Er küsste mich langsam, als wir beide wieder auf die Erde

zurückkehrten und leise in den Armen des anderen zurück in die reale Welt drifteten. Unten konnte ich die Gruppe weitermachen hören, eine gute Erinnerung daran, wo wir waren, was wir taten.

„Gib mir eine Sekunde“. Er gab mir einen Kuss auf die Wange und rollte sich von mir herab, um zum Badezimmer zu gehen. Ich lag da, starrte an die Decke und fragte mich, wie zum Teufel jetzt bloß alles weitergehen sollte.

Kapitel Vierzehn

Olivia

Am nächsten Morgen wachte ich auf und kam langsam wieder zu Bewusstsein – draußen brannte die Sonne über dem Meer, schien durch die Fenster und glühte auf meinen Fußsohlen. Und neben mir schlief Cody noch, ausgestreckt über die Bettdecke.

Es dauerte einen Moment – vermutlich auch wegen des nicht so wenigen Alkohols – bis ich mich daran erinnern konnte, was in der Nacht zuvor passiert war. Mein Körper erinnerte sich, bevor mein Gehirn es tat; zum ersten Mal seit langer Zeit war ich gründlich gefickt worden, völlig zufrieden und wunderbar im Reinen mit mir. Und jetzt musste ich mich mit den Konsequenzen auseinandersetzen, was zum Teufel wir beide da gemacht hatten.

Ich sah den Mann an, der neben mir schlief. Er war gutaussehend, wenn er schlief; er wirkte etwas jünger, sorgloser, als ob all das Gewicht, das er mit sich herumgetragen hatte, auf einmal von seinen Schultern genommen worden wäre.

Ich wollte für immer in diesem Moment bleiben. Weil ich wusste, dass ich mich sofort nach seinem Aufwachen mit der Tatsache auseinandersetzen musste, dass wir beide am Vorabend Sex gehabt hatten. Und es war nicht nur eine Fummelei gewesen, die wir vielleicht als betrunkenen Fehler hätten weglachen können, wenn wir jetzt wach waren; es war kraftvoll, leidenschaftlich, wunderschön gewesen. Nun, zumindest für mich. Und ich wollte es nicht einfach vergessen.

Ich schlüpfte nackt aus dem Bett und trat zum Fenster und blickte über den Strand unten hinaus. Nicht weit von dem Ort, an dem ich gerade stand, hatten wir ein Paar beim Heiraten beobachtet, das, ihrem Ausdruck nach zu urteilen, vollkommene Liebe teilte. Und jetzt war ich verwirrt über mein eigenes Liebesleben – zumindest das Sexualleben. Denn was gestern Abend passiert war, konnte keine Liebe sein. Oder doch?

Ich hörte ihn sich hinter mir bewegen und ich blickte zu ihm hinüber und sah, dass er zu sich kam. Seine Augen flogen auf und fielen auf mich, und ich war mir plötzlich bewusst, wie nackt ich war. Wir waren beide ausgezogen und zusammen ins Bett geschlüpft, nachdem wir in der Nacht zuvor mit unserem Liebesspiel fertig gewesen waren, und er war mit seinen Armen um mich gewickelt eingeschlafen. Ich hatte Mühe gehabt, noch ein wenig wach zu bleiben, und wollte daran festhalten, wie schön es sich anfühlte, wieder jemanden in meiner Nähe zu haben.

„Hey“, begrüßte ich ihn nervös und er runzelte seine Stirn und rieb sich mit der Hand über das Gesicht.

„Hey“, antwortete er und klang ein wenig schlaftrunken. Er wälzte sich im Bett und ich tauchte wieder unter die Decke und wollte nicht so nackt vor ihm sein. Ich fühlte mich zu präsentiert.

„Geht es dir gut?”, fragte ich ihn und streckte die Hand aus, um seine Hand zu berühren, aber er zog sie weg, bevor ich reagieren konnte, und stieg aus dem Bett.

„Mir geht es gut“, antwortete er, gähnte und streckte sich; im Tageslicht sah sein nackter Körper noch besser aus als in der Nacht zuvor und ich wollte ihn greifen und zurück ins Bett ziehen. Aber er sah mich nicht einmal an.

Ich beobachtete ihn, wie er zum Badezimmer ging und mich zurückließ, und ich rollte mich auf dem Bett und wickelte die

Decken um mich herum. Aber das half nicht gegen das Gefühl der völligen Entblößung. Ich wollte mich verstecken. Ich wollte tief in die Erinnerungen von gestern Abend zurückkriechen und dortbleiben, für die harte Realität war ich einfach noch nicht bereit.

Duschgeräusche plätscherten dumpf in mein Gewahrsein und ich fragte mich, ob er sein Bestes tat, um sich vor mir zu verstecken. Hatte er es so sehr bereut? Jetzt schon? Ich hatte zu viel darüber nachgedacht. Aber ich wusste nicht, wie ich aufhören sollte.

Er tauchte schließlich noch einmal aus dem Badezimmer auf und ging los, um seine Kleidung zu holen; ich folgte ihm mit meinen Augen, aber er tat nicht einmal so, als würde er es bemerken, und sah mich auch nicht an. Ich kaute auf meiner Lippe. Warum würdigte er mich keines Blickes?

„Cody?" Ich fragte ihn schließlich leise und er blickte zu mir auf, als er seine Jeans anzog. Sein Gesicht war unleserlich.

„Ja?", fragte er und ich hob meine Augenbrauen.

„Werden wir darüber reden, was gestern Abend passiert ist?" Ich wunderte mich und er zuckte zusammen, als ob das das Letzte wäre, was er hatte hören wollen.

„Was ist damit?" Er zuckte mit den Achseln und er griff in seine Tasche, um sein Handy herauszuziehen. Ich starrte ihn an. Hatte ich das alles geträumt? Nein, nein, das war unmöglich, denn ich war nackt im Bett mit ihm aufgewacht. Es war echt gewesen. Also warum tat er so, als wäre es nicht passiert?

„Als wir…" Ich gestikulierte zum Bett, nicht sicher, wie ich es sagen sollte, wenn er es nicht verstehen würde.

„Sieh mal …" Er fuhr mit der Hand durch sein Haar,

starrte auf sein Telefon und scrollte durch die Nachrichten. „Das war ein Fehler."

Mir fiel das Herz in die Hose. Ich hatte das erwartet, sicher, aber das machte es nicht einfacher, mit der Situation umzugehen.

„Was meinst du?", fragte ich schüchtern, fast schon ängstlich, dass es beenden würde, was überhaupt noch nicht richtig begonnen hätte. Vielleicht hatte er nur den Unnahbaren gespielt, um mich ins Bett zu bekommen. Oder vielleicht war diese Version von ihm diejenige, mit der all die Frauen, die dumm genug waren, mit ihm ins Bett zu schlüpfen, am nächsten Morgen rechnen mussten. Er hatte nicht so viele Frauen gehabt, weil er sich danach gut um sie kümmerte.

„Ich meine, wir sollten es einfach vergessen." Er erhob seinen Blick und sah mich gezielt an. „Es hätte nicht passieren dürfen."

Und einfach so war alles, was wir in der Nacht zuvor geteilt hatten, mit einem einzigen Satz ungeschehen gemacht worden. *Es hätte nicht passieren dürfen.* Als hätten wir eine falsche Abzweigung auf einer langen Fahrt genommen. Wie konnte er das, was zwischen uns passiert war, behandeln, als wäre es nichts gewesen?

„Cody", starrte ich ihn an. „Ist das dein Ernst?"

„Ja, mein voller Ernst", antwortete er und nahm seine Augen dabei nicht einmal vom Handy.

„Scheiße", stammelte er.

„Was ist passiert?"

„Wir müssen heute zurückkehren", antwortete er und wollte sofort seine Sachen zusammenpacken. Ich hob erneut meine Augenbrauen. Ich brauchte noch ein paar Tage, um herauszufinden, was zum Teufel zwischen uns passiert war, ein für alle Mal, aber er wollte mich aus diesem kleinen Paradies zurück in die reale Welt werfen.

„Keine Sorge, ich werde dafür sorgen, dass du für alle drei Tage bezahlt wirst", versicherte er mir, woraufhin mir mein Herz in die Hose rutschte. Ich wurde immer noch dafür bezahlt? Dafür, dass ich mich mit ihm eingelassen hatte? Wäre ich eine stolzere Frau gewesen, hätte ich vielleicht das Geld abgelehnt, aber ich hatte keinen finanziellen Spielraum für diese Art von Luxus.

„Das war es jetzt wirklich?", fragte ich leise. Er hielt inne und sah mich endlich mit einem langen Seufzer an, der seinen Lippen entwich.

„Schau mal, Oli", begann er und der Klang meines Spitznamens, der aus seinem Mund kam, war für einen Moment so intim, dass mein ganzer Körper zu verkrampfen schien. Ich konnte damit nicht umgehen. Ich konnte nicht ertragen, dass er einfach von mir wegging, als wäre zwischen uns überhaupt nichts passiert. Das war der beste Sex, den ich je in meinem Leben gehabt hatte, und ich wollte ihn nicht hier zurücklassen. Nicht, wenn das, wohin ich zurückkehren musste, so kalt und so einsam war.

„Was gestern Abend passiert ist …", begann er und schüttelte den Kopf. „Ich weiß, dass es nicht hätte sein sollen. Und ich will nicht, dass du dich benutzt fühlst oder so, das tue ich wirklich nicht."

„Sicher nicht", versicherte ich ihm. Und es war die Wahrheit; obwohl ich wusste, dass ich immer noch für all das bezahlt wurde, hatte ich nicht das Gefühl, dass er mich verarscht hatte. Ich hatte gewollt, was in der Nacht zuvor passiert war, und es war unglaublich gewesen, solange es andauerte.

„Aber du bist in erster Linie eine gute Sekretärin", fuhr er fort. „Und ich will die Dinge nicht verkomplizieren, indem ich zulasse, dass das außer Kontrolle gerät. Verstehst du, was ich meine?"

„Ja, sicher", senkte ich meine Augen auf die Decken vor mir, griff nach den teuren Laken und ließ einen langen Seufzer los.

„Ok", nickte er zu der Stelle, an der ich meine Koffer deponiert hatte, als wir angekommen waren. „Willst du zusammenpacken und ich rufe uns ein Taxi? Wir müssen uns zuerst von Robert verabschieden, aber ich nehme an, er wird inzwischen unten sein."

„Ja, natürlich", antwortete ich und ich zog mich schnell an und wollte das, was von meinem nackten Körper übrig war, vor diesem Mann verstecken. Ich fühlte mich nicht gerade benutzt, aber ich fühlte mich ... traurig. Denn was wir, wenn auch nur kurz, am Vorabend gehabt hatten, war eines der süßesten und intimsten Dinge, die ich in den letzten Monaten mit jemandem geteilt hatte. Ich wollte das nicht loslassen. Aber, abgesehen von ein paar weiteren Stunden, in denen ich seine ihn liebende Frau spielen würde, war es vorbei. Für immer.

Ich sammelte meine Sachen zusammen und tat mein Bestes, um weiteren Kontakt mit ihm zu vermeiden, als er auf den Balkon ging, um einige Anrufe entgegenzunehmen. Ich wusste nicht, warum wir so eilig zurückkehrten, aber es gab vieles, was ich einfach nicht in meinen Kopf bekam, wenn es um ihn ging. Vielleicht war das einfach so. Ich hasste es, dass ich das getan hatte, bereute es, dass ich mich ihm so vollständig geöffnet hatte, nur um das Ganze wieder aufzugeben. Ich konnte die kritische Stimme meiner Mutter in meinem Kopf wahrnehmen, die mir sagte, dass ich hätte wissen müssen, dass es so war, wenn man einem Playboy mit dem Herzen vertraute. Ich wünschte, ich hätte sie anrufen können, mit ihr darüber reden, darüber lachen können, wie verrückt das alles war. Aber wenn ich einfach mit ihr hätte sprechen können, dann wäre das alles gar nicht erst passiert. Es war ihre brennende Abwesenheit, die mich überhaupt dazu getrieben hatte, diese gähnende Einsamkeit zu erschaffen, die mit etwas, irgendetwas, gefüllt werden musste.

Sobald der Anruf beendet war, näherte er sich mir noch einmal und ergriff meine Hand. Der plötzliche Kontakt schickte einen Ruck durch mein System; hatte er das auch gespürt? Hatte er seine Schutzmauern fallen lassen und erkannt, dass alles, was wir in der Nacht zuvor geteilt hatten, weit mehr als nur Sex gewesen war?

„Bist du bereit, runterzugehen und dich zu verabschieden?”, fragte er und es traf mich mit einem heftigen Ruck, dass er nicht dort weitermachte, wo wir aufgehört hatten. Das war Teil des Vertrages, genau wie wir es vereinbart hatten. Ich schluckte meine Traurigkeit hinunter und setzte ein Lächeln auf.

„Ja, sicher“, nickte ich und er drückte meine Hand. Das war fast quälend, so nah und doch so fern.

„Dann lass uns gehen.“ Er zog mich zur Tür und ich tat mein Bestes, um mit ihm Schritt zu halten.

Wir machten uns auf den Weg nach unten, wo das Personal die Überreste der Party aus der Nacht zuvor aufräumte – so wie es aussah, hatte sie noch lange angedauert, nachdem wir uns in unser Zimmer zurückgezogen hatten. Der Ort fühlte sich im Vergleich zu dem, was in der Nacht zuvor geschehen war, so ruhig an, fast kryptisch. Kein Essen, kein Trinken, keine Leute. Nur wir.

„Guten Morgen!”

Eine Stimme dröhnte vom Boden der Treppe und Robert tauchte um die Ecke auf, um sich zu zeigen. Cody lächelte ihn an und zog mich hinter sich her.

„Guten Morgen“, erwiderte er und streckte eine Hand nach Robert aus. „Sehen Sie, ich muss Ihnen etwas sagen – das Büro hat gerade angerufen und sie haben mich wissen lassen, dass es ein Problem mit einem unserer Autoren gibt. Wir müssen heute leider zurückkehren, um uns darum zu kümmern.”

„Oh, das ist aber schade.“ Robert schüttelte seinen Kopf.

„Nun, wir möchten sicherstellen, dass die Leute, die bei uns unterschreiben, gut versorgt sind.“ Cody zeigte ihm ein breites Lächeln und spielte das Spiel auch jetzt noch. Ich stand neben ihm und fühlte mich überfordert mit dieser Aufgabe.

„Gut zu wissen“, bemerkte Robert und hob eine Augenbraue. „Schade, dass Sie so vorzeitig abreisen müssen. Ich würde mich gerne mit Ihnen beiden treffen, wenn ich wieder in der Stadt bin.”

„Das hört sich fantastisch an“, antwortete Cody schnell und verlor nicht für einen Moment die Ruhe. Ich fragte mich, ob ich dieses schmerzhafte kleine Spiel aufrechterhalten musste, wenn wir in die reale Welt zurückkehrten. Die Linien waren schon verschwommen genug und ich hatte keine Ahnung, wie ich sie in meinem Kopf getrennt halten sollte, wenn ich sie nach unserer Rückkehr in die Stadt wieder aufgreifen musste.

„Nun, ich wünsche Ihnen eine gute Rückreise.“ Robert schüttelte seine Hand und dann meine.

„Ja, und senden Sie meine Grüße an den Rest der Hochzeitsgesellschaft“, nickte Cody Robert zu.

„Ich nehme an, es wird nicht mehr lange dauern, bis ihr beide den nächsten Schritt geht, oder?”, bemerkte Robert und ich schaffte ein Lächeln; Cody legte seinen Arm fest um meine Taille und zog mich zu sich heran.

„Wahrscheinlich nicht", antwortete er und gab mir einen Kuss auf die Wange. Die Nähe reichte aus, um mich in die Nacht zuvor zurück zukatapultieren, die Erinnerungen flackerten noch lebendig in meinem Gehirn. Ich behielt das Grinsen starr auf meinem Gesicht fixiert in der Hoffnung, dass nichts davon in meinem Gesicht zu lesen war.

Wir verabschiedeten uns und machten uns auf den Weg nach oben, um unsere Sachen zu holen, während Cody uns ein Taxi rief und seine Flugbesatzung wissen ließ, dass wir früher als erwartet zurückkehren würden, und ich mein Bestes tat, um die Explosion in meinem Kopf zu verhindern. Ich konnte noch immer nicht aufhören, an die Nacht davor zu denken. Ich hasste das. War er ein manipulativer Typ, der in der Lage war, das, was er wollte, aus der vorliegenden Situation herauszuquetschen? Vielleicht hätte ich vorsichtiger mit ihm sein sollen. Vielleicht hätte ich nicht so naiv sein sollen, zu denken, dass das, was wir geteilt hatten, tatsächlich etwas bedeutete. Mit wie vielen Frauen hatte er geschlafen? Und wie dumm musste ich sein, um zu denken, dass ich die Ausnahme von seiner Regel sein würde?

Ich sammelte mich so gut ich konnte und machte mich auf den Weg nach unten, um das Taxi mit ihm zu nehmen. Er hielt meine Hand die ganze Zeit über, als würde er unser Schauspiel aufrechterhalten wollen für den Fall, dass uns jemand sah; ich war mir nicht mehr sicher, wo die Grenze zwischen Realität und Fiktion lag und es begann mich ernsthaft zu verwirren. Aber das war mein Problem, nicht seins, und ich musste mich sammeln und mich daran erinnern, dass ich einen Vertrag für all das unterzeichnet hatte. Wenn ich es unversehrt in die Stadt zurückschaffen könnte, hätte ich genug Geld, um das zu tun, was ich tun wollte, und das wäre jede Menge albernen Kummer wert. Und hey, wenigstens hatte ich dadurch guten Sex bekommen, oder?

Er öffnete mir die Tür des Taxis, als es ankam, und ich blickte umher und versuchte zu sehen, ob jemand zusah, wie er diese kleine Geste für mich vorführte. Ich konnte niemanden sehen, aber das bedeutete nicht, dass wir wirklich allein waren. Ich nahm an, dass er alle Eventualitäten abdecken und sicherstellen musste, dass wir beide zu jedem Zeitpunkt als normales, liebevolles Paar hätten bestehen können. Er stieg mit mir auf den Rücksitz und der Fahrer fuhr rückwärts aus der Auffahrt und ließ die Villa – und alles, was in ihr geschehen war – weit hinter uns.

Ich sah zu ihm hinüber. Ich wollte mit ihm reden. Ich wusste nicht genau, was ich fragen wollte, aber ich wollte seine Stimme hören. Ich brauchte es. Ich wusste, dass das seltsam, merkwürdig und schwer war, aber es gab etwas an seiner Nähe, das mich nach mehr sehnen ließ. Ich hatte einen Blick hinter seine Fassade geworfen, die zwischen uns stand, und jetzt sehnte ich mich nach einem weiteren. Es würde nicht mehr lange dauern, bis wir wieder zu Hause wären, die Mauer zwischen uns wieder hochgezogen. Ich wollte das Beste daraus machen, während sie noch unten war. Aber was zum Teufel sollte ich sagen? *War es nur Sex? Fühlst du hier etwas zwischen uns oder bin ich nur verrückt? Wusstest du, dass die spanische Nationalhymne keinen Text hat?* Alles, mit dem ich hätte beginnen können, klang wie anhänglicher Blödsinn, und das war wohl kaum das, woran ich gerade interessiert war.

Anstatt etwas zu sagen, streckte ich die Hand aus und nahm seine Hand. Ich erwartete, dass er sie von mir wegzog, aber zu meiner Überraschung ließ er es zu; ich schob mich ein wenig näher an ihn heran und er streckte seinen Arm entlang der Rückseite des Sitzes aus, fast lässig. Ich biss auf meine Lippe und schloss die Augen, seinen Duft einatmend. Ich wollte mich damit betrinken, so wie ich es gestern Abend getan hatte, aber ich wusste, dass er mich damit nicht davonkommen lassen würde.

Also beschloss ich, die letzte kurze Zeit mit ihm zu stehlen, die ich konnte, und ich schob mich in seine Nähe und ließ meinen Kopf auf seiner Schulter ruhen. Ich wusste, dass ich mit dem Feuer spielte, aber es war mir egal. Im Laufe des letzten Tages war so viel passiert und ich brauchte ein wenig Zeit, um alles auf mich wirken zu lassen. Mein Kopf schmerzte weit über die Symptome eines Katers hinaus. Mein Brustraum war eng. Ich wollte eine Weile in der Nähe von jemandem sein, in der Nähe von diesem Mann, der mir dieses Gefühl gegeben hatte, mich so sicher zu fühlen am Vorabend. Ich wollte nicht nach Hause gehen, noch nicht. Ich wusste, dass unser Trick funktioniert hatte und der Plan umgesetzt war, aber das konnte es nicht gewesen sein. Oder doch?

Aber ich fand heraus, als ich dort mit dem Kopf auf seiner Schulter lag, dass sich alles, was mich geplagt hatte, aufzulösen schien, wenn ich mich an ihn schmiegte. Er hatte mich nicht weggestoßen. Wenn überhaupt war ich mir sicher, dass ich spürte, wie er sich mir ein wenig annäherte und sich mir zuwandte, als ob auch er nicht wollte, dass dies das Ende wäre. Was wir geteilt hatten, war intensiv gewesen. Sicherlich war es nicht so wie bei jeder seiner anderen Begegnungen, oder? Oder vielleicht war es das und ich war die Dumme, weil ich dachte, ich wäre etwas Besonderes. Dass wir zusammen etwas Besonderes wären.

Aber im Moment könnte ich so tun, als wären wir das. Vorerst konnte ich so tun, als ob ich diesem Mann etwas bedeutete, dass das Spiel, das wir in den letzten Tagen gespielt hatten, tatsächlich Realität war. Und bei dem Durcheinander in meinem Leben, zu dem ich allein nach Hause zurückkehren musste, würde ich es ertragen. Ich würde alles annehmen, was ich kriegen konnte. Selbst wenn ich wüsste, dass es nur ein Spiel war. Wahrscheinlich war für mich im Moment selbst das einfach viel besser als die Realität.

Kapitel Fünfzehn

Cody

In völliger Ruhe saß ich in meinem Privatjet gegenüber dieser Frau und konnte nicht anders, als mich zu fragen, in was um Himmelswillen ich mich da hineinbegeben hatte.

Ich hätte nie mit ihr schlafen sollen. Das war mein Fehler gewesen und ich versuchte nicht, mich dumm zu stellen – ich hätte sie ins Bett bringen und dann zur Party zurückkehren sollen, etwas abhängen und ein wenig mehr plaudern und hoffen sollen, dass wir genügend getan hätten, um die Leute von unserer Verehrung füreinander zu überzeugen. Das war es, was ich hätte tun sollen.

Aber es hatte sich herausgestellt, dass ich nicht mehr in der Lage gewesen war, ihr zu widerstehen, so wie sie mich angesehen hatte. Was natürlich keine Entschuldigung war – keineswegs. Ich hätte sie abschütteln und ihre Annäherungsversuche höflich ablehnen sollen. Aber ich konnte es einfach nicht. Da war etwas, eine Art Chemie zwischen uns. Besonders, da ich wusste, dass das Ganze von jemandem mit nur dem geringsten Sinn für Anstand völlig verpönt gewesen wäre. Und es schien, als gäbe es eine echte Verbindung zwischen uns; ich konnte nicht genau sagen, was es war, aber es war etwas da – etwas, das ich noch ein wenig erforschen wollte. Aber ich wusste, dass ich es nicht konnte. Und das war es, was mich verwirrte.

Sie hatte die meiste Zeit der Heimreise geschlafen, Gott sei Dank, sodass ich mir keine Sorgen mehr machen musste, ihre offensichtlichen Annäherungsversuche abzuwehren. Als ich an diesem Morgen aufgewacht war und sie nackt auf dem Balkon sah, umrissen vom Morgenlicht, als ob sie eine Göttin wäre, die aus den Wellen dahinter auftauchte, hatte es mir alles abverlangt, um sie nicht zurück ins Bett zu locken und dort weiterzumachen, wo wir aufgehört hatten. Weil der Sex gut war, gottverdammt gut. Nein, mehr als gut. Es war unglaublich gewesen. Sie zu befriedigen, sie zu ficken, sie zu lieben, sie zu küssen; es war genug gewesen, um meinen Körper auf eine Art und Weise zu erregen, wie er es seit Monaten nicht mehr war. Mit willkürlichen One-Night-Stands zu schlafen war eine Sache, aber sie war etwas ganz anderes gewesen. Und ich hatte keine Ahnung, ob das eine gute oder eine schlechte Sache war.

Nein, nein. Ich konnte noch nicht einmal zulassen, dass meine Gedanken dorthin gingen. Was zwischen uns passiert war, war eine einmalige Sache – Scheiße, ich musste regelrecht dafür beten, dass nicht mehr passieren würde, als wir bereits getan hatten, angesichts der Schwierigkeiten, in denen ich mich selbst wiederfinden könnte, wenn die Leute von unserem Vertrag, dem Sex und den Komplikationen erführen. Ich hatte sie schließlich für diese Reise bezahlt, auch wenn ich sie dabei gevögelt hatte ...

Sie schnaufte schlafend gegenüber von mir und ich konnte nicht anders, als sie anzulächeln. Das hatte sie auch letzte Nacht schon getan – ich war ein paar Mal aufgewacht, als sie sich mit ihrem herrlich nackten Körper gegen mich gepresst hatte, der so unwiderstehlich war. Ich hatte in Betracht gezogen, sie für Runde zwei zu wecken, aber ich genoss die Schönheit, sie so nah bei mir zu haben, viel zu sehr. Das war etwas Neues für mich, das musste ich zugeben. Normalerweise ließ ich die Frauen, mit denen ich mich traf, bleiben und bei mir schlafen. Ich hatte gelernt, dass es in der Regel eine schlechte Idee war, sie nach dem Sex rauszuwerfen, da es dann in einer Streitigkeit über die Gemeinheit und die Selbstverliebtheit meines Lebens enden würde. Doch selbst wenn ich die Wahl gehabt hätte, wäre ich in dieser Nacht bei ihr geblieben. Es gab einfach irgendetwas Schönes daran, ein Bett mit ihr zu teilen, etwas Intimes und Wahres, das mein Herz erfüllte ...

Ich hatte eigentlich keine Ahnung. Es war so lange her, dass ich für die Frauen, mit denen ich zusammen war, etwas anderes als eine geradlinige Anziehung empfunden hatte, so dass ich keine Worte finden konnte, um zu beschreiben, was ich in diesem Moment fühlte. Ich wusste, dass es etwas zwischen uns gegeben hatte, etwas Reales, aber der logische Teil meines Gehirns wusste es besser, als der Sache nachzugehen. Dieser Vertrag, alles, was sie für mich tat – es war chaotisch und fragil genug, wie es war. Aber es in etwas Romantisches zu treiben, hätte einfach für mich und sie gleichermaßen zu einer Katastrophe geführt. Außerdem konnte ich erkennen, wie verletzlich sie war. Sie hatte mir gesagt, dass es niemanden in der Stadt geben würde, der sie vermissen würde, während sie weg war; ein Eingeständnis, das mich mit Schmerz erfüllte. Ich wollte sie beinahe wecken und ihr sagen, dass ich sie vermissen würde, aber das wäre zu liebevoll und romantisch gewesen. Und ich konnte das nicht zulassen.

Während ich versuchte, sie aus meinem Kopf zu drängen, konzentrierte ich mich auf das Wichtigste, was eigentlich zur Debatte stand: Mein Plan, Robert Soros zu täuschen, schien funktioniert zu haben. Sicher, ich war verärgert, dass wir so schnell hatten gehen müssen, aber er war warmherzig und freundlich genug zu uns gewesen, um mich glauben zu lassen, dass er unseren kleinen Plan wirklich geglaubt hatte. Und darum ging es ja schließlich bei all dem hier. Ich hatte meinem Vater das Gegenteil bewiesen – bewiesen, dass ich einen der angesagtesten Autoren der Stadt überzeugen und ihn zu meinem Autor machen konnte. Sodass ich jetzt nach Hause ging, nahezu völlig überzeugt, dass ich es geschafft hatte.

Aber jetzt gab es sie, mit der ich mich auseinandersetzen musste. Genau die Art von Frau, mit der ich mich nie hätte einlassen sollen. Sie arbeitete nicht nur für mich, was schon schlimm genug war, sondern sie war im Moment eindeutig an einem schwierigen Punkt in ihrem Leben und ich war kaum der Mann, der ihr helfen konnte, sich dadurch zu navigieren. Fuck, ich konnte mich selbst kaum durchs Leben schleppen, geschweige denn jemand anderen, jemanden wie sie.

„Mr. Leith?"

Ich wandte mich der Stewardess zu, die mich nett anlächelte.

„Wir sind gerade dabei zu landen", sagte sie mir. „Möchten Sie noch etwas, bevor ich meine Position einnehme?"

„Nein, danke", sagte ich und schüttelte meinen Kopf.

Sie zog sich zurück und ließ mich mit meinen Gedanken allein. Olivia – Oli, wie sie mich gebeten hatte, sie zu nennen – schlief mir gegenüber fest und ich fragte mich, ob ich sie wecken sollte. Wenn wir aber Verzögerungen auf der Landebahn erleben würden, müsste ich mich vielleicht mit ihr unterhalten, und das wollte ich wirklich nicht tun müssen.

Nach einer problemlosen Landung kam das Flugzeug zum Stillstand; ich griff hinüber und legte eine Hand auf Olivias Knie und rüttelte sie wach. Ihre Augen flatterten auf und sie blinzelte mich blitzartig an. Diese Unschuld, die Verletzlichkeit in diesem Moment, brachte mich auf den Gedanken, sie in meine Arme zu nehmen und sie zu trösten. Aber stattdessen zog ich meine Hand zurück.

„Sind wir schon da?"

„Wir sind wieder auf dem Boden, ich habe ein Taxi

organisiert, mit dem du direkt nach Hause fahren kannst.”

„Ok“, antwortete sie und senkte ihren Blick auf den Boden. Ich öffnete meinen Mund, wollte sie gerade zu mir einladen, um etwas Schlaf nachzuholen, zögerte dann jedoch. Ich musste sie nach Hause schicken. Wir mussten zwischen uns so viel Abstand wie möglich schaffen.

Wir nahmen unsere Koffer und machten uns auf den Weg in Richtung Ausstieg.

„Ich denke, ich sehe dich dann bei der Arbeit, richtig?”, bemerkte sie und sah mich hoffnungsvoll an. In ihrem Blick sah ich einen kleinen übriggebliebenen Hoffnungsschimmer: Wenn ich jetzt die Chance nutzte, wenn ich ihr sagte, dass ich sie mit nach Hause nehmen könnte, dass wir uns aussprechen könnten, dass wir die ganze Nacht damit verbringen könnten, wieder zu ficken, wenn sie es wollte, würde sie mitmachen und wir könnten dort weitermachen, wo wir aufgehört hatten, als sie an diesem Morgen aufgestanden war.

Aber ich sagte kein Wort. Wie könnte ich das tun? Sie musste gehen. Dic Dinge waren schon chaotisch genug und das Wichtigste war, dass wir beide ausgeruht waren und zur Besinnung kamen. Um diese ganze Sache hinter uns zu lassen.

„Ja genau“, nickte ich und beobachtete, wie sie die Stufen des Flugzeugs hinunter zum unten wartenden Auto ging. Während ich zum Ausgang ging, packte ich meine Koffer und stellte sicher, dass ich ihr genügend Zeit gab. Ich wollte nicht noch einmal auf sie treffen müssen. Ich wusste, dass, wenn ich sie anschauen würde, meine Entschlossenheit schwinden und ich mich nicht mehr an das halten können würde, was ich mir selbst versprochen hatte.

Ich seufzte, als ich aus dem Flugzeug ausstieg. Ich musste

nach Hause. Nur ein paar Wochen zuvor war ich in der Stadt gewesen, hatte ein Model im Blick gehabt und gewusst, dass ich sie mit nach Hause nehmen würde. Aber jetzt war ich an jemand anderen gebunden, an eine Frau, an einen Moment, an die Erinnerung daran, wie wir zusammen waren.

Als mein Handy in der Tasche klingelte, zog ich es schnell heraus und steckte es in den Halter vor mir und schaltete den Lautsprecher ein, damit ich hören konnte, wer anrief.

„Hallo?"

„Hey, Cody!" Roberts Stimme erklang in einem hellen Ausruf, der das Chaos in meinem Kopf durchdrang.

„Ich habe schon eine Weile versucht, Sie zu erreichen, aber ich nehme an, Sie waren im Flugzeug", fuhr er fort. Er klang ein wenig beschwipst; wahrscheinlich verarbeitete er das, was vom Hochzeitsschnaps übrig war.

„Ja, genau."

„Ist Olivia bei Ihnen?", fragte er. „Hatten Sie eine sichere Heimreise?"

„Ja, wir sind heil angekommen", antwortete ich und dachte schnell über einen Grund nach, warum sie im Moment schweigen würde.

„Sie, ähm, sie schläft gerade", sagte ich ihm. „Aber ich bin sicher, sie schickt ihre Grüße."

„Ok, ok", fuhr er gesprächig fort. „Nun, ich wollte nur anrufen und Sie wissen lassen, dass ich mich für Sie entschieden habe."

„Bitte?", stotterte ich und bat ihn, es zu wiederholen.

„Ich war so beeindruckt von Ihnen beiden zusammen",

fuhr er fort. „Sie scheinen wirklich zu verstehen, wonach ich suche. Die Werte, die ich habe, haben auch Sie. Also möchte ich mit Ihnen am nächsten Roman arbeiten."

„Das sind großartige Neuigkeiten!" Sehr peinlich schlug ich mit der Faust in die Luft und war froh, dass er mich nicht sehen konnte. „Ich werde die Verträge gleich morgen früh an Sie weiterleiten, in Ordnung?"

„Vielen Dank", antwortete er. „Ich freue mich sehr auf die Zusammenarbeit mit Ihnen. Grüßen Sie Ihre reizende Frau von mir."

„Das werde ich tun, und ich melde mich, wenn ich in der Stadt bin", stimmte ich zu. „Wir hören uns."

Ich legte auf und sofort verblasste der Nervenkitzel, der mich durchdrungen hatte, als er mir diese Nachricht mitgeteilt hatte. Ja, ich hatte, was ich wollte – mein Plan hatte funktioniert, egal wie hirnrissig er auch gewesen war. Ich hatte bekommen, was ich wollte. Ich wusste, dass Robert Soros einen unglaublichen Gewinn für das Unternehmen bringen würde, und ich hatte bereits ein Dutzend Ideen, was wir an PR-Maßnahmen im Vorfeld der Veröffentlichung machen könnten.

Also warum konnte ich sie nicht aus meinem Kopf bekommen? Ich sollte in der Lage sein, diese Frau hinter mir zu lassen. Sie war von Nutzen für mich gewesen, so wie Robert es werden würde. Aber alles, woran ich denken konnte, war, dass sie durch die Stadt reiste, ganz allein, im Dunkeln, zurück in eine Wohnung, in der niemand auf sie wartete. Und es verlangte mir alles ab, mich nicht umzudrehen und sicherzustellen, dass jemand da war, wenn sie nach Hause kam.

Kapitel Sechszehn

Olivia

Gedankenverloren trommelte ich mit meinen Fingern auf dem Schreibtisch vor mir. Ich war abgelenkt. Ärgerlicherweise. Aber wie sollte es auch anders sein, wenn der Mann, den ich einfach nicht aus meinem Kopf bekommen konnte, nur ein Büro von mir entfernt war?

Ich scrollte wieder durch meine E-Mails und hoffte, dass es dort etwas geben würde, das mich vorerst ablenken würde, aber Fehlanzeige. Nicht, dass ich viel erwartet hätte. Dazu kam noch die Tatsache, dass er sein Bestes zu geben schien, um mich zu ignorieren und mich auf absehbare Zeit auf Distanz zu halten.

Seitdem ich aus Spanien zurückgekehrt war, hatte ich nur an ihn gedacht. Möglicherweise deshalb, weil er so eifrig daran gearbeitet zu haben schien, mich zu ignorieren. Ich verlangte nicht viel, aber ich fühlte mich, als hätte ich zumindest ein wenig Kenntnisnahme verdient. Ich wusste, dass wir nie zusammen sein würden – zumindest nicht so, wie ich es mir wünschen würde – aber wir konnten doch nicht einfach so fallen lassen, was zwischen uns passiert war. Aber dann wiederum war er es vielleicht besser gewohnt, mit jemandem bedeutungslosen Sex zu haben, als ich. Die einzigen Personen, mit denen ich Sex hatte, waren die Jungs, mit denen ich zusammen war – und ich war mir nicht sicher, ob er jemals wirklich mit jemandem zusammen gewesen war. Ich könnte noch so viele Millionen Ausreden für ihn finden, warum er nicht das sein konnte, was ich brauchte, aber ich würde mir selbst nicht glauben. Ich musste sie von ihm hören, ein für alle Mal.

Aber er wollte das nicht tun, also musste ich einen Weg finden, unfair zu spielen. Ich meine, eigentlich war er ziemlich gut darin, oder? In Anbetracht der Tatsache, dass er derjenige war, der sich für mich entschieden hatte, um seinen unechten Ehepartner bei einem großen Event zu spielen. Wahrscheinlich würde er meine unorthodoxe Art, die entstandenen Probleme zu lösen, gutheißen. Ich wollte nur herausfinden, was es war, das ihn dazu brachte, sich immer weiter zurückzuziehen, so weit weg von mir oder irgendjemand anderem.

Als wir zusammen unterwegs waren und er ein paar Drinks getrunken hatte, hatte er von seiner Familie gesprochen. Ich fragte mich, ob vielleicht die Entfernung zwischen ihm und ihnen das war, was ihn dazu brachte, sich so zurückzuziehen. Er hatte mich über das absolute Minimum unseres beruflichen Kontakts hinaus ignoriert und ich musste einen Weg finden, mich durch diese Barriere zu drängen. Ich brauchte es. Wenn ich irgendeine Hoffnung hatte, aus diesem Durcheinander mit irgendeinem Anschein meines Verstandes herauszukommen, der übrig war, war dies meine einzige Hoffnung.

Wiederrum hasste ich es aber auch irgendwie, dass ich überhaupt in diese Richtung dachte. Ich hatte mir immer gesagt, dass ich Abstand halten, das Geld nehmen und abhauen würde. Und sicher, ich hatte das Geld genommen und ich hatte meine Miete für sechs Monate im Voraus bezahlt und eine Anzahlung für ein paar Modedesign-Kurse geleistet, die ich in den letzten Monaten im Auge gehabt hatte. Und es war gut zu wissen, dass ich endlich die finanziellen Mittel hatte. Aber ich hatte ein Gefühl von Anziehungskraft zwischen uns gespürt, ein Funkeln, das ich noch nicht loslassen wollte.

Ich hatte hier etwas – wir hatten etwas – und ich wollte es mir nicht durch die Finger rutschen lassen, wie ich es bisher in meinem Leben mit so vielen anderen Dingen getan hatte. Also hatte ich ein wenig über ihn recherchiert. Ich wusste von der Firma seines Vaters – sie war schwer zu übersehen, selbst wenn man den Nachrichten nur minimale Beachtung schenkte – aber seine Familie hatte mehr zu bieten als lediglich seinen Vater. Sein Bruder Andrew arbeitete für die Firma, als Junior-Reporter; sein Schreibstil war bei weitem nicht so gut wie der von Cody, als er für sie geschrieben hatte. Aber er hatte eine Kontakt-E-Mail unter seinem Artikel für Tipps und Lesergeschichten. Und, nun, ich hatte vielleicht keine Geschichtenidee, aber ich hatte etwas, bei dem ich seine Hilfe brauchte.

Also hatte ich mich an ihn gewandt und dafür gesorgt, dass ich es so neutral wie möglich hielt – ich musste diese E-Mail mindestens hundertmal verfasst haben, keine Ahnung, wie um alles in der Welt ich dazu berechtigt war, mich ihm diesbezüglich zu nähern, ohne wie ein totaler Widerling zu klingen. Vielleicht war ich nicht die erste Frau, die sich an ihn gewandt hatte, nachdem Cody sie abgelehnt hatte. Vielleicht bekam er diese Art von E-Mails ständig. Vielleicht war ich nur noch eine weitere in einer langen Reihe von Stalkerinnen, die nicht loslassen konnten. Ich versuchte, nicht daran zu denken. Ich hasste den Gedanken, dass ich wie Dutzende anderer Frauen in dieser Stadt sein könnte. Ich war mir sicher, dass wir etwas Besonderes hatten, aber mit jedem Tag, der verging, mit jedem Tag, an dem er mich kaum anblickte oder mir am Morgen nichts anderes als ein strenges Lächeln schenkte, zweifelte ich mehr und mehr an meiner Wahrnehmung des Ganzen.

Schließlich schrieb ich eine E-Mail an seinen Bruder und beschloss, so ehrlich wie möglich zu sein: Dass Cody und ich zusammenarbeiteten und ich einige Recherchen über seine Vergangenheit angestellt und Grund zur Sorge hatte wegen dem, was zwischen ihm und seiner Familie passiert war. War das aufdringlich? Selbstverständlich. Und ich hätte keine Ausrede dafür, wenn ich entlarvt würde. Aber ich hatte so viel verloren, dass ich das nicht auch noch aufgeben konnte.

Und deshalb schaute ich bei jeder Gelegenheit immer wieder in meinen E-Mails. Ich wusste, dass die E-Mail in seinem Posteingang angekommen war, aber ich hatte nichts gehört und fing an, mir Sorgen zu machen, dass ich es versaut hatte. Vielleicht wollte er sie an Cody weiterleiten, um mich auflaufen zu lassen, weil ich es gewagt hatte, mich in sein Leben einzumischen? Das wäre im Großen und Ganzen mehr als fair gewesen. Doch er hatte das, was er über mich wusste, genutzt, um mich zur Unterzeichnung dieses Vertrages zu bewegen. Er hatte sein Wissen über meine finanziellen Schwierigkeiten genutzt, um mich dazu zu bringen, das zu tun, was er wollte. Also hatte ich vielleicht doch nicht ganz so unanständig gehandelt. Vielleicht hatte ich einfach nur nach seinen Regeln gespielt.

Ich stand auf und blickte auf die Uhr auf meinem Handy; ich war in meinem Nachmittagstief angelangt und brauchte dringend einen Kaffee, wenn ich noch ein paar Stunden durchhalten wollte. Es fühlte sich an, als ob der Jetlag, gegen den ich seit meiner Rückkehr gekämpft hatte, noch nicht wirklich verschwunden war. Vielleicht war es ein Überbleibsel von ihm, unter dem ich litt, ausgelöst durch die Tatsache, dass ich Tag für Tag mit ein paar kleinen Dosen Cody konfrontiert war. All das wäre viel einfacher gewesen, wenn er die guten Manieren gehabt hätte, nur für ein paar Wochen aus meinem Leben zu verschwinden, während ich über alles hinwegkam und es hinter mir lassen konnte.

Ich dachte darüber nach, hineinzugehen und ihm zu sagen, dass ich abhaue. Aber ich war darüber besorgt, dass ich ihn eventuell nerven würde oder als anhänglich rüberkomme, also bin ich einfach los gegangen. Er könnte auf mich zukommen, wenn ich zurückkomme, sollte er wirklich etwas brauchen.

Ich ging in mein übliches Café und bestellte einen starken schwarzen Kaffee, um all den Nächten entgegenzuwirken, in denen ich wach gelegen hatte, an ihn und an das, was wir geteilt hatten, gedacht hatte. Manchmal blickte ich zurück und bedauerte es – es hatte mir so unglaublich gut gefallen und wurde dann im letzten Moment doch wieder von mir weggezogen. Aber die meiste Zeit war ich froh, dass es so gelaufen war. Es hatte mich daran erinnert, dass es da draußen etwas Reales zu entdecken gibt, wenn ich nur danach suchen würde. Ich musste es nur mit jemandem finden, der tatsächlich daran interessiert war, es mit mir zu teilen. Nicht mit einem Kerl, der die nächsten paar Wochen damit verbringen wollte, mich bei jeder Gelegenheit zu enttäuschen.

Ich hatte mich ehrlich gefragt, ob er mich feuern würde. Aber ich schätzte, dass das gleichbedeutend gewesen wäre mit dem Eingeständnis, dass es etwas zwischen uns gegeben hatte, etwas, das es wert war, so drastische Maßnahmen zu ergreifen. Und es schien mir, als würde er diese Schlussfolgerung mit allem, was er in sich hatte, vermeiden. Ich verstand, warum; die Dinge zwischen uns waren kompliziert genug mit dem Vertrag und dem Geld und allem anderen, ohne auch nur den Sex miteinzubeziehen. Aber das bedeutete nicht, dass er einfach ungeschehen machen konnte, was passiert war. Und es bedeutete nicht, dass er einfach alles vergessen konnte, wenn es ihm passte.

Ich wollte gerade mit meinem Kaffee ins Büro zurückkehren, als mein Telefon in der Tasche vibrierte. Meistens waren die Nachrichten, die ich erhielt, nur mein neuer Payback Punktestand oder reduzierte Schönheitsprodukte. Aber als ich es aus meiner Tasche zog und auf den Bildschirm blickte, weiteten sich meine Augen. Die Nachricht war von Andrew Leith. Sein Bruder. Er hatte sich bei mir gemeldet.

Ich nahm einen Platz auf dem Gang neben der Tür ein,

meine Augen klebten auf dem Bildschirm, als die Leute an mir vorbeistürmten. Der Klang um mich herum schien in den Hintergrund zu treten, alles andere schien von mir wegzugleiten. Ich atmete tief durch und tippte auf die E-Mail. Mein Herz klopfte, als ich darauf wartete, dass sie geladen wurde.

„Olivia. Bitte kontaktiere mich und meine Familie nicht mehr im Namen von Cody. Wenn er mit uns reden will, sagen Sie ihm bitte, dass er es selbst tun kann."

Das war alles. Die gesamte E-Mail. Wenn es ein Brief gewesen wäre, hätte ich ihn zehnmal umgedreht, um sicherzustellen, dass ich nichts übersehen würde, aber da war nichts. Nicht einmal ein freundlicher Gruß. Er dachte, Cody würde versuchen, durch mich zu ihm zu gelangen, ein Angsthase, der zu feige war, um seine Familie selbst zu konfrontieren. Ich fing an, eine E-Mail zu schreiben, um ihn zu korrigieren, um ihn wissen zu lassen, dass es nur zu meinen eigenen Zwecken war, aber ich stoppte, bevor ich sie senden konnte. Wenn ich noch weiter ging, bestand die Chance, dass Andrew sich direkt an Cody wenden und wissen wollte, was los war. Und das war das Letzte, was ich brauchte. Vorläufig hatte ich Glück, mit genau der Reaktion durchzukommen. Und ich sollte es als Zeichen nehmen, dass es vielleicht am besten ist, diesen schlafenden Hund ruhen zu lassen.

Also stand ich auf und machte mich auf den Weg zurück ins Büro, wo der Mann – entschlossen, mich und alles, was zwischen uns passiert war, zu ignorieren – sich wahrscheinlich fragte, wo ich hingegangen war. Aber ich musste akzeptieren, dass er kein Typ aus meinem Privatleben war, sondern eine komplizierte Angelegenheit, die ich klären musste. Er war mein Chef und so wollte er die Dinge offensichtlich auch halten. Egal, was ich fühlte, wenn ich ihm in die Augen sah, ich musste ihn loslassen. Weil er es sicherlich getan hatte. Genauso, wie er seine Familie losgelassen haben musste. Er schien geschickt darin zu sein, die Dinge hinter sich zu lassen. Vielleicht könnte ich es vertragen, ein wenig davon von ihm zu lernen.

Kapitel Siebzehn

Cody

Als ich den Namen auf ihrem Computer sah, fühlte ich mich, als wäre das Herz in meiner Brust stehen geblieben. Es war unmöglich, dass ich das richtig lesen haben konnte. Auf keinen Fall.

Ich erstarrte auf der Stelle und schaute auf den Bildschirm. Da war sie. In ihrem Posteingang. Eine E-Mail von Andrew Leith. Ich war gerade gekommen, um nach einem Meeting zu sehen, das ich später an diesem Tag mit Robert hatte, und nun fand ich heraus, dass sie mit meinem Bruder geredet hatte. Die Schlange.

Sie kam aus dem Badezimmer und fand mich dort vor ihrem Computer stehen und auf den Bildschirm starren. Ein nervöses Lächeln flackerte über ihr Gesicht, als sie sich mir näherte.

„Cody?", fragte sie. Es war das erste Mal, dass sie mich bei meinem Vornamen nannte und nicht mehr „Mr. Leith", seit wir zurückgekommen waren.

„Du hast mit meinem Bruder Kontakt gehabt?", fragte ich leise. Ihr Gesichtsausdruck entglitt; ich hatte noch nie zuvor jemanden grün werden sehen, aber ich schwöre, dass ihr sichtbar übel wurde. Gerade als ich dachte, dass sich die Dinge zwischen uns wieder normalisiert hätten. Wir waren wieder dahin zurückgekehrt, wie es war, bevor wir zusammen verreist waren. Ich hatte angefangen zu glauben, dass die Dinge wirklich wieder so werden könnten, wie sie vorher funktioniert hatten. Aber nun war mir offensichtlich bewiesen worden, dass ich mich geirrt hatte.

„Es ist nicht so, wie es aussieht“, schüttelte sie schnell den Kopf, rutschte an ihrem Schreibtisch vorbei und klickte schnell auf ihre E-Mails.

„Willst du mir sagen, dass die von einem anderen Andrew Leith war?”, forderte ich. „Jemand, der nicht mein Bruder ist?”

„Nein, das sage ich nicht“, antwortete sie und die Realität der Situation überflutete mich auf einmal. Es fühlte sich an, als ob sich zwei Ströme in mir kreuzen würden, zwei Teile meines Lebens, die nie in Kontakt miteinander hätten kommen dürfen und sich nun zu etwas Unkontrollierbaren vereinten. Die Elektrizität pulsierte durch meinen Körper und übersetzte sich in Wut in meiner Brust, Wut auf sie, Wut auf meinen Bruder, Wut auf die ganze Scheiße hier.

„Was, du warst mit mir fertig, also dachtest du, du würdest dir ihn schnappen?”, fragte ich und sie schüttelte sofort den Kopf.

„Das war es nicht. Es war nichts dergleichen“, versuchte sie, mir zu erklären. „Bitte, lass es mich dir einfach zeigen–”

„Ich glaube nicht, dass ich etwas sehen muss.“ Ich hielt meine Hand hoch und ein Blitz der Wut ging über ihr Gesicht.

„Denkst du wirklich, du kannst mich einfach so abweisen?”, blaffte sie. „Cody, wie du mich behandelt hast, nachdem wir zurückgekommen sind …”

Sie verlangsamte sich und holte Luft, als ob sie es besser wüsste, als ihren Geist dahin wandern zu lassen, wo er hingegangen war.

„Fahr fort“, befahl ich, nicht sicher, ob ich es als ihr Chef oder als etwas ganz anderes sagte. Sie starrte mich für einen langen Moment an, wog deutlich die Vor- und Nachteile ab, mir die

Wahrheit zu sagen, und fuhr dann fort.

„Nach unserer Rückkehr hast du so getan, als wäre nichts davon passiert“, fuhr sie fort, ihre Stimme ruhig, als ob sie sich nicht sicher wäre, ob sie damit durchkommen würde.

„Ich habe es dir gesagt, als wir in Spanien waren“, antwortete ich. „Wir haben die Situation unterschätzt. Was zwischen uns passiert ist, war ein Fehler.”

„Und das glaubst du wirklich?” Sie starrte mich an und suchte nach einem Anhaltspunkt, dass ich sie anlügen würde. Die Wahrheit war, sie hatte recht – ich hatte nicht aufhören können, an sie zu denken, seit wir zurückgekommen waren. Ich musste so hart daran arbeiten, sie aus meinem Verstand fernzuhalten, und dennoch – mit ihr direkt vor meinem Büro –, wie hätte ich das wirklich schaffen können? Ich konnte sie nicht loswerden, ohne dass meine Beweggründe unübersehbar waren, und ehrlich gesagt wollte ich es auch nicht. Ich wollte sie in meiner Nähe behalten. Sie jeden Tag zu sehen, auch wenn nichts zwischen uns passierte, war der Höhepunkt meines Tages. Dieses zarte Lächeln, wenn ich jeden Morgen durch die Tür kam und in mein Büro ging. Es hatte sich in meinem Gedächtnis festgebrannt und es brauchte alles in mir, um ihr bei der Ankunft nicht jedes Mal einen Kuss zu geben.

„Ja, das tue ich“, antwortete ich entschlossen. „Und es tut mir leid, was passiert ist.”

„Es tut dir leid?”, fragte sie entgeistert, ein Knistern von Wut in ihrer Stimme – oder vielleicht war es auch Traurigkeit und Schmerz.

„Ja, es tut mir leid“, antwortete ich. „Wir waren beide betrunken und hätten es nicht zulassen dürfen. Aber ich dachte, du könntest damit umgehen.”

„Was ist, wenn ich das gar nicht will?” Sie schaute mir

herausfordernd in die Augen und runzelte ihre Stirn. „Was, wenn ich denke, dass es etwas Besonderes war und wir uns dem hingeben sollten?"

„Ich meine, was zum Teufel könnten wir schon machen?", betonte ich. „Wir können nicht zusammenkommen. Nicht nach dem Vertrag und allem anderen. Und außerdem arbeiten wir zusammen. Und außerdem hintergehst du mich, um mit meiner Familie zu reden."

„Oh, also das ist es, worum es hier geht?" Sie schüttelte ihren Kopf.

„Ja, ich muss in der Lage sein, den Menschen in meiner Nähe zu vertrauen", schoss ich zurück.

„Du kannst mir vertrauen", protestierte sie. „Ich habe niemandem erzählt, was zwischen uns passiert ist. Oder von dem Vertrag. Oder die Tatsache, dass du mich dazu gebracht hast, mich als deine Frau auszugeben–"

„Oh, also das war es nicht, worüber du mit meinem Bruder gesprochen hast?", feuerte ich sarkastisch zurück. Sie atmete tief ein und wieder langsam aus.

„Nein, das war es nicht", antwortete sie. „Ich weiß, dass wir uns darauf geeinigt haben, dass es ein Geheimnis ist. Ich werde nicht gegen die Bestimmungen des Vertrages verstoßen, keine Sorge."

„Sehr gut", antwortete ich. „Denn wenn du es tätest, müsstest du mir das ganze Geld zurückzahlen, und ich bezweifle, dass du dir das leisten kannst, richtig?"

„Warum musst du nur so sein?", fragte sie. „Du könntest einfach versuchen, nett zu sein, weißt du. Versuche ab und zu mal, ein anständiger Mensch zu sein. Es würde dir nicht schaden."

„Ja, ich werde es erst glauben, wenn ich es sehe“, murmelte ich.

„Warum verhältst du dich so?”, feuerte sie zurück. „Ich darf jetzt nicht mit deiner Familie sprechen?”

„Ich hätte es in den Vertrag aufnehmen sollen“, antwortete ich. „Es ist zu deinem Besten. Glaub mir, du willst nichts mit Typen wie denen zu tun haben. Mit keinem von ihnen.“

„Und warum kann ich diese Entscheidung nicht selbst treffen?”, murmelte sie. „Warum musst du aufpassen, dass ich das tue, was du willst?”

Ich verstummte. Die Wahrheit war, dass der Gedanke, Oli mit meiner Familie zusammenzubringen, für mich beunruhigend war. Sie war rein und unabhängig. Etwas, das völlig dem Durcheinander meiner durchgeknallten Familie widersprach. Und jetzt hatte ich diese Nachricht auf ihrem Computer gesehen und es gab nichts, was ich tun konnte, um sie fernzuhalten.

„Denn wenn das aufgedeckt wird, würde ich den größten Auftrag verlieren, den ich je bekommen habe“, erinnerte ich sie. „Verstehst du das?”

„Also ging es hier nur um das Geld?”, fragte sie. „Nur um den Vertrag?”

Sie schien verletzt zu sein und ein Teil von mir wollte ihr sagen, dass es nicht so war, dass ich mich wirklich um sie kümmerte, dass ich das Beste für sie wollte. Aber die Wahrheit war, dass ich mich gegen sie wehrte. Das Wissen, dass sie sich an meine Familie gewandt hatte, hatte einen Schalter in mir umgelegt. Die Sanftmut, die ich für sie übrighatte, verflog schnell.

„Es tut mir leid, wenn du dachtest, dass es bei uns um mehr als das ging“, murmelte ich und wandte mich von ihr ab.

„Ich wollte dich nicht in die Irre führen."

„Du sagst also, dass alles, was wir in Spanien hatten–"

„Ich sage, wir haben getan, was wir tun mussten, um das zu bekommen, was ich brauchte." Ich drehte mich zu ihr um und sah ihr direkt in die Augen. Ich war es gewohnt, geradewegs auf den Punkt zu kommen, was das Geschäft betraf. Aber ich konnte nicht anders und spürte ein wenig Schuldgefühle, als ich sah, wie der Rausch der Traurigkeit über ihr Gesicht huschte.

„Das ist alles, was ich für dich war?", fragte sie mit verstummender Stimme. „Nur ein Mittel zum Zweck?"

„Ich dachte, wir wären uns darüber im Klaren gewesen", antwortete ich. Ich wusste, dass ich mich wie ein Arschloch benahm, aber ich hatte keine andere Möglichkeit mit dem umzugehen, was sie zu mir gesagt hatte und was sie von mir wollte. Ich war so lange in diesem Geschäft, in dem ich nach den Regeln der Wirtschaft und nicht nach den Regeln des Herzens gespielt hatte. Jetzt hatte sich für mich die Gelegenheit ergeben, gut zu ihr zu sein und alles zu akzeptieren, was zum Teufel wir beide zwischen uns hatten, aber ich konnte es einfach nicht ertragen. Ich wollte es nicht. Ich hatte keine Worte dafür.

„Ja, aber vielleicht hättest du ..." Sie schien verärgert zu sein, aber sie hatte keine große Chance auf Gegenwehr. Sie hatte diesen Vertrag unterschrieben. Sie hatte den Bedingungen zugestimmt. Und sie hatte sich mit mir getroffen und wusste, dass alles an seiner richtigen Stelle war. Es war nicht meine Schuld, dass die Dinge nicht so gelaufen waren, wie sie es wollte. Außerdem wollte sie das auch nicht von mir – sie konnte ja glauben, dass sie das tat, aber sie tat es nicht. Möglicherweise wollte sie mich tatsächlich als ihren Partner, aber in der realen Welt war ich so weit entfernt von dem, was sie wollte, wie es nur menschenmöglich war. Das musste sie gewusst haben, oder?

„Vielleicht hätte ich was?", fragte ich. Ich wollte, dass sie es sagte. Ich wollte, dass sie mich beschuldigte, mir sagte, dass ich dafür verantwortlich wäre, dass ich sie so behandelte. Irgendein verwirrter Teil von mir glaubte, dass ich diese Härte verdient hatte.

„Vielleicht hättest du mich mit ein wenig Respekt behandeln können", murmelte sie, senkte ihren Blick und schaute nach unten, als die Worte aus ihrem Mund kamen.

„In der Art und Weise, wie ich dich abgewiesen habe?", fragte ich. „Ist es das, was du wolltest?"

„Ich weiß nicht, was ich wollte", entgegnete sie mir. „Ich habe so etwas noch nie zuvor getan. Und wenn ich gewusst hätte, dass es so enden würde, hätte ich es vielleicht nicht gemacht ..."

Sie zog sich zurück und beendete ihren Satz nicht. Sie starrte mich an, ihr Kiefer war angespannt und ich spürte eine Welle der Irritation bei ihr. Sie wusste, was sie unterschrieben und wofür sie sich entschieden hatte. Warum kam sie jetzt auf mich zu, als hätte ich sie angelogen und irregeführt? Ich konnte damit nicht umgehen. Ich konnte nicht damit umgehen, in ihrer Nähe zu sein, besonders wenn ich wusste, dass sie hinter meinem Rücken mit meinem Bruder gesprochen hatte.

„Vielleicht solltest du gehen", sagte ich ihr – woraufhin sich ihre Augen weiteten.

„Wovon redest du?"

„Du hast reichlich Geld durch den Vertrag bekommen", erklärte ich. „Vielleicht solltest du dir etwas Zeit abseits vom Büro nehmen. Eine Menge Zeit."

„Feuerst du mich etwa?" Sie keuchte, als sie es sagte.

„Ich denke, es ist das Beste für uns beide." Ich drehte mich um, um wieder in mein Büro zu gehen.

„Cody, bitte–“

Ich blickte über meine Schulter auf sie und schaute in die Augen der einzigen Frau, für die ich in den letzten Jahren etwas empfunden hatte. Und ich wusste, dass ich sie nicht in der Nähe behalten konnte. Denn jeder Moment, den ich dort verbrachte, war einer, in dem ich mich fragte, was zwischen uns passieren könnte. Ich fragte mich, ob ich das Recht gehabt hatte, die Dinge zu beenden, zumal ich wusste, dass sie auch in der gleichen Position war.

„Du hast bis zum Ende des Tages Zeit, deine Sachen zu packen“, sagte ich ihr. Sie öffnete ihren Mund, als ob sie mir noch etwas anderes sagen wollte, aber sie schien es sich im letzten Moment noch einmal anders überlegt zu haben. Ihr Kopf fiel auf ihre Brust, sie drehte sich um und fiel schwer auf ihren Stuhl während ich in mein Büro zurückkehrte. Ich frage mich vor allem, ob ich gerade die richtige Wahl getroffen hatte – oder ob ich gerade den größten Fehler meines Lebens gemacht hatte.

Kapitel Achtzehn

Olivia

Ich rollte mich auf der Couch zusammen. Das konnte nicht sein. Es konnte einfach nicht sein. Und doch war es ganz simpel. Wenn ich meine Augen nicht öffnete, dann musste ich auch nichts erfahren, und das war für mich in Ordnung.

Ich war in diesem Spannungsfeld zwischen dem Wissen und dem Nichtwissen der letzten Tage, zwischen dem einfachen Existieren und dem nächsten Schritt gewesen. Ich geriet in Panik, mein Gehirn lief mit tausend Meilen pro Stunde jedes Mal, wenn ich meine Augen schloss. Und das tat mir nicht gut.

Cody hatte mich gefeuert. Ich konnte es immer noch nicht ganz verstehen. Ich wusste, dass ich eine Grenze überschritten hatte, die genau bis zu seinem Bruder reichte. Doch das ging so weit über die Maßnahmen hinaus, die er hätte ergreifen können, um mich wieder auf die Spur zu bringen. Oder vielleicht hatte ich mein Limit überschritten, die Dinge zu weit getrieben, angenommen, dass ich, weil wir miteinander geschlafen hatten, ein wenig Nachsicht bei der Arbeit verdienen würde. Ich konnte mich noch daran erinnern, wie ich mich fühlte, als er mir seinen Entschluss mitteilte – als ob der Boden unter mir weggezogen würde, als ob die ganze Welt auf die Seite gekippt wäre und ich rasend schnell zum Rand gleiten würde.

Es ging nicht um das Geld. Es ging nie um das Geld, nicht seit ich zurück war. Und Cody hatte recht, als er mir gesagt hatte, dass ich von diesem Vertrag leben könnte. Ich hätte lange Zeit keine Geldprobleme gehabt – er hatte mich für mindestens die nächsten sechs Monate freigestellt und das war für mich in Ordnung gewesen. Doch solange wir zusammenarbeiteten, wusste ich, dass es noch etwas zwischen uns geben konnte, dass es nur eine Frage der Zeit war, bis wir dem, was zwischen uns war, nachgaben, wieder im Bett landeten, wieder übereinander herfielen. Ich wusste, dass es einige Zeit dauern würde, bis er akzeptierte, dass wir auch in der realen Welt zusammen sein könnten, aber ich wollte es unbedingt.

Und jetzt war ich hier, saß zu Hause, die Augen geschlossen, zusammengerollt auf der Couch, betete zu Gott, dass die Dinge nicht so laufen würden, wie ich es erwartet hatte. Es war meine Schuld, weil ich glaubte, dass jemand wie Cody sich zu etwas anderem als dem Geschäft verpflichten könnte. Er war ein Idiot, ein Playboy, ein guter Fick, aber nichts weiter als das. Und da saß ich herum und sehnte mich nach ihm wie die personifizierte Verzweiflung. Ich musste mich aufrappeln. Ich musste ihn vergessen. Womit ich auch schon längst beschäftigt war, wäre da nicht diese Nachricht, von der ich wusste, dass sie auf dem Weg war.

Ich hatte in der Woche zuvor, als er mich gefeuert hatte, bemerkt, dass meine Periode sich etwas verzögerte. Aber das passierte, wenn man unter Stress stand, nicht wahr? Da war nichts weiter dabei. Vielleicht hatte ich nicht genug gegessen, oder vielleicht hatte ich nur das Datum meines letzten Zyklus‘ falsch in Erinnerung. Das war alles, ich war mir sicher.

Und dann erinnerte ich mich daran, dass wir, als wir es in Spanien getan hatten, kein Kondom benutzt hatten. Die Erkenntnis war wie ein Schlag auf mich niedergestürzt und die Panik überrumpelte mich auf einmal. Es gab keine Möglichkeit, dass das Universum so einen Sinn für Humor hatte, oder? Er feuerte mich, aber nicht bevor er mich geschwängert hatte. Das musste zu viel des Guten sein.

Und trotzdem blieb meine Periode aus. Ich wartete und wartete, räkelte mich auf meiner Couch und bemitleidete mich wegen meiner Kündigung, aber sie kam trotzdem nicht. Irgendwann sprang ich auf und besorgte einen Schwangerschaftstest. Ich erwartete sehnsüchtig, durch den Kauf des Tests meine Periode wieder auslösen zu können.

Aber das funktionierte nicht. Und jetzt war ich auf meiner Couch zusammengerollt und kämpfte gegen den Drang, meine Augen zu öffnen und den Test vor mir zu betrachten. Ich war überzeugt, dass es das Letzte auf Erden sein würde, was ich sehen wollte. Aber es gab keine andere Möglichkeit. Eine Person konnte nicht so unglücklich sein. Wie hoch waren die Chancen einer Schwangerschaft?

Ich entschied, dass es nur eine Lösung gab – ich musste einen Blick auf den Schwangerschaftstest werfen. Ich öffnete meine Augen langsam und schaute auf den Test, den ich vor mir auf den Boden geworfen hatte. Er lag falsch herum und ich packte ihn und drehte ihn um. Ich wusste nicht, worüber ich mir solche Sorgen machte, denn es war unmöglich, dass ich sehen würde, dass ich–

Positiv.

Ich starrte ihn einen langen Moment an und griff dann nach der Box. Ich schaute noch einmal auf der Rückseite nach, las die Anleitung und hob den Test an, um ihn mit der Abbildung zu vergleichen. Nein, es gab keine andere Möglichkeit, es gab keine Ausrede. Ich hatte mich in letzter Zeit etwas seltsam gefühlt, sicher, aber das konnte nicht der Grund dafür sein. Da musste ein Fehler vorliegen.

Zwei weitere Tests später brach ich auf dem Boden meines Badezimmers zusammen und versuchte, mich mit der Tatsache abzufinden, dass ich ein verdammtes Baby in mir hatte. Ich legte meine Hand auf den Bauch und starrte ihn an – er war immer noch relativ flach: nichts, was man hätte erkennen können. Jedoch würde es nicht lange dauern, bis man etwas sehen würde. War ich schon ein paar Monate vor der Geburt? Wie groß war das Ding? War es in Ordnung? Waren es Zwillinge? Impfen lassen oder nicht?

Ich war zu schockiert, um zu weinen, obwohl ich wusste, dass ich es unbedingt müsste. Ich wollte in Tränen ausbrechen und weinen, wie unfair das alles war. Das geringste Stück menschlicher Verbindung, das ich in den letzten Monaten gespürt hatte, und es hatte mich in das größte Durcheinander gebracht, das ich mir vorstellen konnte. Wie konnte das fair sein? Ich wollte mich nur wieder menschlich fühlen und jetzt hatte ich für ein ganz neues Problem gesorgt.

Ich wollte mit meiner Mutter reden. Das war die erste Person, die mir in den Sinn kam, als ich den dritten positiven Test sah. Sie würde nicht in der Lage sein, das zu beseitigen, aber sie würde in der Lage sein, mir das zu erklären. Und vielleicht würde all der Mist, der zwischen uns seit dem Tod von Papa aufgetaucht war, einfach wegfallen, sobald wir wieder durch etwas Ernstes verbunden waren. Vielleicht wäre alles weg, so weit weg, dass wir darüber lachen konnten, so weit weg, dass wir uns nie wieder vorstellen konnten, so etwas jemals wieder zu tun ...

Oder vielleicht wäre sie wütend auf mich. Vielleicht wäre das nur der Beweis dafür, dass ich verantwortungslos, kindisch und es nicht wert war, ihre Zeit zu verschwenden. Sie würde mich fragen, wie es passiert sei, und ich müsste ihr die Wahrheit sagen. Ich war so dumm gewesen, mit meinem Chef zu schlafen, ohne jeglichen Schutz. Und dass ich zu anhänglich geworden war und mich zum Narren gemacht hatte und gefeuert worden war. Und dass er so ziemlich der größte Playboy der Stadt war, die Art von Mann, der eher von seinem Hochhausbüro gesprungen wäre, als sich die Mühe gemacht hätte, sich mit jemandem einzulassen.

Und vielleicht hätte sie mit allem recht gehabt. Vielleicht war ich eine Idiotin, weil ich das alles getan hatte. Ich hätte dem Vertrag nie zustimmen sollen, so viel war offensichtlich, aber das war im Nachhinein leicht zu sagen.

Und außerdem, hätte ich diese Reise wirklich aufgegeben, auch wenn sie dazu geführt hätte? Diese Erinnerungen waren die einzigen glücklichen, die ich in den letzten Monaten hatte, und ich war mir nicht sicher, ob ich sie geopfert hätte, auch wenn es das Beste zu Vermeidung dieser Schwangerschaft gewesen wäre. Was Cody und ich geteilt hatten, war echt gewesen, egal was er darüber sagte, und es war von entscheidender Bedeutung für meine Gesundheit angesichts all dessen, was passiert war.

„Was werden wir mit dir machen?", murmelte ich in Richtung meines Bauches und fragte mich, ob die kleine Kreatur da drin mich hören konnte. War es ein Junge oder ein Mädchen? Ich hatte so viele Fragen, so viele Fragen, und ich hatte niemanden, an den ich sie richten konnte.

So hatte ich mir nie vorgestellt, herauszufinden, dass ich schwanger war. Ich hatte natürlich schon einmal darüber nachgedacht, Kinder zu haben, und ich nahm an, dass ich ziemlich offen für die Idee war, aber das ging über alles hinaus, worauf ich vorbereitet war. Ich hatte mir vorgestellt, den positiven Schwangerschaftstest neben meinem Mann – oder zumindest meinem Verlobten – zu deuten, dass wir beide uns umarmen und küssen und die Tatsache feiern würden, dass ich endlich schwanger war. Ich hätte es geplant, gewollt, darauf hingefiebert. Ich hätte eine Karriere, die komplett erfüllend und flexibel wäre, ein eigenes Unternehmen, von dem ich mich leicht für eine Weile zurückziehen könnte, um mich um mein Neugeborenes zu kümmern.

Ich hätte nie gedacht, dass es so ablaufen würde. Das Baby in mir war von einem Mann, der sich noch nie als mein Freund, geschweige denn als mein Mann, bezeichnet hatte – jedenfalls nicht im wirklichen Leben. Das Baby in mir war ein Schock, eine Überraschung. Meine Karriere war noch nicht so weit fortgeschritten geschweige denn problemlos. Und vor allem war ich allein. Es war keine Person hier bei mir, niemand, den ich anrufen und mit dem ich die Nachricht teilen konnte. Niemand, den ich um Rat fragen konnte.

Ich griff nach meinem Telefon, ohne nachzudenken, und wählte die Nummer meiner Mutter. Mein Finger schwebte für einen langen Moment über der Anruftaste. Sollte ich? Könnte ich? Es gab ihr so viel zu erzählen, so viel, was passiert war. Aber vielleicht wäre es ihr egal. Vielleicht würde sie mich loswerden wollen, sich fragen, warum ich nach so langer Zeit wieder zurückgekommen war. Vielleicht wäre sie wütend, dass ich sie verlassen hatte, als sie mich brauchte.

Ich legte das Telefon wieder hin und rieb meine Hand über mein Gesicht. Bevor es jemand anderes herausfand, gab es jemanden, dem ich es sagen musste, jemanden, der es wissen musste, bevor jemand anderes einen Hinweis bekam. Cody.

Aber wollte er mich überhaupt sehen, geschweige denn hören? Er war derjenige gewesen, der mich rausgeschmissen hatte, ohne wirklich mit mir zu sprechen. Würde er denken, dass ich es erfunden hatte und ihn anlügen würde, um ihn zu zwingen, wieder mit mir in Kontakt zu treten? Ich hasste den bloßen Gedanken daran. Gott, es gab keine Möglichkeit, dass ich ihm diese Nachricht mitteilen konnte, die wie etwas anderes klingen würde als eine Lüge, eine Erfindung, um ihn zu zwingen, sich wieder mit mir zu beschäftigen.

Aber er musste es wissen. Ich griff wieder nach meinem

Handy, aber bevor ich es in die Hand nehmen konnte, klingelte es.

Ich blickte auf den Bildschirm ohne große Erwartungen, aber in dem Moment, in dem ich den Namen vor mir sah, explodierte mein Puls. Er war es. Ist das Schicksal?

Ich nahm den Hörer ab, atmete tief durch und nahm den Anruf entgegen. Alles klar, ich würde das schaffen.

Kapitel Neunzehn

Cody

Ich klopfte mit dem Fuß auf den Boden, während ich darauf wartete, dass Oli endlich kam. Ich wusste nicht, warum sie so verdammt lange brauchte, aber wir hatten vereinbart, uns vor zehn Minuten zu treffen.

Wenigstens war Robert ebenfalls noch nicht hier – er wusste nicht, dass meine Schauspielerin nicht den Anstand haben würde, pünktlich zu erscheinen. Aber vielleicht ließ sie mich für die Tatsache bezahlen, dass ich sie gefeuert hatte.

Ich war überrascht, dass sie so schnell ans Telefon gegangen war, als ich sie in der Woche zuvor angerufen hatte – ich war mir nicht sicher, was ich erwartet hatte, aber ich hatte angenommen, dass sie vielleicht schon losgezogen war und einen anderen Job hatte, um den zu ersetzen den ich ihr genommen hatte. Aber als sie sich meldete, konnte ich keine Geräusche aus einem Büro oder etwas anderem im Hintergrund hören.

„Hey, hast du Zeit zum Reden?“, hatte ich gefragt.

„Ja, habe ich“, stimmte sie zu und klang ein wenig erschüttert. War mein Verhalten am anderen Ende der Leitung wirklich so einschüchternd?

„Ok, ich habe ein Angebot für dich“, fing ich an, während ich in meinem Büro auf und ab ging. „Robert kommt zurück in die Stadt und er sagt, er will uns beide sehen.“

„Also brauchst du mich, um wieder deine Frau zu

spielen?", fragte sie.

„Exakt", antwortete ich.

„Und du denkst wirklich, dass ich einfach alles stehen und liegen lasse und tue, was du willst?", feuerte sie zurück, als ob sie nicht glauben könnte, was ich von ihr verlangte.

„Für den gleichen Geldbetrag, den ich dir für die Reise bezahlt habe", versprach ich ihr. Ich hatte gewusst, dass das kein einfaches Geschäft werden würde, aber das war in Ordnung. Ich war bereit, ihr alles anzubieten, was nötig war, damit sie erneut meine Ehefrau spielen würde, und ich wusste, dass sie es tun würde. Ich würde sie davon überzeugen.

„Ich glaube nicht, dass ich das kann, Cody", antwortete sie und ich konnte das Bedauern in ihrer Stimme hören. „Wir zwei, die das wieder spielen – ich denke, das ist eine schlechte Idee."

„Es ist für einen Abend", sicherte ich ihr zu. „Und Robert wird die ganze Zeit dort sein. Wir werden nicht alleine zusammen sein, also musst du dir keine Sorgen machen."

„Ich weiß nicht so recht ..."

„Schau, vier Stunden Arbeit und du könntest genug Geld verdienen, dass du ein Jahr lang nicht mehr arbeiten müsstest", betonte ich. „Du willst mir sagen, dass das für dich nicht verlockend ist?"

Sie zögerte, bevor sie antwortete, und ich fragte mich, ob ich zu viel von ihr verlangte. Vielleicht hatte das, was zwischen uns passiert war, sie mehr aufgewühlt, als sie zugeben wollte. Ich ließ einen langen Seufzer los und kümmerte mich nicht darum, ob sie es hörte. Ich brauchte das hier. Mehr, als sie je erfahren würde.

„Ich schätze, es wäre okay", stimmte sie leise zu und ich wollte in die Höhe springen. Ich wollte Robert nicht nur davon überzeugen, dass ich wirklich verheiratet und meine Frau und ich das glücklichste Paar der Welt waren, sondern ich würde sie auch wiedersehen. Ich war mir nicht sicher, was besser war.

„Wunderbar", antwortete ich. „Ich schicke dir die Details, wenn ich Zeit habe, okay?"

„In Ordnung", antwortete sie und sie legte den Hörer auf. Ich bemerkte, dass ich grinste, als der Anruf beendet war. Ich wollte den Abend mit ihr verbringen. Und ich hatte mich mehr darauf gefreut, als es notwendigerweise hätte sein müssen.

Ich hatte sie sehr vermisst, seit ich sie gefeuert hatte. Sosehr, dass ich darüber nachgedacht hatte, meine Entscheidung rückgängig zu machen und sie zu bitten, zurückzukommen – das Geschäft lief immer noch gut genug ohne sie, aber ich vermisste sie jeden Morgen, vermisste ihre kleinen Flirts und ihr Lächeln und ihre roten Haare. Und ich konnte nicht anders, als mich schuldig zu fühlen, weil ich sie so schnell und eiskalt abserviert hatte. Vielleicht hätte ich mir etwas mehr Zeit zum Nachdenken nehmen sollen, aber ich hatte den Namen meines Bruders gesehen und den Verstand verloren. Ich wollte niemanden um mich herum, der meiner Familie nahestand. Ich hatte damals so entschieden, auch wenn ich vielleicht zu schnell gehandelt hatte.

Ich könnte mich bei ihr entschuldigen, wenn ich sie persönlich sah. Nicht, dass ich das aussprechen würde, das war nie mein Stil gewesen. Nein, ich würde sie einfach ohne Worte wissen lassen, dass ich nicht so voreilig hätte handeln sollen. Wenn sie sich auch nur herablassen würde, mir in die Augen zu sehen, nach dem, was ich ihr angetan hatte, versteht sich. Sie hatte jedes recht, wütend auf mich zu sein und sich zu weigern, mir zu verzeihen.

Und als ich vor dem Restaurant stand und auf ihre Ankunft wartete, fragte ich mich, ob das meine Strafe war – ich musste in der Kälte herumstehen und auf sie warten.

Oder vielleicht war sie nur etwas spät dran, steckte im Stau oder so. Ich dachte immer, dass die Leute versuchen würden, mich zu verarschen. Es war genau dasselbe, was ich annahm, nachdem ich so lange im Geschäft gearbeitet hatte. Aber ich musste akzeptieren, dass die Dinge manchmal einfach nicht nach Plan liefen, und das war auch in Ordnung so. So war das Leben. Sie wollte hier sein. Sie wollte mich nicht versetzen. Sie brauchte das Geld und ich hoffte, dass sie mich auch wiedersehen wollte.

„Cody?"

Ich blickte von meinem Handy auf und sah Oli. Da war etwas Besonderes an ihr, etwas, das ich anfangs nicht ganz erfassen konnte. Ich scannte sie auf und ab und versuchte herauszufinden, was sich verändert hatte, aber ich kam nicht drauf.

Und dann bemerkte ich es.

Ihre Hände lagen auf ihrem Bauch. Es wäre eine absurde Geste gewesen, wenn ich mich nicht sofort an die Tatsache erinnert hätte, dass wir kein Kondom benutzt hatten, als wir beide Sex hatten. Ich weitete meine Augen und blickte zu ihr auf und versuchte, die Wahrheit in ihrem Gesicht zu lesen, aber sie sah zerrissen und nervös aus. Als ob es etwas gäbe, was sie mir vorenthielt.

„Sollen wir reingehen?", fragte sie und klang bereits erschöpft, als ob sie es kaum erwarten könnte, dass all das vorbei sei.

„Ja, sicher." Ich packte ihre Hand und konzentrierte mich darauf, wie gut es sich anfühlte, wieder so nah bei ihr zu sein. Was verrückt war, weil es nichts mehr zwischen uns gab. Ich hatte sie gefeuert. Und ihre Hände an ihrem Bauch waren nur ... ein Zufall. Ein paar übertriebene Überlegungen meinerseits. Panik, dass mein schlimmster Albtraum wahr geworden war. Ich war ein notgeiler

Vollidiot gewesen, kein Kondom zu benutzen, aber es gab keine Möglichkeit, dass mich das Universum für einen kleinen Fehler bezahlen lassen würde, oder?

Ich ging zu unserem Tisch und hielt weiterhin fest ihre Hand – Robert war noch nicht mal da, also gab es keinen Grund für mich, ihr diese Art von körperlicher Zuneigung zu zeigen. Ich dachte an mich selbst und sagte mir, dass ich es tat nur für den Fall, dass er uns entdeckte, bevor ich die Chance hatte, es zu bemerken. Aber die Wahrheit war, ich wollte nur wieder in ihrer Nähe sein. Ich wollte mich dafür entschuldigen, wie ich mich zuvor verhalten hatte, als ich sie so plötzlich gefeuert hatte. Das war von mir nicht fair gewesen und ich hatte es seitdem bereut, auch wenn es zum Teufel keinen Weg gab, dass ich ihr das gegenüber zugeben würde.

Wir nahmen unsere Plätze ein – das Restaurant war ein altmodischer Ort, irgendetwas, das Robert gewählt hatte, vollgepackt mit verschiedenen Paaren und diskreten Gruppen, die ich von Geschäften aus der Stadt kannte. Oli sah mich vom anderen Ende des Tisches aus an.

„Also, wie geht es dir so?", fragte ich sie und hoffte, dass ich nicht so gestelzt klang, wie ich mich fühlte.

„Ziemlich dreckig", antwortete sie kühl und ich bemerkte, dass sie den Ring trug, den ich ihr mitgebracht hatte, als wir uns zum ersten Mal auf diese ganze Sache eingestellt hatten. Ich bewunderte ihre Aufmerksamkeit für ein Detail, das ich selbst vergessen hatte. Aber ich musste zugeben, es war etwas Tröstliches daran, ihn auf ihrem Finger zu sehen.

„Hast du dich für einen neuen Job beworben?", fragte ich und hoffte, dass wir genug Gesprächsstoff finden würden, um die Zeit vor Roberts Ankunft zu vertreiben. Sie schüttelte den Kopf.

„Ich nehme mir etwas Zeit für mich“, antwortete sie entschlossen. „Ich habe im Moment sehr viel im Kopf. Da brauche ich nicht auch noch einen Job.“

„Was hast du auf dem Herzen?“, fragte ich und streckte meinen Kopf zu ihr aus – ich hatte das Gefühl, dass ich wusste, was es war, aber ich musste es von ihr hören, bevor ich sicher sein konnte. Sie starrte mich einen langen Moment lang an, ihr Blick wurde weicher und sie öffnete ihren Mund, um zu antworten – aber bevor sie es konnte, materialisierte Robert sich neben unserem Tisch.

„Hier sind Sie beide!”, brüllte er laut aus. Oli stand auf, gab ihm eine Umarmung und ignorierte mich.

„Es ist so schön, Sie beide wiederzusehen“, bemerkte Robert und setzte sich zu uns. Er war ein wenig ausweichend in Bezug auf die Unterzeichnung der Verträge gewesen und ich hatte das Gefühl, dass er es sich anders überlegte und die Echtheit der Ehe, von der ich ihn überzeugt hatte, noch einmal überprüfen wollte. Gott sei Dank war Oli bereit, mitzumachen. Wenn der letzte Akt hier vorbei war, sollte ich den wichtigsten Deal der jüngeren Firmengeschichte endlich unter Dach und Fach haben. Obwohl ich zugeben musste, als ich zu Oli hinüberblickte, dass ich in diesem Moment auf andere Dinge fokussiert war.

„Ja, Sie auch.“ Oli lächelte ihn an und ich griff rüber, um ihre Hand zu nehmen – sie zuckte leicht, als sich unsere Hände trafen, aber zum Glück suchte Robert nach dem Kellner und bemerkte ihre heftige Reaktion nicht. Sie weitete ihre Augen in meine Richtung, als ob sie mich schweigend drängte, ihr vorher eine Warnung zu geben, bevor Robert zu uns zurückkehrte und seine Hände zusammenschlug.

„Sie haben den besten Malbec an diesem Ort“, erklärte er. „Soll ich uns eine Flasche bestellen? Für den Tisch?”

„Äh, nicht für mich, danke", Oli schüttelte den Kopf.

„Oh, Sie trinken nicht?" Robert schien überrascht. „Ich dachte, Sie hätten auf der Hochzeit ..."

„Nein, ich ..." Sie blickte zu mir hinüber und flehte mich schweigend an, einzusteigen und sie zu retten.

„Meine Frau ist schwanger." Ich beendete die Sache für sie und ich schwöre, dass die beiden auf der Stelle zu erstarren schienen, als ich antwortete. Ich schaute zuerst zu Oli hinüber – wenn ich falsch lag, dann konnte ich einfach behaupten, dass ich einen guten Grund für ihren Verzicht auf Alkohol gefunden hatte. Aber dem Gesichtsausdruck nach zu urteilen, hatte ich die Wahrheit erraten.

„Nun, das sind wunderbare Neuigkeiten!", rief Robert fröhlich aus. „Dann geht das Abendessen auf mich. Ich bestehe darauf."

Und damit ging der Rest des Abends wie von selbst weiter – Oli blieb ruhig, saß dort und hielt meine Hand und nippte an ihrem Wasser, und ich richtete meine Aufmerksamkeit vorerst auf Robert. Obwohl mein Verstand mich anschrie, auf das zu achten, was mit Olivia los war – sicherlich hatte ich es falsch verstanden. Es gab keine Möglichkeit, dass sie tatsächlich schwanger sein konnte, oder? Nicht in einer Million Jahren. Wir hatten nur einmal miteinander geschlafen und sicher hätte sie schon vor langer Zeit von der Schwangerschaft erfahren und mir davon bereits berichtet.

Ich zwang mich, den Abend im Auge zu behalten, erfand Anekdoten über Oli und ich hoffte, Robert zu überzeugen, dass wir wirklich wie jedes andere charmante junge Paar waren, mit einer interessanten Vergangenheit und einer hellen Zukunft vor uns. Er war begeistert von dem Baby und stellte ständig Fragen über Namen, Daten und Pläne, aber ich konnte ihn größtenteils ablenken. Es war genug, um ihn auf Distanz zu halten, während es ihm gleichzeitig erlaubte, zu glauben, dass er eine Art Insider-Information über unser Leben hatte, eine Verbindung, die seine Entschlossenheit, als Kunde in mein Unternehmen einzusteigen, vertiefen würde.

Bald darauf war das Abendessen beendet und Olivia hatte die ganze Zeit kaum zu mir aufgeschaut. Sie hatte gerade zugelassen, dass wir beide miteinander sprachen, hielt den Kopf gesenkt und ihr Blick konzentrierte sich darauf, das Essen auf ihrem Teller hin und herzuschieben. Ich nahm an, sie könnte es als Schwangerschaftshormone ausgeben, wenn es sein müsste. Aber ich musste Robert hier rausschaffen und herausfinden, ob sie tatsächlich schwanger war.

„Lassen Sie mich das machen, ich bestehe darauf." Robert hielt seine Hand hoch, als die Rechnung kam.

„Wirklich, das müssen Sie nicht–"

„Sie müssen für das Baby sparen." Er klopfte an die Seite seiner Nase. „Vertrauen Sie mir, Sie werden dieses Ding mit allem verwöhnen wollen, was Sie haben!"

„Also, danke." Ich nickte ihm zu.

„Oh ja, vielen Dank", echote Olivia und er bezahlte. Ich war mir sicher, dass er diesmal den Vertrag unterzeichnen würde. Aber in diesem Moment war der Vertrag in etwa so weit wie nur irgend vorstellbar aus meinen Gedanken verbannt.

Wir verabschiedeten uns von ihm und ich hielt das Lächeln so lange auf meinem Gesicht, dass er weggehen und in sein Auto steigen konnte. Und dann wandte sich Olivia an mich.

„Woher wusstest du es?", fragte sie, ihre Augen voller Verwirrung und Panik.

„Also ist es wahr?" Ich fühlte mich, als wäre mein Magen aus meinem Körper gefallen; ich starrte sie, diese Frau an, die mein Baby in sich trug, und fühlte, wie eine Welle von Taubheitsgefühl über mich hereinbrach. Ich hatte ihr nichts zu sagen. Ich hatte keine Ahnung, wie ich auf all das reagieren sollte.

„Ja, es ist wahr." Sie ließ ihren Kopf nach unten fallen, sah auf ihren Bauch und berührte die Stelle direkt über ihrer Hose. Ich streckte die Hand aus und tat dasselbe und wunderte mich einen Moment lang, dass da drin eine kleine Kreatur war, eine winzige Version von mir und ihr, alles zusammen verpackt. Und dann kam die Wut.

„Warum hast du es mir nicht gesagt?", fragte ich. „Wie lange wolltest du warten, bis ich es herausfinde?"

„Ich weiß nicht", gestand sie. „Ich habe es nicht versucht – ich meine, ich habe nicht ausdrücklich versucht, es zu verstecken, oder so. Ich war nur ... Nachdem du mich gefeuert hast, nahm ich an, dass du mich nie wiedersehen wolltest. Und ich dachte, es wäre besser für uns beide gewesen, wenn ich einfach ..."

„Wenn du einfach was?", fragte ich. „Diese Entscheidung selbst triffst? Und mir einfach nichts davon erzählst?"

„Nein, das würde ich nie tun", fauchte sie zurück. „Weißt du, wie viel es gekostet hat, damit klarzukommen? Weißt du, wie schwer es mir gefallen ist, das alles zu verstehen?"

„Okay, aber du hattest wieviel, zwei Wochen, um es zu tun?", fragte ich. „Und du erwartest, dass ich es innerhalb von ein paar Stunden nach dem Herausfinden verarbeite ..."

„Ich habe nicht erwartet, dass du es errätst, sobald du mich siehst", protestierte sie. „Und ich wollte es dir heute Abend sagen. Ich schwöre, das wollte ich. Das habe ich wirklich geplant. Ich wusste nur einfach nicht, wie."

„Wir können das auch nicht hier draußen machen“, murmelte ich. „Komm mit zu mir.“

„Was–“

„Ich lasse nicht zu, dass das morgen früh in die Klatschblätter kommt, weil du nicht leiser sprechen konntest“, bemerkte ich und ich hielt ein Taxi an. Ich hatte nur ein paar Drinks getrunken, aber ich fühlte mich, als hätte der Alkohol mein System betäubt, als ob ich kaum funktionierte. Vielleicht war es der Schock, vielleicht war es etwas mehr – vielleicht war es auch irgendwo aufregend. Aber ich wusste, dass ich, egal was ich fühlte, nicht einfach hier auf der Straße bleiben und dieses Gespräch führen konnte.

„Na gut“, murmelte sie und stieg auf den Rücksitz des ersten Taxis, das anhielt. Ich schob mich neben sie und sagte kein Wort, nachdem ich dem Fahrer meine Adresse gegeben und ihn durch die Stadt geschickt hatte, um uns abzusetzen. Ich kannte diesen Ort gut genug, um zu verstehen, dass sogar Taxis Häfen der Indiskretion sein könnten, wenn man die falschen Informationen in ihre Hörweite brachte.

Wir kamen bei der Wohnung an und ich half ihr aus dem Auto – ich war vielleicht höllisch wütend auf sie, aber das bedeutete nicht, dass ich eine schwangere Frau ganz allein auf der Straße kriechen lassen würde. Sie ließ meine Hand los, sobald sie merkte, dass sie auch meine hielt, woraufhin der Portier uns zuwinkte und wir schnell nach oben, in meine Penthouse-Suite, gingen.

Als die Tür hinter uns geschlossen war, drehte ich mich wieder zu ihr.

„Wie weit bist du?”, fragte ich. Sie schüttelte den Kopf.

„So lange wie die Spanienreise her ist“, antwortete sie.

„Vielleicht sechs Wochen?"

„Herrgott." Ich fuhr mit den Händen über mein Gesicht. „Und wann hast du es herausgefunden?"

„Vor ein paar Tagen", antwortete sie. „Am selben Tag, an dem du mich angerufen hast, um das hier heute zu organisieren."

„Und was wolltest du ...?" Ich gestikulierte zu ihrem Bauch. Ich hatte keine Ahnung, was ich fragte, wie ich es formulieren sollte, aber ich musste die Antwort auf diese Frage kennen, bevor wir mit diesem Gespräch weitermachen konnten.

„Ob ich es behalten werde?", fragte sie mich unverblümt. Ich nickte. Sie atmete tief durch.

„Ja", gestand sie. „Ja, werde ich. Ich habe viel darüber nachgedacht und ich bin bereit, es selbst aufzuziehen, wenn es nötig ist. Das ist in Ordnung. Aber ich werde es nicht abtreiben."

„Fuck", murmelte ich vor mich hin. Aber es war kein Entsetzen, das ich zum Ausdruck brachte – nein, es war etwas ganz anderes. Etwas Tieferes als das, verwirrter und unübersichtlicher. Während ein Teil von mir nichts mehr wollte, als dass dies ein lächerlicher Witz wäre, ein furchtbarer Gag von ihr, den sie mir jeden Moment offenbaren wollte, gab es einen anderen Teil von mir, der auch das Kind wollte. Ich hatte so lange damit verbracht, diese Art von Leben mit allem, was ich hatte, zu verbergen, und jetzt war es einfach so gekommen und schlich sich an mich heran. Und ich schätzte, wie bei allem anderen in meinem Leben musste ich einfach einen Weg finden, mit den Sachen klarzukommen.

„Ja, vertrau mir, ich fühle mich genauso", fauchte sie zurück und nahm meinen Fluch als einen Ausdruck von Wut auf.

„Sei deswegen nicht sauer auf mich", warnte ich sie.

„Warum nicht? Du bist derjenige, der mich in diese verdammte Lage gebracht hat“, antwortete sie.

„Hey, wir haben beide auf der Hochzeit gefickt“, erinnerte ich sie. „Ich will nur, dass du nicht versuchst, mir die Schuld dafür in die Schuhe zu schieben, während du genauso ein Teil davon warst.“

„Ja, nun, du hättest ein Kondom benutzen sollen.“

„Du hast mich nicht gefragt!”, erinnerte ich sie abermals. „Und außerdem, mit dir hätte ich–“

Ich hielt mich zurück, bevor ich weitersprach. Erwartungsvoll hob sie ihre Augenbrauen.

„Mit mir was?“, fragte sie. „Was wolltest du sagen?“

„Nichts“, sagte ich und schüttelte meinen Kopf.

„Hast du es nur getan, weil du mich bezahlt hast?“, feuerte sie zurück, die Stimme angespannt und voller Schmerzen. „Deshalb dachtest du, es wäre in Ordnung, wenn du es so machen würdest?”

„Nein, verdammt nochmal!“ Ich schüttelte wieder meinen Kopf. „Dafür habe ich dich nicht bezahlt. Das war nur … nur zwischen uns.“

„Warum hast du dann drauf verzichtet?”

„Weil ich dich spüren wollte“, gab ich zu. „Alles von dir.“

Sie starrte mich für einen langen Moment an, als ob sie versuchte, das, was ich gerade gesagt hatte, zu verarbeiten. In diesem Moment hatte keiner von uns eine andere Wahl, als die Wahrheit zu sagen. Aber ich war mir auch plötzlich bewusst, dass wir zum ersten Mal seit unserer Rückkehr von dieser Reise wieder allein zusammen waren. Ich wollte mich nach unten lehnen und sie küssen, zugeben, wie sehr ich sie vermisst hatte, aber das hätte alles ruiniert. Die Wut, die Spannung, der Schock, alles prasselte noch immer durch den Raum zwischen uns, so scharf und widerspenstig, dass ich fast spüren konnte, wie es anfing, alte Wunden aufzukratzen.

„Ich auch", murmelte sie und sie bewegte sich auf mich zu und rückte näher, so nah, dass ich sie riechen konnte. Ihr Haar roch unglaublich. Das Outfit, das sie trug, schmiegte sich perfekt an ihre Kurven, diese Kurven, die sich bald ausdehnen würden, um ein Baby zu tragen. Plötzlich überkam mich die intensive Intimität des Augenblicks und ich bewegte mich zu ihr hin und streckte meine Finger bis zu ihrer Taille aus. Sie blickte zu mir auf, mit großen Augen, mit einem leicht geöffneten Mund, als ob sie darauf wartete, dass ich sie küssen würde.

„Ich habe dich vermisst", flüsterte sie, als ob uns die Worte aus diesem Moment herausholen könnten. Als ich ihr tief in die Augen sah, wusste ich, dass sie es ernst meinte.

„Ich habe dich auch vermisst", antwortete ich und schließlich lehnte ich mich nach unten, um meine Lippen gegen ihre zu drücken und sie richtig zu küssen.

Ich fühlte mich, als würden unsere Körper wieder zusammenschmelzen und sich entspannen, als wäre es das, wofür wir schon immer bestimmt gewesen waren. Ich konnte nicht glauben, dass ich so lange von ihr getrennt gewesen war – es fühlte sich wie ein Leben lang an, seit ich sie so allein gelassen hatte, ein Leben, seit ich sie berührt hatte, sie gehalten hatte. Ich schlang meine Arme um sie und zog sie näher heran und sie stöhnte leise, als ich ihre Lippen mit meiner Zunge berührte.

Ich schob sie zurück gegen den Tresen hinter ihr, die Frühstücksbar, wo ich normalerweise nur Kaffee trank und auf E-Mails antwortete. Aber jetzt hob ich sie hoch und setzte sie dort ab. Sie wickelte ihre Beine um mich herum, zog mich näher heran, und ich stellte fest, dass ich bereits erregt war. Wir hatten nur einmal miteinander geschlafen, aber ich fühlte mich, als wäre mir das alles irgendwie vertraut, als hätten wir das schon tausend Mal gemacht – oder hätten es tun sollen. Sie fuhr mit den Fingern über die Rückseite meines Kopfes und packte ihn fest, zerrte an meinen Haaren und hielt meinen Kopf fest an ihrem Mund.

Ich bewegte meine Hände auf ihre Hüfte und zog ihre Hose aus, schob sie zur Seite, damit ich sie auf den Boden werfen konnte. Sie sah mich mit heftiger Lust an, während sie darauf wartete, dass ich sie wieder küsste. Und das tat ich – aber diesmal schob ich meine Finger in ihr Höschen und während ich es tat, entdeckte ich ihren süßen, kleinen Kitzler und machte mit der Hand kleine kreisförmige Bewegungen. Ihr Mund teilte sich, ein Keuchen entwich ihren Lippen und ich zog mich zurück, um sie zu beobachten. Ich erinnerte mich daran, wie gut sie aussah, wenn sie vom schmerzenden Verlangen wie diesem überwältigt war. Ich erinnerte mich an das erste Mal in Spanien, als sie unter mir auf dem Bett gelegen hatte und keuchte und stöhnte und so hart kam, dass sie schrie. Dabei wuchs mein Schwanz bis zur vollen Härte in meiner Hose.

Ich wandte mich von ihr ab und wollte sie beobachten, wie sie auf das Gefühl meiner Finger gegen ihre Muschi reagierte – sie nahm meine andere Hand und zog sie zu ihrem Mund, schob die Finger in ihren Mund und saugte sanft. Sie schloss ihre Augen und verfolgte mit ihrer Zunge meine Finger, als ob sie sich an meinem Schwanz ergötzte, und ich wusste, dass ich mich nicht mehr lange davon abhalten konnte, sie zu ficken. Glücklicherweise fühlte sie es genauso.

„Ich will dich in mir", stöhnte sie, als sie meine Hand von ihrem Mund wegzog und mich anstarrte – diese Frau, die ich so sehr vermisst hatte, diese Frau, die mein Baby bekommen würde.

Mein Baby. Die Worte fühlten sich plötzlich so groß in meinem Kopf an, dass ich etwas tun musste, um sie auszulöschen, nur für den Moment. Ich wusste, dass ich mich nicht für immer vor ihnen verstecken konnte, aber jetzt, mit ihr, wollte ich es nur treiben.

Sie war mir einen Schritt voraus, zog ihr Höschen herunter und griff dann nach meiner Hose und öffnete sie; sie nahm meinen Schwanz in die Hand und ich erkannte mit einem Schlag, dass ich mit niemandem geschlafen hatte, seit ich es mit ihr getan hatte. Was für mich seltsam war; normalerweise hatte ich mich jede Woche mit ein paar Frauen getroffen, aber ich hatte in letzter Zeit nicht mal nach anderen Frauen Ausschau gehalten. Und wenn ich das getan hätte, wusste ich, dass ich sowieso an ihr hängen geblieben wäre, unfähig, sie aus meinem Kopf zu bekommen.

Sie zog mich zu sich heran und schob sich ein oder zwei Zentimeter nach vorne auf den Tresen und wölbte ihre Hüften zu mir hoch. Ich nahm meinen Ständer in die Hand und führte ihn zwischen ihre heißen Oberschenkel; prompt entwich ihr ein Stöhnen.

„Bitte, fick mich“, bettelte sie. Ich brauchte nicht mehr als das zu hören. Ich rutschte mit einem Stoß in sie hinein und versenkte mich bis zum Anschlag in ihr – so waren wir überhaupt in dieses Chaos geraten, aber ich gab einen Scheiß drauf. Ich wollte sie nur noch ein weiteres Mal um mich herum spüren, wollte ihre Pussy um meinen Schwanz herum spüren. Ich wickelte meine Arme um sie, als sie ihre Knöchel hinter meinem Rücken einhakte und sich gegen mich richtete, als wäre es das Einzige, was für sie in diesem Moment auf der Welt von Bedeutung war.

„Heilige Scheiße, du fühlst dich so gut an“, stöhnte sie und ich bewegte mein Gesicht zu ihrem Hals und pflanzte eine Reihe von Küssen darüber bis zu ihrer Schulter. Ich stieß tief in sie hinein, hielt mich nicht zurück. Wie konnte ich es nur vergessen haben, wie großartig wir zusammen waren? Ich hatte viele Frauen in dieser Wohnung gefickt, aber keine von ihnen kam dieser Sache nahe – dieser Intensität, dieser Zärtlichkeit, dieser Intimität. Es war ein Geflecht aus einem harten, erstmaligen Fick und der Art, die sehr tief in eine Beziehung verwickelt war, mit all der Liebe, die mit jeder Berührung zwischen uns aufblühte. Und das verdrehte mir komplett den Kopf.

Ich schloss meine Augen und konzentrierte mich auf nichts anderes als auf das Gefühl, wie sie sich anfühlte, meine Hände über ihren ganzen Körper zu führen, meine Finger an ihren Oberschenkeln, ihrer Taille und ihren Hüften zu lassen. Ihre Haut war so weich, parfümiert mit diesem unnachahmlichen Duft von ihr, und plötzlich war ich wieder zurück in Spanien – bevor all das begann, bevor dies begann, als ich betrunken war und nichts anderes wollte, als bei ihr zu sein. Ich hielt mich fest an diesem Moment und tat so, als wären wir am Anfang von etwas, nicht irgendwo in der unangenehmen, ungeplanten Mitte.

Sie schob ihre Finger zwischen ihre Beine und fing an, sich sanft zu berühren und rieb sanft über ihren Kitzler. Ich konnte ihren Atem schneller werden hören und ich schob meine Hände nach unten und packte ihren heißen Arsch, hob sie ein wenig von der Theke hoch, damit ich noch härter in sie hineinstoßen konnte. Sie ließ ein langes Stöhnen aus und kam dann, ihre Pussy drückte sich hart um meinen Schwanz, und das war alles, was ich brauchte, um ebenfalls zu kommen.

„Fuck!", schrie ich auf und hielt sie fest, als ich kam. Ich erstarrte, als ich fertig war, hielt mich tief in ihr fest, unsere Körper wickelten sich umeinander, als würden wir uns nie voneinander trennen. Schließlich gab ich ihr einen Kuss auf die Schulter und zog mich von ihr zurück und sie fiel wieder auf den Tresen zurück.

„Heiliger Himmel", murmelte sie und starrte an die Decke;

ich reichte ihr das Höschen und die Hose, die sie zuvor weggeworfen hatte. Sie glitt zurück in sie, entspannte sich und ich bot ihr eine Hand an, um vom Tresen zu kommen.

„Nein, ich denke, ich werde hier noch für eine Minute sitzen bleiben." Sie hob einen Finger zu mir und ich kicherte.

„So weiß man, dass es gut war, oder?", bemerkte ich und sie grinste mich an. Dann verblasste das Lächeln, als ob ihr etwas anderes durch den Kopf ging.

„Geht es dir gut?", fragte ich, suchte meine Unterwäsche und meine Hose zusammen und zog den Reißverschluss wieder hoch. „Ich weiß, das ist ... ähm, ein wenig plötzlich."

„Ja, ich verstehe das", antwortete sie endlich, ihre Stimme merkwürdig steif, als ob es etwas gäbe, was sie zu verbergen versuchte. Ich wollte sie fragen, was es war, aber ich konnte es nicht. Es hing so viel zwischen uns, so viel Ungesagtes und Vielgedachtes, und ich hatte keine Ahnung, wie ich diese Mauern einreißen sollte.

„Möchtest du es?" Sie fragte mich schließlich, ihre Augen weit auseinander, als sie in meinen nach einer Antwort suchte. Ich nickte, langsam.

„Ich denke ja", antwortete ich. „Ich meine, ich habe nicht darüber nachgedacht, aber ..."

„Ja, was du nicht sagst", schnaubte sie ohne viel Humor in ihrer Stimme. „Aber ... du ... ich meine, wir..."

„Schau." Ich machte einen Schritt nach vorne und packte ihre Hand und sie sah mich an. Ihre Augen waren mit Sorge, Panik und Zweifel auf mich gerichtet.

„Ich weiß, dass das nicht das ist, was einer von uns beiden geplant hat", sagte ich ihr. „Aber ich will das hier. Mit dir.

Wirklich."

„Mit mir?" Sie runzelte ihre Stirn. „So richtig ... *mit* mir?"

„Wenn es das ist, was auch du willst", antwortete ich. Sie starrte mich einen langen Moment lang an und die Möglichkeiten in diesem Moment schienen sich vor mir fast bis zur Unendlichkeit zu entfalten. Sie könnte mich abweisen, sie könnte schreien, sie könnte mich wegstoßen, sie könnte hinausstürmen.

„Ich habe dich so sehr vermisst, während ich weg war", gab sie zu. „Ich wusste nicht ... als ich davon erfuhr, dachte ich nur, du würdest nichts mit mir zu tun haben wollen. Mit ... all dem hier."

„Ich werde nicht lügen und dir sagen, dass ich mir das so gewünscht habe", sagte ich und schaute sie an. „Aber das hier mit dir fühlt sich einfach … so richtig an. Vielleicht musste alles genauso passieren."

„Ja, vielleicht." Sie lächelte mich an und ihre Augen weiteten sich leicht. Ich lehnte mich hinunter und küsste sie wieder und fühlte, wie ein Gewicht von meinen Schultern abfiel. Ich hätte vielleicht nicht erwartet, dass wir so wieder zusammenkommen, so mit all dem, was zwischen uns stand, aber wir waren zusammen. Wir beide, ohne unsere Familie. Und wir beide hatten die Chance, gemeinsam eine neue zu gründen.

Kapitel Zwanzig

Olivia

„Hey, wie ist dein Tag?" Ich lehnte mich in den Eingang zu Codys Büro und er blickte langsam zu mir auf.

„Gar nicht so schlecht." Er zuckte mit den Achseln und lehnte sich in seinem Stuhl zurück. „Und bei dir?"

„Könnte besser sein", gab ich zu, woraufhin er aufstand und die Tür hinter mir schloss.

„Oh wirklich?" Er blickte mich an. „Kann ich etwas tun, um ihn dir zu erleichtern?"

„Ich kann mir da so einige Sachen vorstellen", kicherte ich und wickelte meine Arme um seinen Hals und lehnte mich nach oben, um ihn zu küssen. Ich konnte immer noch nicht glauben, dass das alles passierte. Aber als sich unsere Lippen trafen, wurde ich mit Überzeugung daran erinnert, dass es wirklich so war, und das war alles, was zählte.

Es war zwei Wochen her, seit ich Cody von der Schwangerschaft erzählt hatte, und seitdem war alles wie ein Wirbelsturm verlaufen: Er hatte mich wieder in der Firma eingestellt und mich zurück am Empfang vor seinem Büro positioniert. Außerdem hatte er mich im Grunde genommen in seine lächerlich luxuriöse Wohnung umgezogen und mich mit dem angesehensten Arzt der Stadt zusammengebracht – wir hielten die Schwangerschaft aus naheliegenden Gründen immer noch versteckt, aber vorerst war ich einfach wahnsinnig glücklich, seine Unterstützung zu haben. Ich hatte wirklich gedacht, dass er mich zu einer Abtreibung zwingen würde – oder einfach die Schwangerschaft ganz ignorieren würde –, aber er hatte sie angenommen. Mich. All das hier. Und ich war immer noch dabei, den Schock zu überwinden.

Vielleicht war ich einfach noch nicht so weit. Das schien mir am sinnvollsten zu sein. Ich hatte erst vor ein paar Wochen herausgefunden, dass ich überhaupt schwanger war, und jetzt versuchte ich immer noch, diese Tatsache in meinen Kopf zu bekommen, dass in diesem Moment ein Baby in mir wuchs. Sein Baby. Unser Baby. Ein kleines Cody-Olivia-Baby, das er zusammen mit mir aufziehen wollte. Als ich diesen Vertrag für die Spanienreise unterschrieben hatte, hatte ich mir nie in einer Million Jahre vorgestellt, dass es etwas anderes sein würde als eine Chance auf etwas schnelles Geld. Eine Chance, um den Kopf frei zu bekommen. Nun verstand ich, dass ich einen Vertrag unterschrieben hatte, um mein Leben zu verändern. Nichts würde wieder so sein wie früher. Und vielleicht war es das Beste.

„Hast du nicht bald ein Meeting?”, erinnerte ich Cody daran, indem ich mich für einen Moment zurückzog und zu ihm aufblickte. Er schloss die Augen und ließ einen Seufzer los.

„Wann genau?“, fragte er und ich grinste ihn an und biss mir auf die Lippe.

„Ich bin sicher, ich könnte dir etwas geben, das dich an mich erinnern wird“, murmelte ich und schob meine Hand zwischen seine Beine. „Wenn du willst.“

„Wenn man es so ausdrückt ...“, antwortete er und strich mit seinen Lippen über meine Wange. Sein Schwanz war schon hart, sein Bedürfnis nach mir war offensichtlich – ich fühlte mich noch ein wenig benommen von seiner Anziehungskraft auf mich, von seinem Bedürfnis. Ich konnte nicht darüber hinwegkommen, wie sehr er mich wollte, die Tatsache, dass ich sein Interesse auch nach all der Zeit beibehalten zu haben schien. Wie lange war es her, dass er länger als ein paar Wochen mit einer Frau zusammen gewesen war, ohne sie satt zu haben?

Ich ging vor ihm auf die Knie, sah ihn mit einem Lächeln im Gesicht an und überprüfte noch einmal, ob die Tür hinter uns auch wirklich geschlossen war. Ich war mir ziemlich sicher, dass ein paar Leute uns in den letzten Wochen beim Flirten gesehen hatten, aber das war okay für mich. Aber dabei erwischt zu werden, wie ich meinem Boss einen blies? Das wäre weniger okay gewesen.

Ich schob meine Hand in seine Hose, zog seinen Penis heraus und betrachtete seine Länge für einen Moment; wie konnte es sein, dass ich seinen Schwanz immer noch nicht satthatte? Ich hatte ihn in den letzten Wochen so oft gefickt – nicht zuletzt die vielen Stelldicheins, die wir im Büro hatten – und ich war süchtig nach dem Gefühl seines Schwanzes, wann immer ich ihn bekommen konnte. Als ich meine Lippen öffnete, schloss ich meine Augen und lehnte mich nach vorne und drehte meine Zunge für einen Moment um seine Eichel, bevor ich ihn in meinen Mund nahm.

„Fuck, Oli", knurrte er und streichelte mein Haar, während ich ihn tief einführte. Ich konnte einen Tropfen seines Spermas auf meiner Zunge schmecken und ich schluckte ihn hungrig runter. Vielleicht lag es daran, dass ich mit seinem Baby schwanger war, aber ich fühlte diese tiefe physische Verbindung zu ihm, eine Verbindung, die ich noch nie zuvor bei jemandem gespürt hatte. Ich war süchtig auf eine Art und Weise, auf die ich keinen Einfluss hatte. Oder vielleicht war das nur, weil er zufällig wirklich gut im Bett war.

Ich legte meine Hand um seinen Schaft, um den restlichen Teil seiner Länge abzudecken, den ich nicht in meinen Mund nehmen konnte, und bewegte meine Zunge entlang der Linie auf der Unterseite. Er streichelte mein Haar sanft, fast zärtlich, während ich ihn mit dem Mund befriedigte. Ich wusste, dass wir jeden Moment erwischt werden könnten, dass jemand reinplatzen könnte, um über irgendein Thema zu sprechen, aber das machte es umso aufregender. In was hatte ich mich verwandelt? Ich war nie diese Art von Frau gewesen, aber hier war ich nun und liebte jede Sekunde, die ich vor ihm auf den Knien verbrachte.

Ich fühlte, wie sein Schwanz in meinen Hals rammte und ich schloss meine Augen und genoss das Gefühl, dass er tief in mir war. Ich war noch nie wirklich scharf darauf gewesen, zu blasen – ich tat es nur, wenn es von mir verlangt wurde. Aber bisher war es meist nur darum gegangen, meinen Kopf in Richtung des Schrittes zu schieben, ohne viel Bezug zu dem Moment zu haben, und so hatte ich immer das Gefühl, dass es für mich mehr wie ein Pflichtprogramm war als alles andere. Aber hier, bei ihm, war es anders – ich war diejenige, welche die Kontrolle hatte, diejenige, die ihm gefiel, diejenige mit der Macht. Und ich konnte gut verstehen, wie jemand von so etwas abhängig werden konnte.

Er fing an, seine Hüften ein wenig zu bewegen, um sich tiefer in meinen Mund zu schieben, und ich konzentrierte mich auf das Gefühl, das er mir gab, mich benutzte, als wäre ich da, um benutzt zu werden. Ich war mir nicht sicher, wer in dieser Situation mehr Macht hatte, ich oder er, aber es war mir egal. Alles, was mich interessierte, war, meinen Mann zum Kommen zu bringen und ihm zu beweisen, dass ich die beste Nummer war, die er je hatte oder jemals haben würde. Das war in diesem Moment das Einzige, was mir wichtig war.

Ich schob ihn tief in meinen Mund und übte einen sanften, saugenden Druck auf seine Eichel aus, woraufhin er ein Stöhnen von sich gab. Die Kraft seiner Hand an meinem Hinterkopf ließ mir Schauer über den Rücken laufen und ich wusste, dass ihn das dazu bringen würde, es mir nach dem Arbeitstag in Naturalien zurückzuzahlen. Der Gedanke an mich selbst, ausgebreitet auf diesem riesigen Bett in seiner wunderschönen Wohnung, dieser Mann zwischen meinen Beinen ... Großer Gott, ich musste das Bild irgendwie in seinen Kopf projiziert haben, denn er ließ ein langes Stöhnen aus und plötzlich spürte ich, dass er kurz davor war, zu kommen.

„Komm in meinen Mund, Baby", schnurrte ich, ging gerade so weit zurück, um die Worte um seinen prallen Schwanz herum herauszupressen, und er war allzu bereit, mir zu geben, was ich wollte. Als ich seinen Schwanz noch einmal umhüllte, fühlte ich, wie er in mir zuckte und dann auf meiner Zunge kam. Ich schluckte hungrig, als wäre es das Köstlichste, was ich je gekostet hatte.

Als ich fertig war, richtete er mich auf die Füße und küsste mich innig – meine Knie zitterten unter mir und ich spürte eine Welle von Verehrung für diesen perfekten Mann, der mich so sehr begehrte. Als er sich zurückzog, war ich ein wenig atemlos, doch ich hatte ein Lächeln auf meinem Gesicht.

„Ich erwarte dich nach meinem Treffen." Er strich meine Haare aus meinem Gesicht.

„Wieder zurück zu deiner Wohnung?", schlug ich vor und er nickte sofort.

„Dann kann ich den Gefallen zurückzahlen", grinste er mich an und ich musste kichern.

„Ich freue mich drauf." Ich stimmte zu und beobachtete, wie er zur Tür hinaus und zu dem Meeting ging, zu dem er bereits ein wenig spät dran war. Aber ich hatte das Gefühl, dass er sich nicht ein bisschen darum scherte, sein Team für ein paar zusätzliche Minuten warten zu lassen, weil er zwischenzeitlich von mir in seinem Büro ein kleines Extra erhalten hatte.

Kapitel Einundzwanzig

Cody

Wir lagen im Bett, Olivia friedlich in meinen Armen, wir beide nackt unter der Bettdecke, die wir wie zufällig nach dem Sex über uns geworfen hatten. Sie hatte mir zuvor an diesem Tag im Büro einen geblasen und die ganze Zeit zwischen unserer Begegnung und der Heimreise mit ihr hatte mir viel Gelegenheit dazu gegeben, Wege zu finden, um es ihr mit Sachleistungen zurückzuzahlen. Und sie schien ziemlich zufrieden mit dem, was ich für sie vorbereitet hatte.

„Das war atemberaubend“, seufzte sie und sah zu mir auf. Ihr Haar war durcheinander, ihr Make-up ein wenig verschmiert, was sie bloß noch attraktiver machte. Für mich war sie zu diesem Zeitpunkt am schönsten – wenn ich wusste, dass niemand außer mir sie so sehen konnte. Diese Version von Oli gehörte ganz mir, und sie war perfekt.

„Nun, wenn du das tust, was du für mich getan hast ...“, murmelte ich und strich meine Lippen über ihre Schläfe. Sie grinste und kuschelte sich an mich und ich schob meine Hand zu ihrem Bauch hinunter. Sie hatte noch nicht einmal ein kleines Bäuchlein, aber der Arzt sagte uns, dass es nicht so lange dauern würde, bis man es sehen würde. Ich konnte sie mir kaum so vorstellen, aber ich nahm an, dass ich es früher als später ganz natürlich finden würde.

„Denkst du über das Baby nach?”, fragte sie, woraufhin ich nickte.

„Na klar“, antwortete ich. „Ich kann aber immer noch nicht glauben, dass all das passiert.“

„Ich auch nicht“, schüttelte sie den Kopf. „Das wird noch, denke ich.Vielleicht könnten wir uns schon einmal ein Kinderzimmer einrichten“, sie hob ihren Kopf hoch zu mir. „Du hast ein Arbeitszimmer, das du kaum benutzt.“

„Ich dachte, wir könnten vielleicht ein eigenes Haus kaufen“, zuckte ich mit den Schultern, woraufhin sie ihre Augen aufriss.

„Dein Ernst?”

„Ja, warum nicht?”

„Ich schätze, ich hätte einfach nie gedacht ...“ Sie schüttelte den Kopf. „Bei deinem Ruf, meine ich. Ich hätte nicht gedacht, dass du so sehr auf den Gedanken stehst, dich so schnell niederzulassen.“

„Hey, du bekommst mein Baby, ich glaube nicht, dass ich eine große Wahl habe“, erinnerte ich sie, und ihre Augen wurden groß. Sie glaubte meinen Spaß anscheinend.

„Ich scherze nur“, versicherte ich ihr, berührte ihre Wange und zog sie zu mir zurück. „Ich will bei dir sein. Ich will mein Leben mit dir verbringen. Wirklich, ernsthaft.

„Und du denkst nicht, dass wir das in deiner Junggesellenbude machen können?”, lächelte sie.

„Nein, ich denke, wir brauchen einen Neuanfang an einem anderen Ort“, antwortete ich.

„Das hört sich gut an“, seufzte sie, schloss die Augen und legte ihren Kopf an meine Schulter. Ich hüllte sie in meine Arme und fragte mich, wie ich jemals daran zweifeln konnte, was ich mit dieser Frau hatte. Ich liebte sie, das tat ich – ich hätte nie gedacht, dass ich jemals in der Lage sein würde, so etwas zu tun, diese Art von Beziehung mit jemandem zu teilen, geschweige denn mit jemandem wie Olivia. Aber vielleicht hatte ich die ganze Zeit an den falschen Stellen gesucht – ich hatte es mit Frauen zu tun, die in den gleichen Kreisen wie ich lebten, obwohl ich hätte wissen müssen, dass sie sich wahrscheinlich genauso vor den Verpflichtungen verstecken würden, wie ich es tat. Ich roch an ihrem roten Haar, plötzlich eine leichte Anspannung in ihrem Körper wahrnehmend.

„Hey, geht es dir gut?", fragte ich sanft und sie antwortete für einen langen Moment nicht. Ich konnte erkennen, dass etwas nicht stimmte, was für mich eine Neuheit war – ich war nie in der Lage gewesen, in die Gedanken anderer Menschen einzutauchen, mit denen ich vorher zusammen war, aber mit ihr fühlte es sich natürlich an. Jeder Spannungshergang, jedes kleine Geräusch, jeder Gesichtsausdruck, ich konnte sie wie ein Buch deuten.

„Worüber denkst du nach?" Ich drückte sie und sie sah schließlich zu mir auf. Ihre Stirn war gerunzelt, als ob sie unsicher wäre, mir zu sagen, was auch immer sie im Kopf hatte.

„Du kannst mit mir reden", sagte ich ihr und sie biss sich auf die Lippe und fing dann endlich an zu reden.

„Ich bin nur traurig, dass wir beide das hier alleine durchziehen", gab sie endlich zu.

„Was meinst du?" Ich drückte sie, woraufhin sie den Kopf schüttelte.

„Es tut mir leid, ich hätte nicht damit anfangen sollen–"

„Nein, sag's mir", bestand ich darauf. Sie seufzte wieder, fuhr aber dann fort.

„Ich schätze, ich habe mir einfach immer vorgestellt, dass meine Familie um mich herum ist, wenn das passiert“, gestand sie. „Ich meine, ich weiß, dass mein Vater nicht hier sein kann, aber meine Mutter ... sie weiß nichts davon. Ich wünschte, ich könnte es mit ihr teilen, ich bin mir sicher, sie wäre so aufgeregt.“

„Ja, das verstehe ich“, stimmte ich zu. Die Wahrheit war, dass ich das Gleiche gedacht hatte – meine Familie war so weit weg von all dem, was wir taten.

„Ich habe nur gedacht – werden wir dieses Baby wirklich ohne jemand anderen großziehen?”, fragte sie und schob sich von mir weg, damit sie mir in die Augen sehen konnte. „Keine Familie, kein niemand?”

„Das müssen wir nicht“, schüttelte ich den Kopf und sie sah mich lange und gründlich an.

„Was ist mit deiner Familie?”, fragte sie. „Wissen sie es? Hast du es ihnen gesagt? Was halten sie davon?”

„Ich habe es ihnen nicht gesagt“, antwortete ich unverblümt, woraufhin sie mich verwundert ansah.

„Ist das dein Ernst?”, fragte sie und ich schüttelte den Kopf.

„Es tut mir leid“, antwortete ich mit vorsichtiger Stimme. „Ich habe nur ... ich habe nur lange Zeit nicht mehr über meine Familie nachgedacht. Und das aus gutem Grund, weißt du?”

„Was ist denn zwischen euch vorgefallen?“, drängte sie. „Das hast du mir nie gesagt. Ich meine, ich weiß, dass du und dein Vater nicht miteinander sprecht–“

„Es ist mehr, als nur nicht miteinander zu reden“, gab ich zu. „Das taten wir, bis vor ein paar Jahren. Es war schwierig, aber wir haben es geschafft, bis dahin etwas aufrechtzuerhalten.“

„Was hat sich verändert?“

„Ich schätze, wir hatten einfach keine Geduld mehr füreinander“, gab ich zu und runzelte meine Stirn, als ich versuchte, mich daran zu erinnern, wie es dazu gekommen war. Die Sache war, wenn ich versucht hätte, es auf einen bestimmten Moment, auf einen bestimmten Vorfall zurückzuführen, hätte ich Schwierigkeiten gehabt, weil ich wusste, dass es nichts gegeben hatte, was mich gezwungen hatte. Ich hatte schnell gemerkt, dass ich ihn nicht mehr ertragen konnte, und da war Abstand zu ihm die einfachste Lösung.

„Aber warum kam es dazu?”, fragte sie und klang verwundert.

„Du kennst die Zeitung meines Vaters, nicht wahr?“, antwortete ich und sie nickte.

„Ich habe dort eine Weile gearbeitet“, gab ich zu. „Aber ... ich fand das alles einfach so unmoralisch. Die Scheiße, die sie veröffentlichten, war einfach nicht wahr. Und sie schürten all diese Wut auf Menschen, die sie nicht mochten. Die Stimmen, die sie veröffentlichten, die Stimmen, die sie erhoben, sie waren da, um Hass zu verbreiten. Und ich konnte einfach nicht mehr dahinterstehen.“

„Deswegen bist du gegangen?”

„Erst habe ich versucht, es zu ändern.“ Ich schüttelte den Kopf. „Das habe ich wirklich. Aber er wollte nichts davon hören und ich verstand das. Er war derjenige, der das Geschäft so lange geführt hatte, er wusste, was funktioniert, was sich verkauft. Er wollte mir nicht zuhören, als ich versuchte, die Dinge zu verändern.“

„Das tut mir leid.“ Sie streckte die Hand aus, um meine Hand zu berühren. Ihre Liebkosung war ein Trost, aber jetzt war ich zu tief in der Erinnerung an all die Scheiße, die mein Vater und ich uns gegenseitig angetan hatten, um das zu tun, was wir für richtig hielten.

„Und dann bin ich gegangen", beendete ich den Gedanken. „Um mein Unternehmen zu gründen. Ich dachte mir, dass ich ein Verlagsgeschäft gründen musste, das dazu beitragen würde, den ganzen Mist, den er in die Welt hinausbrachte, zu untergraben."

„Und das hat euch entzweit?"

„Ja, er weiß, was ich tue, und er weiß, dass er der Grund ist, warum ich es tue", nickte ich. „Ich denke, das macht ihn verrückt. Fuck, jedes Mal, wenn ich ihn sah, machte er immer ziemlich deutlich, dass er hasste, was ich tat ..."

„Also redet ihr einfach nicht mehr miteinander?", beendete sie das Ganze für mich und ich zuckte mit den Schultern.

„Ja, ich schätze, es ist einfach das Beste für uns alle", antwortete ich, auch wenn meine Stimme hohl klang.

„Und der ganze Rest der Familie steht hinter ihm?", fragte sie.

„Ja, sie würden sich nie gegen ihn stellen", stellte ich klar. „Ich glaube nicht, dass sie es in sich haben, weißt du? Er hat einfach so einen ... so einen Einfluss auf die Familie. Ich weiß, dass sie nicht zurückschlagen werden, weil sie denken, dass es ihnen wehtun könnte."

„Und vielleicht haben sie Angst, dass sie jemand anderen verlieren würden, wenn sie sich wehren", wies sie darauf hin. Ich schwieg für einen Moment. Ich hatte noch nie an so etwas gedacht. Aber ich nahm an, dass es Sinn ergab – meine Brüder, meine Mutter, sie hatten sich abgeschottet, weil sie nicht wollten, dass jemand anderes zu weit ging. Vielleicht hassten sie auch, was mein Vater tat, aber sie dachten nur, dass die Familie wichtiger sei. Die Schuldgefühle verdrehten mir den Magen – hätte ich die Familie mit der gleichen Ehrfurcht behandeln sollen?

„Geht es dir gut?“ Sie griff nach mir und drückte meine Hand und ich nickte schnell.

„Ja, ja, mir geht es gut“, antwortete ich, obwohl meine Stimme komisch klang, schwerer als sie es vorher war.

„Wenn du über dieses Zeug reden willst–“

„Will ich nicht“, sagte ich ihr und stand auf. „Hey, willst du etwas zu essen bestellen? Ich könnte wirklich etwas zu essen gebrauchen.“

„Äh, wenn du willst“, stimmte sie zu, aber sie schien verwirrt – als hätte sie erwartet, dass ich ein wenig tiefer noch in die Psyche eindrang, die die Trennung von meiner Familie beherbergte. Nun, ich war noch nie ein Fan der übermäßigen Analyse gewesen, also wäre sie nur enttäuscht worden.

„Ja“, antwortete ich und ich gab ihr einen Kuss auf die Stirn und machte mich auf den Weg, um ein paar Menükarten zu besorgen, damit wir uns etwas zu essen aussuchen konnten. Im Moment wollte ich nur darüber nachdenken, ob wir heute Abend chinesisches oder griechisches Essen bestellten. Nicht über die Fehde, die mich von meiner Familie fernhielt, selbst wenn ich bereit war, sie zu begraben.

Kapitel Zweiundzwanzig

Olivia

Ich wusste, dass es die Überschreitung einer Grenze war, aber ich konnte es einfach nicht sein lassen.

Seitdem Cody und ich das Gespräch über unsere Familien geführt hatten, wusste ich, dass ich tun musste, was ich konnte, um an ihn heranzukommen. Er mochte mir nicht zugestimmt haben, aber es war die richtige Wahl für uns. Ich würde mich in dieser Schwangerschaft nicht entspannen können, bis ich auf die eine oder andere Weise wusste, ob unsere Familien in die Erziehung dieses Kindes einbezogen werden würden.

Und zum Teufel, ja, ich wusste, dass es ziemlich mutig von mir war, mich in sein Leben einzumischen. Aber um die Dinge dort in Ordnung zu bringen, hätte ich mich vielleicht zuerst darauf konzentrieren sollen, mein eigenes Familienleben in Ordnung zu bringen. Ich hätte meine Mutter sehr leicht anrufen, mich von der heiklen Situation befreien können, die unsere Entfernung in den letzten Monaten prägte, und ihr sagen können, dass sie bald eine Großmutter werden würde. Aber warum sollte ich so etwas tun, wenn ich meine Nase in die Angelegenheiten eines anderen stecken könnte?

Es begann mit nur ein paar zu langen Mittagspausen, in denen ich die Suchmaschine nach dem Namen seines Vaters befragte. Ich wusste genug über die Leith Tribune, um eine Vorstellung davon zu bekommen, warum Cody sie nicht mochte, aber es würde helfen, wenn ich tatsächlich einige seiner Arbeiten lesen könnte, und ich zuckte zusammen, während ich sie durchging, triefend vor Vorurteilen, voller Hass, mit Halbwahrheiten und als Fakten getarnte Meinungen. Ich konnte verstehen, warum Cody, ein Mann mit so vielen Prinzipien, nichts mit ihnen zu tun haben wollte. Ich ging zurück in das Archiv und versuchte, die Arbeiten zu finden, die Cody für sie geschrieben hatte, aber nichts davon war da. Als ob sie ihn aus der Geschichte der Zeitung gestrichen hätten, einfach so. Seine Abwesenheit fühlte sich unangenehm und pointiert an, kindisch, als ob die beiden darauf bedacht wären, Abstand zwischen ihnen zu halten, wo immer sie konnten.

Aber jetzt bekamen wir ein Baby! Egal, was zwischen ihnen passiert war, sein Vater würde das sicher wissen wollen. Ich meine, ich war in Schwierigkeiten geraten, als ich mich an seinen Bruder gewandt hatte, aber das war anders. Jetzt sollten wir füreinander als eine Familie leben, und das bedeutete, dass die Familie, die er so hart aus seinem Leben ausgeschlossen hatte, auch mir genommen wurde – und zwar ohne meine Zustimmung. Und ich war nicht im Begriff, das zuzulassen.

Es hatte lange gedauert, bis ich alle Kontaktdaten gefunden hatte. Callum Leith wurde durch Dutzende von Sicherheitsmaßnahmen abgeschirmt. Ich nehme an, das hatte es ihm erlaubt, so schreckliche Meinungen zu verbreiten. Es war einfacher, sich der Realität, was seine Worte der Welt antaten, zu entziehen. Ich konnte nicht anders, als an meinen Vater zu denken, an das, was er über einen solchen Mann gesagt hätte, und ich entschied, dass es das Beste war, wenn ich ihn so lange wie möglich aus meinen Gedanken fernhielt.

Aber er war der Grund, warum ich das getan hatte. Weil ich wusste, dass Cody zwischen ihm und seinem Vater Abstand halten wollte. Aber dass er nicht verstehen konnte, wie es sich anfühlte, jemanden zu verlieren und das Gefühl zu haben, dass es noch so viel mehr zu sagen gab. Wenn er seinen Vater von all dem fernhalten wollte, würde er es bereuen, und das wollte ich ihm gerne ersparen.

Schließlich gelang es mir, meinen Platz als Codys Sekretärin so einzusetzen, dass ich mit dem Büro seines Vaters in Kontakt kam. Ich saß da an meinem Schreibtisch, blickte herum und hoffte, dass Cody mich in dieser Situation nicht überrumpelte. Ich trommelte mit meinen Fingern auf dem Schreibtisch, während ich darauf wartete, dass jemand an das Telefon ging.

„Hallo, Leith Tribune, Callum Leiths Büro“, gurrte eine Frau in einem geübten Ton ins Telefon.

„Äh, hi, hey“, begrüßte ich sie. „Ich ... äh, ich rufe von Cody Leiths Büro aus an.“

„Cody Leith?“ Sie klang erstaunt. „Können Sie mir sagen, worum es bei diesem Anruf geht?”

„P-persönliches“, stotterte ich heraus und ärgerte mich darüber, wie unvorbereitet ich klang.

„Sie können mich einfach unter dieser Nummer zurückrufen“, sagte ich ihr und drehte mich in meinem Stuhl, um zu versuchen, mich abzulenken. „Olivia Brown. Fragen Sie einfach nach mir.“

„Das werde ich“, antwortete die Frau und sie klang immer noch vorsichtig, als ob sie erwartete, dass sich das alles als Streich entpuppte, mit ihr als die angeschmierte Person.

„Vielen Dank für Ihre Zeit.“ Ich beendete den Satz und hielt einen Moment inne, bevor ich auflegte. Hey, das war meine erste Chance, einen Eindruck bei dem Mann zu hinterlassen, der Großvater meines Babys werden würde, richtig? Ich musste die Situation akzeptieren.

„Und bitte überbringen Sie meine besten Grüße an Mr.

Leith.“ Ich beendete den Anruf rasch und drehte mich um, um das Telefon wieder in meine Tasche zu stecken.

„Leith?”

Ich erkannte die Stimme sofort und mein Herz schlug in Panik auf, als ich aufblickte und Cody vor mir stehen sah.

„Ich dachte, du wärst in einem Meeting–“

„Wir sind früher fertig geworden“, antwortete er. Seine Stimme war vorsichtig und emotionslos, aber ich konnte die Spannung in seinem Gesicht sehen.

„Mit wem hast du geredet?”, forderte er und ich wusste, dass zu lügen die Dinge nur noch schlimmer machen würde.

„Ich habe mit dem Büro deines Vaters gesprochen“, gab ich zu, woraufhin ein Hauch von Wut über seine Augen kam. Er konnte sich nur knapp zurückhalten.

„Und was hast du mit ihnen besprochen?“, fragte er mit gedämpfter Stimme.

„Ich wollte ihn einfach nur erreichen“, sagte ich zu ihm. „Ich meine, er wird – also, ich bekomme sein Enkelkind. Ich habe nicht das Gefühl, dass ich das vor ihm geheim halten kann.“

„Hast du jemals in Betracht gezogen, dass es nicht deine Aufgabe ist, das zu tun?”, sagte er und schüttelte den Kopf. „Du schuldest ihm gar nichts.“

„Ich weiß, aber ich dachte, da meine Familie dermaßen distanziert ist … wollte ich einfach nicht, dass wir irgendwann zurückblicken und traurig über die Situation zwischen unseren Familien und ... naja, *unserer* Familie sind.“

„Ich will nicht, dass ein Mann wie er in der Nähe meines Kindes ist“, schüttelte er wieder den Kopf. „Wenn ich das wollte, hätte ich mich selbst bei ihm gemeldet."

„Aber hast du darüber nachgedacht, dass er sich vielleicht geändert hat?", drängte ich. „Was ist, wenn er mittlerweile ein anderer Mensch ist?"

„Dann macht er einen ziemlich guten Job, es vor allen zu verbergen", murmelte er.

„Gib ihm einfach eine Chance", flehte ich. „Vertrau mir, wenn du ihn verlierst, mit all der Distanz zwischen euch, wirst du dir das nie verzeihen können."

„Ich weiß nicht so recht", antwortete er. Ich wusste, dass er mich nicht verletzen wollte, indem er so sprach, aber er tat es trotzdem. Er schien mir den Schock anzumerken, der über mein Gesicht ging, und schloss seine Augen für einen Moment.

„Es tut mir leid", murmelte er und streckte seine Hand aus und nahm meine. „Ich weiß ... ich weiß, dass du eine Menge durchgemacht hast. Aber meine Familie und deine Familie, sie sind ganz verschieden. Und vertrau mir, wenn du meinen Vater kennenlernen würdest, würdest du ihn auch nicht in unserer Nähe haben wollen."

„Wie kannst du das wissen?", fragte ich und konnte den Klang der Verzweiflung in meiner Stimme hören. In diesem Moment wurde mir klar, dass es sich hier um weit mehr als nur um seinen Vater handelte. Es ging darum, selbst eine Familie zu gründen. Es ging darum, die Familie aufzubauen, die ich von Grund auf verloren hatte. Es ging darum, die Teile wieder so zusammenzusetzen, wie es tatsächlich funktionierte. Doch auch ich musste zugeben, dass ich das nicht allein hinbekommen konnte und dass ich das sicherlich nicht mit seiner Familie anstelle von meiner tun konnte.

„Ich weiß es einfach", sagte er mir sanft und er streichelte mir die Haare aus dem Gesicht. „Glaub mir einfach ... glaub mir in diesem Punkt. Ich weiß, es ist schwer zu akzeptieren, aber man muss es einfach hinnehmen. Wir sind ohne sie besser dran."

„Ich weiß nicht, ob ich dir das glauben kann", sagte ich ihm unverblümt und er kniete sich vor mir nieder und sah mir direkt in die Augen.

„Dann muss ich einen Weg finden, dich zu überzeugen", antwortete er und er lehnte sich nach vorne und gab mir einen Kuss auf die Lippen. Und obwohl ich verdammt gut wusste, dass er nur versuchte, mich von dem anstehenden Gespräch abzulenken, funktionierte es. Ich streichelte ihm mit meinen Fingern über die Haut, sodass er während des Kusses lächelte.

„Unterlässt du deine Kontaktversuche bitte?", murmelte er und streichelte seine Nase gegen meine. Ich konnte dabei nur eine Grimasse ziehen.

„Ich lass es", versprach ich, woraufhin er wieder aufstand.

„Okay, Ich muss wieder an die Arbeit, bevor uns jemand erwischt", sagte er und lächelte mir zu. „Ich sehe dich später."

„Bis dann", antwortete ich und ich beobachtete, wie er zurück in sein Büro ging – und fragte mich, wie lange ich mich wohl an dieses Versprechen halten müsste.

Kapitel Dreiundzwanzig

Cody

Ich hatte gewusst, dass es Schwierigkeiten geben würde, als ich sie beim Telefonieren mit dem Büro meines Vaters erwischte. Er war nicht der Typ, der so etwas schnell vergessen würde. Aber ich war nicht darauf vorbereitet, dass er es so weit brachte, wie er es tat.

Es klopfte an der Tür und ich sah auf – normalerweise kam Olivia einfach rein oder rief mich an, um mir mitzuteilen, dass jemand auf dem Weg hierher war. Wer würde einfach so unangekündigt auftauchen? Ich stand auf und ging zur Tür – in dem Moment, als ich mit der Hand den Türgriff festhielt, rollte eine Flut von Sorgen über mich. Etwas stimmte nicht, etwas war nicht in Ordnung. Das hatten mir meine Instinkte verraten. Doch ich schob diesen albernen Gedanken beiseite und öffnete die Tür – und wünschte sofort, ich hätte auf das gehört, was mein Unterbewusstsein versucht hatte, mir zu sagen.

„Dad?"

Das Wort hing in der Luft zwischen uns, so lange unausgesprochen, dass es sich fremd anfühlte, während es aus meinem Mund kam. Es war schon sehr lange her, dass ich ihn persönlich gesehen hatte. Als er hier vor mir stand, fühlte ich mich, als hätte ich ihn kaum wiedererkannt. Er war, seit ich ihn zuletzt gesehen hatte, gealtert – oder hatte er immer so ausgesehen und ich hatte es einfach vergessen? Ich konnte ein Spiegelbild von mir selbst in ihm sehen, auch von meinen Brüdern, in der Art und Weise, wie er dastand, mit den zurückgezogenen Schultern und dem harten Blick in seinen Augen.

„Was machst du hier?", fragte ich und blickte mich um – Oli war hinausgegangen, um etwas zu essen oder so. Ich war mir sicher, dass sie ihn sonst abgefangen hätte.

„Dein Empfang hat bei mir angerufen", antwortete er kühl. „Ich dachte, ich würde persönlich nachfassen. Es ist ja schon eine Weile her."

„Komm rein." Ich trat beiseite und deutete ihm an, dass er eintreten solle. Beim Vorbeigehen blickte er mich an, als ob er überprüfen würde, ob ich wirklich der Mann war, nach dem er suchte. Ich wandte meinen Blick von ihm ab, da ich ihm nicht in die Augen sehen konnte. Ich fühlte mich, als würde die Welt umkippen; mein Verstand raste und ich tat mein Bestes, um die Einzelteile zusammenzusetzen. Ich war nicht darauf vorbereitet. Es war so lange her, dass ich ihn gesehen hatte, dass ich keine Ahnung hatte, wie ich zur Hölle auf seine Gegenwart reagieren sollte. Das war nicht das, worauf ich mich heute vorbereitet hatte. Vor fünf Minuten hatte ich mich gefragt, wie meine Kaffeebestellung für diesen Nachmittag aussehen würde – und jetzt stand ich hier vor meinem Vater und fragte mich, was zum Teufel wir uns zu sagen hatten.

„Willst du sitzen?" Ich wies auf den Stuhl auf der anderen Seite meines Schreibtisches hin, wobei meine Stimme steif klang und so, als ob sie von einer anderen Person käme. Mein Vater schüttelte den Kopf.

„Nein", antwortete er entschieden. „Ich will nur wissen, was du von mir wolltest, als du angerufen hast."

Scheiße. Wie zum Teufel sollte ich ihn mir in diesem Fall vom Hals schaffen? Ich konnte ihm kaum die Wahrheit sagen: dass meine schwangere Partnerin auf einer irrgeleiteten Mission gewesen war, den Kontakt zu unseren Familien wiederherzustellen, bevor das Baby kam.

„Ich hatte ein paar Sachen, über die ich mit dir reden wollte.“ Ich umging die Frage so geschickt ich konnte, woraufhin er seine Arme über seiner Brust verschränkte und mich anstarrte.

„Wenn es ein weiterer Vortrag über den Stand der Dinge ist, wie ich mein Unternehmen führe, bin ich nicht interessiert“, sagte er mir, das Grinsen in seiner Stimme praktisch hörbar.

„Hey, ich habe nur versucht–“

„Hey, du hast nur versucht, mir zu sagen, wie ich mein Geschäft führen soll“, beendete er den Satz für mich mit Zorn in seinem Blick.

„Ich habe versucht, dich in das verdammte 21. Jahrhundert zu bringen“, schoss ich zurück. „Hast du da jemals dran gedacht?”

„Unsere Leser–“

„Deine Leser sind alles Leute wie du“, unterbrach ich ihn. „Sie sind alt, sie sind anders–“

Er unterbrach mich. „Anders als die tugendhaften Menschen, die deine Bücher lesen?”

„Nur weil sie etwas mögen, das du nicht magst, bedeutet das nicht, dass sie es tun, um ein Exempel zu statuieren!“ Ich verdrehte die Augen. „Warum kannst du das nicht verstehen?”

„Also bin ich jetzt zu dumm, um das Geschäft zu verstehen, oder wie?” Er blickte mich scharf an bei dieser Aussage. „Ich leite dieses Unternehmen seit Jahren und wir haben es die ganze Zeit über gut hingekriegt, nicht wahr? Aber nein, du kommst rein und sagst mir, wie ich die Dinge zu machen habe, verstehe ich das richtig?”

„Du sparst überall, wo du kannst“, rief ich aus, ohne Interesse an einem fairen Gespräch. „Die Berichterstattung, die du machst, Scheiße, ich weiß nicht einmal, ob ich es so nennen kann. Es ist nur das absolute Minimum, die reißerischen Geschichten, die schlechtesten Blickwinkel."

„Und es gab dir und deinen Brüdern die Chance, das zu sein, was ihr sein wolltet", feuerte er zurück. Ich schwieg. Ich hasste es, dass ich ihm etwas schuldete, aber er hatte Recht – ohne sein Geschäft hätte ich nicht die Unterstützung finden können, mein eigenes Unternehmen so aufzubauen, wie es jetzt war. Ich wünschte, ich hätte ihn abweisen können, ihm sagen können, dass er sich irrte, dass ich mich nie auf ihn verlassen hatte, aber er war das perfekte Beispiel für alles gewesen, was ich nie tun wollte. Und dafür, so vermutete ich, schuldete ich ihm etwas.

„Denkst du jemals an sie?", fragte er und plötzlich brach seine Stimme. Ich starrte ihn an. Ich war mir nicht sicher, ob ich das jemals zuvor bei ihm gehört hatte.

„Was meinst du?"

„Deine Mutter, deine Brüder", fuhr er fort. Er ließ mich nicht aus den Augen und versuchte, meinen Gesichtsausdruck zu deuten.

„Natürlich mache ich das", gab ich zu. Es war ein gemeiner Trick, dass er sie so mit in die Diskussion gebracht hat. Aber die Wahrheit war, dass ich es jetzt mehr denn je tat, seit ich wusste, dass das Baby auf dem Weg war. Egal wie groß unsere Differenzen waren, sie waren meine Familie und der Gedanke an sie war noch nie so schmerzhaft gewesen wie jetzt.

„Was glaubst du denn, was du tust, indem du sie alle so abweist?", forderte er und einfach so war er wieder mein Vater – befehlshaberisch, kontrollierend, wütend. Ich starrte ihn nur an.

„Du bist derjenige, der mich verstoßen hat", erinnerte ich ihn. „Du bist der Einzige, der in dieser Sache auf deiner Seite steht, verstehst du das nicht? Du hast ihnen keine andere Wahl gelassen."

„Nein, das habe ich nicht", schoss er heftig zurück. „Du hast deutlich gemacht, was du willst. Und sie haben dich beim Wort genommen."

„Also beschlossen sie, dass sie nie wieder mit mir sprechen würden, weil ich es gewagt hatte, etwas anderes als du zu tun?" Ich sah ihn fragend an. „Wie zum Teufel ergibt das einen Sinn?"

„Du wolltest nichts mit unserer Familie zu tun haben", antwortete er. „Ich weiß nicht, was du dachtest, das sie tun würden. Du wolltest nichts mit dem Familienunternehmen zu tun haben–"

„Aber das bedeutete doch nicht, dass ich nichts mit der Familie zu tun haben wollte", murmelte ich, doch die Worte hingen zwischen uns, in völliger Stille, als ob alles um uns herum den Atem anhalten würde. Ich konnte nicht glauben, dass ich das gerade gesagt hatte. Ich konnte nicht glauben, dass ich es ernst meinte. Die ganze Zeit hatte ich mein Bestes getan, um all diese Gefühle zu unterdrücken, die verletzende Distanz zwischen uns zu ignorieren, den Schmerz zu verbergen, der durch die Ablehnung von allen von ihnen verursacht worden war. Aber jetzt war er hier vor mir und ich konnte es nicht mehr tun. Ich wollte nicht ... ich wollte es einfach nicht.

„Also, was gibt es jetzt?", forderte er erneut zu wissen. „Ich habe für so etwas keine Zeit. Sag mir, warum du mich angerufen hast."

„Ich ..." Ich starrte ihn an und wusste, dass ich es ihm einfach sagen musste. Der Satz, der auf diesen folgte, würde alles ändern, würde definieren, was mit meinem Kind und ihm und unserer Familie im Allgemeinen geschah. Etwas hatte sich verändert – ich wollte ihm das nicht mehr vorenthalten. Ich wollte ihn nicht mehr mit Samthandschuhen anfassen.

„Ich werde Vater."

Er blinzelte einmal, als ob er versuchte, einen Sinn in dem zu erkennen, was gerade aus meinem Mund gekommen war. Ich hatte das noch zu niemandem außer Olivia gesagt und die Worte fühlten sich seltsam an, als ich sie ausgesprochen hatte. Ich wusste, dass dies ein glücklicher Moment hätte sein sollen, wenn ich meinem Vater von der Geburt meines ersten Kindes erzählte, aber er war voller Spannung, Wut und Schuldgefühlen und ich hatte keine Ahnung, wie ich mich vor diesen Gefühlen verstecken sollte.

„Du wirst Vater?", wiederholte er leise und ich nickte.

„Ja."

„Gemeinsam mit wem?"

„Das ist nicht wichtig", schüttelte ich den Kopf. Es war am besten, wenn ich nicht erwähnte, dass ich meine Sekretärin geschwängert hatte – egal, wie ich zu Olivia stand, das würde für Außenstehende immer komisch sein.

„Du wirst Vater", wiederholte er erneut, diesmal nicht als Frage, sondern als Aussage.

„Das war nicht der Grund, warum ich dich hierher gerufen habe", gab ich zu. „Ich meine, ich bin froh, dass du es weißt, aber ich–"

„Aber du wolltest mir das einfach vorenthalten? Uns allen?", fragte er. Plötzlich war ich wieder ein Kind, feindselig gestimmt aufgrund seiner Unterstellung.

„Vielleicht, wenn einer von euch in den letzten Jahren Kontakt aufgenommen hätte–"

„Also wolltest du einfach dein gottverdammtes Leben mit einem Baby verbringen und weder mich noch irgendjemanden anderen davon wissen lassen?" Er schüttelte den Kopf. „Ich kann das *verdammt* nochmal nicht glauben, Cody. Ich weiß, dass wir unsere Probleme hatten, aber das hier ist ..."

Er schien nicht die Worte zu finden, um zu sagen, was er wollte. In gewisser Weise konnte ich es ihm nicht verübeln. Aus seiner Sicht hatte ich gerade das schiere Ausmaß der Kluft zwischen unserer Familie offenbart, die er um jeden Preis ignorieren wollte.

„Dad–"

„Ich gehe." Er hielt seine Hand hoch und blieb stehen, bevor ich etwas sagen konnte. „Ruf mich nicht mehr an."

Er ging zur Tür und hielt einen Moment inne, bevor er sie öffnete. Mein Vater blickte mich an und für einen Bruchteil einer Sekunde konnte ich etwas Sanftes in seinen Augen sehen.

„Und viel Glück", murmelte er. „Mit dem Baby."

Damit verschwand er. Und ich stand wieder allein in meinem Büro und fragte mich, was verdammt nochmal gerade passiert war. Und ob es etwas gäbe, das ich tun könnte, um es wieder in Ordnung zu bringen.

Kapitel Vierundzwanzig

Olivia

„Es tut mir so leid.“ Ich drückte seine Hand noch einmal, aber er nahm nur einen Schluck von seinem Drink und schüttelte den Kopf. Ich wusste, dass die Dinge schlimm verlaufen sein mussten. Denn er hatte versprochen, keinen Alkohol zu trinken, wenn er in meiner Nähe war, solange ich schwanger war, aber heute Abend hatte er um eine Ausnahme von dieser Regel gebeten. Ich verübelte ihm den Drink nicht. Schließlich war ich diejenige, die seinen Vater überhaupt erst in sein Leben zurückgeholt hatte. Wenn ich nur in der Lage gewesen wäre, meine Nase aus seinen Angelegenheiten herauszuhalten, wäre nichts davon passiert.

„Es ist ok.“ Er schüttelte den Kopf. „Ich ... ich hätte nicht einmal mit ihm reden sollen. Ich hätte wissen müssen, dass es nicht gut laufen würde.“

„Also ist er einfach gegangen, nachdem du ihm von unserem Baby erzählt hast?”, fragte ich noch einmal. Er nickte zustimmend.

„Ja, er schien es nicht hören zu wollen“, antwortete er leise. Er war seit seiner Ankunft zu Hause ruhig gewesen, als ob die Konfrontation mit seinem Vater immer noch sehr stark in seinem Kopf präsent war und er versuchte, das Ganze, so gut er konnte, auszublenden.

„Hast du etwas von deiner Mutter oder deinen Brüdern gehört?”, fragte ich interessiert und er schüttelte wieder mit dem Kopf.

„Noch nichts, aber vielleicht hat er es ihnen auch nicht gesagt", räumte er ein.

„Glaubst du wirklich, er würde das verheimlichen?", fragte ich und fuhr mit den Fingern über seinen Arm.

„Ich weiß es nicht", antwortete er und rieb sich mit der Hand über das Gesicht. „Ich gehe jetzt duschen. Ich muss diesen Tag irgendwie abschütteln, okay?"

„Natürlich." Ich nahm ihm sein Glas ab und er gab mir einen Kuss auf die Schläfe, als er sich auf den Weg ins Badezimmer machte. Sobald er aus dem Raum war, fiel ich gegen den Sitz zurück und seufzte, genervt von mir selbst. Wie hatte ich das nicht kommen sehen können?

Aber das war in letzter Zeit öfter mein Problem. Ich war nicht mehr in der Lage, vorauszudenken, um die offensichtlichsten Ergebnisse meiner Handlungen vorauszuschauen. Ich war mir einfach so sicher, dass der Kontakt mit seinem Vater und die freudige Nachricht des Nachwuchses der perfekte Weg gewesen wäre, um die Familie wieder zusammenzubringen. Warum hatte ich mich so verbissen in diese Sache? Wieso war mir das so wichtig?

Weil ich mich nicht meiner eigenen Familie stellen wollte. Diese Wahrheit lief in meinem Kopf umher, bis sie sich so anfühlte, als würde sie an der Vorderseite meines Gehirns pulsieren. *Meine Familie.* Vielleicht, wenn ich mein Problem zuerst in den Griff bekäme, könnten wir einen Weg finden – es gäbe eine Chance, wenn ich ihm zeigen könnte, dass es machbar war, alles wieder in Ordnung zu bringen. All das hier.

Ich hörte ihn in die Dusche treten und wusste, dass ich gut zwanzig Minuten Zeit hatte, bevor er wiederauftauchte; er hatte dieses ganze Ritual, sich vorzubereiten, eines, bei dem ihn niemand stören sollte, und ich hatte nicht die Absicht, ihm in die Quere zu kommen. Und ich wusste, dass er dort eine extra lange Zeit sein würde, angesichts dessen, wie anstrengend dieser Tag war. Ich war vielleicht nicht in der Lage, diesen Schritt für mich selbst zu gehen, aber ich konnte es für ihn tun, und das war es, was zählte.

Ich griff nach meinem Handy, scrollte durch meine Kontakte und biss mir dabei so gedankenverloren auf die Lippe, dass sie leicht blutete. Mein Herz klopfte wie wild in meiner Brust und ich wusste, dass es ausreichend Zeit für mich gab, mich einfach zurückzuziehen und es als eine dumme Idee abzustempeln. Aber ich wollte das nicht. Ich wollte ihre Stimme hören. Ich wollte ihr sagen, was los war. Ich wollte, dass sie ein für alle Mal wusste, was in meinem Leben vor sich ging – und ich wollte, dass sie wusste, dass sie ein Teil von meinem Leben war. Meine Mutter und ich hatten kaum gesprochen, seit mein Vater gestorben war, aber die Funkstille zwischen uns betrug nur ein paar Monate. Und wenn sie so ähnlich wäre wie ich, würde sie diese Distanz irgendwie überbrücken wollen.

Ich wählte ihre Nummer, bevor ich die Gelegenheit hatte, mich selbst davon abzuhalten. Ich hob das Telefon an mein Ohr und ein Teil von mir hoffte, dass niemand rangehen würde, sodass ich nicht mit ihr sprechen musste. Aber nach dreimal Klingeln nahm sie den Anruf entgegen.

„Oli?"

Ich schloss meine Augen. Der Klang ihrer Stimme in der Leitung, des Spitznamens, mit dem sie mich angesprochen hatte, solange ich mich erinnern konnte, beruhigte mich auf eine Art und Weise, von der ich bisher nicht gewusst hatte, dass ich sie brauche.

„Mom", sagte ich zu ihr. Ich hatte keine Ahnung, was ich jetzt sagen wollte, wo ich sie am anderen Ende der Leitung hatte, aber ich wusste, dass ich mir etwas einfallen lassen musste. Ich hatte nur keine Ahnung, was das sein sollte.

„Ich..." Ich verlor mich und suchte nach den Worten, um dem, was ich ihr sagen wollte, Form zu geben.

„Ich bin so froh, von dir zu hören", platzte sie heraus und ich fühlte, wie Tränen in meine Augen schossen. Ich konnte nicht glauben, dass ich so viel Zeit damit verbracht hatte, dieser Frau aus dem Weg zu gehen. Es war klar, dass sie alles war, was ich brauchte, um die Situation zu meistern.

„Mom, ich vermisse dich so sehr", beeilte ich mich, die Worte herauszubekommen, bevor ich die Gelegenheit hatte, mich selbst aus ihnen herauszureden. „Und es tut mir leid. Es tut mir so, so leid, dass ich dich nicht angerufen habe oder dich getroffen habe oder in Kontakt geblieben bin, nach ... nach ..."

„Du musst dich dafür nicht entschuldigen, ich sollte diejenige sein, die sich entschuldigt", versicherte sie mir. „Nachdem ... es geschah, fühlte ich mich einfach, als könnte ich niemanden oder irgendetwas mehr sehen. Alles erinnerte mich an ihn, weißt du? Alles. Es fühlte sich an, als würde ich den Verstand verlieren, weil er nicht mehr da war ..."

Sie holte einen tiefen, schaudernden Atemzug.

„Und dann gab es so viel Distanz zwischen uns, dass ich keine Ahnung hatte, wie ich sie überwinden sollte", gab sie zu.

„Ich weiß, was du meinst", sagte ich. „Es tut mir nur ... es tut mir einfach so leid, Mom. Ich wollte nie, dass das passiert. Ich wollte diese Distanz zwischen uns nie, wirklich nicht, aber nach dem, was passiert ist–"

„Vergessen wir dieses ganze Entschuldigen bis auf Weiteres", schlug sie sanft vor. „Ich habe dich so sehr vermisst.

Wie zum Teufel geht es dir?"

Ich zögerte einen Moment lang. Wollte ich ihr das wirklich ohne Vorbereitung sagen? Ich schätze, sie musste es wissen. Vielleicht würde es ausreichen, um sie von dem Verlust abzulenken, unter dem sie immer noch litt.

„Mom, ich werde ein Baby bekommen", sagte ich ihr. Sie schwieg am anderen Ende der Leitung, und für einen Moment war ich mir sicher, dass sie sauer auf mich war, dass sie im Begriff war, mich auseinanderzunehmen und mich zu beschimpfen, als wäre ich ein Teenager, der Mist gebaut hatte. Aber stattdessen keuchte sie nach Luft.

„Olivia, bist du sicher?"

„Ja, das ist mein Ernst." Ich lachte. Ich konnte nicht glauben, dass ich ihr das wirklich gesagt hatte. Ich legte meine Hand auf meinen Bauch, fühlte die kleine Beule und wusste, dass es mindestens einen Großelternteil da draußen gab, der Teil seines Lebens sein wollte.

„Oh mein Gott", rang sie erneut nach Luft. „Ich kann es nicht glauben. Mein Gott, ich lasse dich für ein paar Monate allein und du kommst mit einem Baby zurück!"

„Tja, selber schuld!"

„Wer ist der Vater?", fragte sie. „Wie weit bist du? Wann kann ich dich besuchen? Ich habe dir so viel zu erzählen, Schatz, ich kann es kaum erwarten, dich wiederzusehen ..."

„Nun, der Vater ist ..." Ich machte eine kurze Pause und fragte mich, ob ich aushalten und warten sollte, um Cody zu fragen, ob es okay für ihn wäre, wenn ich die Wahrheit über das Schicksal dieses kleinen Babys so schnell enthüllte. Ich zog das Telefon von meinem Ohr weg und legte es auf den Tisch vor mir und schaltete es auf Lautsprecher. Ich brauchte ein wenig Raum zum Nachdenken.

„Komm schon, es handelt sich hier doch nicht um eine Quizshow“, drängelte sie mich. „Du kannst es mir sagen. Oder weißt du nicht, wer der Vater ist?”

„Doch, das weiß ich“, versicherte ich ihr. „Ich bin nicht so weit abgerutscht, vertrau mir. Äh ... also der Vater ist ein Typ namens Cody Leith.“

„Leith, Leith“, murmelte sie vor sich hin. „Kenne ich diesen Namen von irgendwo her?“

„Äh, ja, das könntest du vielleicht“, antwortete ich. „Seinem Vater gehört die Leith Tribune.”

„Oh mein Gott!”, rief sie aus und der Hörer knackte, als ihr Ausruf die Leitung entlangkam.

„Du meinst es ernst? Du hast dich wirklich mit so einem Kerl getroffen? Wie hast du ihn kennengelernt?”, fragte sie und stellte mir mehr Fragen, als ich auf einmal beantworten konnte.

„Ich wünschte, ich könnte das alles persönlich beantworten“, sagte ich ihr. „Vielleicht sollte ich vorbeikommen und wir könnten uns treffen?”

„Blödsinn, du gehst nirgendwo hin, während du schwanger bist“, sagte sie mir auf die mütterliche Weise, die sie an sich hatte. „Ich komme zu dir.“

„Kannst du dir das leisten?” Ich zog eine Grimasse. Ich wollte sie sehen, natürlich tat ich das, aber ich war mir nicht sicher, ob es die beste Lösung war, wenn man bedachte, wie spärlich ihre finanzielle Situation für einige Zeit nach dem Tod meines Vaters gewesen war. Und obwohl ich selbst viel Geld hatte, wusste ich, dass sie es nie von mir annehmen würde.

„Ich werde dafür sorgen, dass Sie hierherkommen, Mrs. Brown."

Ich drehte mich um und entdeckte Cody, der hinter mir stand – er war in ein Handtuch gehüllt und er hörte unserem Gespräch mit einem unleserlichen Ausdruck auf dem Gesicht zu. Ich war mir nicht sicher, wie lange er dort gestanden hatte, aber offenbar lange genug, um zu wissen, dass dies meine Mutter am anderen Ende der Leitung war.

„Cody–"

„Ist er das?" Meine Mutter quietschte vor Aufregung auf der anderen Seite des Telefons.

„Ja, das ist er", antwortete ich. Er rutschte auf den Sitz neben mir und lehnte sich nach vorne, damit er richtig mit ihr reden konnte.

„Es ist schön, Sie kennenzulernen", fuhr er fort, und zwar als der anständige, charmante Geschäftsmann. „Wie gesagt, ich würde mich freuen, Sie persönlich zu treffen. Ich habe einen Privatjet, den ich bis morgen früh zum nächsten Flughafen bringen könnte, wenn Sie kommen möchten?"

„Ernsthaft?" fragte sie, als ob das alles ein Scherz wäre und sie darauf wartete, dass der Witz aufgelöst würde.

„Unbedingt", kicherte er. „Ich würde Sie gerne richtig kennenlernen. Und ich bin sicher, unser Baby würde das auch so sehen."

„Ich würde mich riesig freuen", offenbarte sie. „Oh meine Güte, morgen? Sie können den wirklich so schnell zu mir bringen?"

„Ja, und das Personal wird dafür sorgen, dass Sie gut versorgt werden", versicherte er ihr. Ich musste ein Kichern unterdrücken. Er wusste genau, was er tat. Cody mochte vielleicht so tun, als ob ihm die ganze Pracht dieses Lebensstils völlig gleichgültig war, aber ich kannte die Wahrheit – er liebte es, die für ihn wichtigen Menschen mit dieser Art von Luxus verwöhnen zu können. Seine Großzügigkeit war offensichtlich, aber dass sie meiner Mutter galt, war schlichtweg ein Pluspunkt.

„Mom, lass uns über die Details reden." Ich machte den Lautsprecher wieder aus und hielt das Telefon an mein Ohr, als Cody zurück ins Schlafzimmer ging, um sich fertig zu machen.

„Ich kann nicht glauben, dass er das wirklich tut", rief sie abermals aus. „Ich kann nicht glauben ... oh meine Güte, Olivia, ich kann nicht glauben, dass all das passiert."

„Nun, wir haben eine Menge Zeit verloren, um uns zu vertragen", erinnerte ich sie daran. „Du kannst es gar nicht mehr abwarten, oder?"

„Richtig", stimmte sie nachdrücklich zu. „Wir haben viel nachzuholen."

Ich fühlte ein strammes Band der Liebe zu ihr, aber auch eines der Traurigkeit, dass wir so lange Zeit getrennt voneinander verbracht hatten.

„Ich werde dich nie wieder alleinlassen, Mom", versprach ich ihr.

„Ich weiß, mein Schatz", antwortete sie leise. „Ich weiß. Und ich werde es nie zulassen."

„Du bist meine Familie und ich liebe dich." Ich schloss meine Augen.

„Ich liebe dich auch."

Wir schwiegen beide für einen Moment, als ob das alles

gewesen wäre, was wir nötig gehabt hatten, uns von der Seele zu reden. Ich erinnerte mich plötzlich daran, dass ich diesen Flug für sie organisieren musste.

„Okay, lass uns über Details reden, Oma“. Wir mussten beide lachen und ich begann, durch den Raum zu wandern, um meine Beine zu vertreten; voller unruhiger Energie bei dem Gedanken, sie wiederzusehen. Ich konnte es nicht glauben – meine Mutter war wieder da. Und sie war nicht einfach nur zurück, sondern sie war auch zurück, um sich um das Baby zu kümmern, das ich mit einem Mann bekommen würde, den ich liebte. Das Leben fühlte sich endlich so an, als würde alles seinen Platz finden. Nun, jedenfalls mein Leben. Denn wir mussten einen Weg finden, Codys auf die gleiche Weise zum Laufen zu bringen, dann wären wir endgültig startklar.

Kapitel Fünfundzwanzig

Cody

„Und hier arbeitet deine Tochter." Ich zeigte auf den Schreibtisch, vor dem Oli normalerweise saß. Ich hatte sie losgeschickt, um uns etwas zu essen zu besorgen, und ihr angeboten, mich um ihre Mutter Tati zu kümmern, während sie zu Besuch war. Ehrlich gesagt war es einfach schön, einen Schein von Familie für eine gewisse Weile aufrechtzuerhalten, besonders wenn sich meine Familie weiter weg als je zuvor anfühlte.

„Ich kann nicht glauben, dass du sie wirklich noch für dich arbeiten lässt." Tati hob ihre Augenbrauen und strich eine graue Haarsträhne zurück hinter ihr Ohr. Sie hatte einen Hauch von Olivia an sich – vor allem in den Augen – aber war selbstbewusster und definierter, als ob sie in kräftigeren Farbtönen entworfen worden wäre.

„Was meinst du?", grinste ich sie an. Ich hatte mich dabei erwischt, besser mit Olivias Mutter zurechtzukommen, als ich es erwartet hatte. Ich meine, ich war der Typ, der ihre Tochter aus Versehen geschwängert hatte, während sie für den Mann arbeitete. Das war nicht gerade der größte Beweis für meinen Anstand. Aber ehrlich gesagt schien Tati einfach glücklich in unserer Nähe zu sein, egal wie wir alle in dieser Situation gelandet waren.

„Ich meine, ich hätte sie inzwischen längst nach Hause geschickt", sagte sie. „Ich weiß, dass meine Tochter hartnäckig sein kann, aber du hast das Geld, um ihr diese Freizeit zu geben. Sie sollte es annehmen."

„Vielleicht hast du mehr Glück, sie davon zu überzeugen, als ich", antwortete ich und sie kicherte.

„Ja, ich hätte ahnen sollen, dass dir der Gedanke schon einmal in den Sinn gekommen ist“, räumte sie ein.

„Du weißt, wie sie ist“, sagte ich und beugte mich zu ihr hinüber. „Sie ist deine Tochter. Sie hat das wahrscheinlich von dir.“

„Meine Güte, ich sollte beleidigt sein“, sagte sie mit einer Hand auf ihrer Brust und spielte sich verärgert über meinen Kommentar auf. Ich lachte.

„Tati, es ist so schön, dass du hier bist! Ich weiß, ich habe es tausend Mal gesagt, aber das ist es wirklich. Ich weiß, wie viel es Olivia bedeutet, dich in so einer Zeit um sich zu haben.“

„Ich bin einfach so froh, dass wir wieder zueinandergefunden haben“, schüttelte sie den Kopf. „Ich hatte eine so harte Zeit ohne sie, aber ich wollte keinen Druck auf sie ausüben nach allem, was passiert war. Du hast keine Ahnung, wie es ist, wenn du diese Distanz zwischen dir und deiner Familie hast, was das mit dir macht ...“

Sie verstummte und drückte ihre Lippen zusammen.

„Es tut mir leid“, entschuldigte sie sich. „Das war taktlos von mir.“

„Nein, ist schon gut“, antwortete ich ein wenig steif. Ich nahm an, dass Olivia ihr von der Situation mit meiner Familie erzählt hatte, da Tati am vergangenen Tag ein paar Andeutungen gemacht hatte. Sie war am Morgen zuvor nach einer kurzen Reise angekommen und hatte sich in Windeseile zu einem festen Bestandteil unseres Lebens etabliert. Ich hatte ihr angeboten, sie in einem Hotel unterzubringen, aber sie brachte ihre Sachen wie selbstverständlich in das Gästezimmer und begann mit der Bestandsaufnahme, was wir bis zur Ankunft des Babys alles würden ändern müssen.

„Also, das gehört dann alles dir, was?“ Sie sah sich im Büro um und schüttelte den Kopf. „Das ist unglaublich. Du solltest so stolz auf dich sein.“

„Naja, danke“, antwortete ich. „Ich habe hart gearbeitet, um das hier aufzubauen, aber ich bin jetzt ganz zufrieden.“

„Ich war so überrascht, als Olivia mir sagte, dass du dieses Unternehmen leitest“, gab sie zu. „Ich habe in den letzten Jahren wahrscheinlich ein Dutzend Bücher von euch gelesen und nicht mal die leiseste Vorahnung gehabt, dass du einmal Teil der Familie sein wirst.“

„Die Geschichte ist beinahe gut genug für einen seichten Liebesroman, was?”, antwortete ich und sie lachte wieder. Sie hatte ein schönes, einladendes Lachen, als ob sie nichts zu verbergen hätte.

„Ich glaube auch“, stimmte sie zu. „Redet Olivia immer noch über ihr eigenes Unternehmen? Das tat sie jedenfalls, als sie noch zu Hause war.“

„Als wir uns das erste Mal trafen“, nickte ich. Wir hatten uns entschieden die Einzelheiten darüber, wie wir zusammengekommen waren, nicht zu erzählen, das mit dem Vertrag und allem – es könnte ein bisschen viel für sie sein, was sie aufnehmen musste.

„Modedesign, richtig?”, antwortete Tati.

„Ja, sie besucht gerade ein paar Abendkurse – oder zumindest wird sie es bald wieder tun, wenn sie wieder losgehen“, antwortete ich.

„Weißt du, sie würde nie den Mut haben, es zu sagen. Aber ich bin sicher, sie würde es gut finden ... weißt du, wenn du ihr einen Schubs in die richtige Richtung gibst.“

„Wie zum Beispiel?”, fragte ich mich laut.

„Ich schätze ... ich weiß nicht, du hast dieses ganze Geld“, zuckte sie mit den Achseln. „Du könntest etwas davon verwenden, um sie zu unterstützen, ein Unternehmen auf die Beine zu stellen, weißt du?“

„Ich nehme an, das könnte ich“, antwortete ich. Ich hatte so etwas vorher nicht wirklich in Betracht gezogen, weil ich wusste, dass Olivia so stolz darauf war, was sie selbst erreichte, aber vielleicht hatte ihre Mutter recht. Vielleicht könnte ich etwas tun, um ihre Karriere in die richtige Richtung zu lenken. Sie verdiente diese Art von Hilfe nach allem, was sie durchgemacht hatte – ihren Vater zu verlieren, sich von ihrer Familie loszulösen und dann eine unerwartete Schwangerschaft inmitten all dessen zu erleben. Da war es kein Wunder, dass es ihr schwerfiel, sich auf ihre Karriere zu konzentrieren.

„Weißt du, ich könnte darüber nachdenken.“ Ich stimmte zu und sie klopfte mir auf den Arm und lächelte mich an.

„Weißt du, ich hatte keine Ahnung, bei was für einem Mann meine Oli landen würde“, gab sie zu. „Aber jetzt, wo ich dich getroffen habe, ergibt alles vollkommen Sinn.“

„Nun, ich betrachte das als Kompliment“, dankte ich ihr.

„Das solltest du auch. Mütter wissen immer, was das Beste für ihre Kinder ist, und ich kann sagen, dass du perfekt zu ihr passt.“

„Das hoffe ich doch“, grinste ich sie an. Ich hatte nicht wirklich die Gelegenheit gehabt, mich mit jemand anderem über Olivia, die Schwangerschaft, unsere Zukunft zusammen zu freuen, also war es schön, das mit jemand anderem zu teilen. Ich konnte niemandem im Büro von Olivia erzählen, was mit der Art unserer Beziehung zu tun hatte, aber ihre Mutter schien mehr als glücklich zu sein, alles zu hören, was ich über sie zu sagen hatte.

„Und ich bin so glücklich, dass du jetzt wieder in ihrem Leben bist“, sagte ich ihr, als ich die Tür öffnete, um sie durch mein Büro zu führen. „Ich weiß, wie wichtig es für sie ist. Und ich weiß, wie sehr sie dich vermisst hat, als du weg warst.“

„Nicht, ich fühle mich schon schuldig genug, weil ich sie verlassen habe“, hielt sie ihre Hand abweisend hoch und zuckte zusammen, aber ich schüttelte den Kopf.

„Du solltest dich nicht schuldig fühlen“, versicherte ich ihr. „Wichtig ist, dass du dir die Mühe gemacht hast, jetzt wieder in ihr Leben zurückzukehren, und dass ihr beide euch dafür einsetzt, dass es auch funktioniert.“

Während ich sprach, wurde mir klar, dass ich genauso sehr über meine Situation sprach wie über ihre. Seit Olivia sich wieder an ihre Mutter gewandt hatte, seit sie wieder in Kontakt getreten waren, war die Distanz zu meiner Familie in ein ganz anderes Licht geraten. Ich hasste es, hasste, wie weit ich mich noch von ihnen allen entfernt fühlte. Es war nicht fair. Nichts davon war es. Ich wollte sie zurück, genauso sehr wie ich die Freiheit wollte, das zu tun, was ich wollte, ohne dass sie darüber urteilten. Diese letzten Monate – zwischen Robert, dem Baby, Olivia und ihrer Mutter – hatten mich gezwungen, mich mit der Tatsache auseinanderzusetzen, dass, ja, ich meine Familie wirklich vermisste, und mein Leben wahrscheinlich besser wäre, wenn ich sie wieder darin hätte.

„Ja, ich nehme an, du hast recht“, nickte sie und verzog ihr Gesicht zu mir gewandt. Manchmal machte sie nur eine kleine Geste, die mich daran erinnerte, wie gleich sie und Olivia waren. Ich wünschte, ich hätte auch ihren Vater treffen können, um das Puzzle ihrer Einflüsse weiter zusammensetzen zu können. Das wäre fantastisch gewesen. Aber im Moment war ich mehr als glücklich, diese Verbundenheit zu einer Seite ihrer Familie zu haben.

Ich hörte Olivias Schritte auf uns zukommen – sie klang, als ob sie in Eile wäre. Ich öffnete die Tür und sie stürzte praktisch hinein, mit einem panischen Ausdruck auf ihrem Gesicht.

„Olivia?", fragte ich. „Was ist los?"

Ich ergriff ihre Hand, um sie zu beruhigen, während sie einen tiefen Atemzug nahm und sich umsah. Sie konnte ihrer Mutter gerade noch ein Hallo zunicken, bevor ein ganzer Wortschwall aus ihr herausbrach.

„Dein Vater", warnte sie mich. „Er war unten, als ich ankam. Ich glaube nicht, dass er weiß, wer ich bin, aber ich habe gesehen, wie er mit der Empfangsdame an der Rezeption gesprochen hat und jetzt ist er auf dem Weg hierher, da bin ich mir sicher, und ich–"

„Scheiße", murmelte ich und hob dann meine Hand entschuldigend in Richtung Tati. „Entschuldigung für meine Ausdrucksweise."

„Nein, ist schon gut", sagte sie und legte ihren Arm um Olivias Schultern. „Du musst tief durchatmen, Schatz. Geht es dir gut?"

Ich überließ sie sich selbst und ging aus dem Büro, um meinen Vater abzufangen. Ich wollte ihn nicht hier haben, nicht jetzt, nicht wo wir Tati grade erst in unser Leben aufgenommen hatten. Es hatte sich viel zu viel angestaut und ich war mir sicher, dass ich nicht so schnell damit fertig werden würde.

Aber bevor ich die Gelegenheit hatte, bei der Rezeption anzurufen und ihnen zu sagen, dass sie meinen Vater nicht nach oben lassen sollten, öffnete sich der Aufzug und der Mann, den ich als letztes auf dem gesamten Planeten sehen wollte, trat heraus.

„Dad, was zum Teufel machst du hier?“, fragte ich ihn und schaute über meine Schulter, um sicherzustellen, dass Olivia und ihre Mutter mir nicht gefolgt waren – doch es war zu spät. Sie steckten bereits ihren Kopf aus der Tür und waren neugierig zu sehen, was da draußen los war. Nicht, dass ich ihnen die Schuld dafür gegeben hätte.

„Ich muss mit dir reden, Cody.“ Mein Vater sah mir tief in die Augen und ich spürte, wie ein Schauer durch mich hindurchlief. Worüber zum Teufel wollte er mit mir reden? War er gekommen, um mich vollständig aus der Familie zu verbannen? Mich vielleicht zu enterben? Als ob er nicht schon genug dafür getan hätte. Bei allem, was er hier tat, konnte es keine guten Nachrichten geben.

„Worüber musst du mit mir reden?”, drängte ich ihn und verschränkte die Arme über meiner Brust.

„Als du mir von dem Baby erzählt hast …“ Er verstummte, atmet tief durch und konzentrierte sich darauf, fortzufahren. Ich war mir nicht sicher, ob ich ihn jemals zuvor in seinem Leben so nervös gesehen hatte. Was wollte er hier? Welche Absichten hatte er, einfach so im Büro vorbeizuschauen? In der vergangenen Woche hatte ich ihn am längsten innerhalb der gesamten letzten Jahre gesehen und ich war mir nicht sicher, ob es mir gefiel. Ich war mir, wenn ich ehrlich zu mir selbst war, überhaupt nicht sicher, wie ich das fand.

„Ich hätte hierbleiben sollen, nachdem du mir gesagt hast, dass du das Kind bekommst“, fuhr er nervös fort.

„Cody …“ Olivia kam hinter mir aus dem Büro, woraufhin ihre Mutter folgte. Wir nahmen unsere Hände und hielten uns. Ich war froh, dass sie da war, denn ich war mir nicht sicher, ob ich dieses Gespräch ohne sie überstehen würde.

„Ist sie das?“, fragte er und deutete auf Olivia. Ich nickte.

„Ja, das ist Olivia.“ Ich stellte sie vor und sie streckte ihre Hand zu meinem Vater aus. Er betrachtete sie für einen längeren Moment, ehe er ihr seine Hand gab. Er ließ schnell wieder los, als wäre sie überhitzt.

„Und das ist?” Er zeigte auf Tati.

„Ich bin Olivias Mutter“, antwortete sie. „Ich bin Tati.“

„Nun, ich bin froh, dass du eine Familie um dich haben wirst“, bemerkte mein Vater, seine Worte waren von Bitterkeit durchzogen.

„Sie sind sein Vater, nicht wahr?”, platzte Tati heraus, trat nach vorne, vor ihre Tochter, als ob sie sie vor meinem Vater schützen wollte. Mein Vater nickte.

„Olivia hat mir erzählt, was mit Ihrem Sohn und dem Rest Ihrer Familie los ist“, fuhr sie fort, ihre Stimme ruhig, als ob sie mit einem Kind sprechen würde und die Kluft zwischen uns so deutlich wie möglich schließen müsste.

„Und das wäre?”, fragte er. Ich konnte die Spannung spüren, die von ihm ausging. Mein Vater war noch nie gut darin gewesen, Ratschläge zu befolgen, geschweige denn von einer Frau, die er noch nie zuvor getroffen hatte und die im Begriff zu sein schien, seine Erziehungskünste in Frage zu stellen. Ich wollte Tati daran hindern, einen weiteren Schritt zu machen, aber ich wusste, dass das sinnlos gewesen wäre. Sie war auf etwas fixiert, da wurde sie durch einen mickrigen Protest von mir nicht aufgehalten.

„Dass ihr euch entfremdet habt“, antwortete sie. „Dass ihr euch nicht oft seht, überhaupt nicht. Und dass Sie, als Sie von dieser Schwangerschaft erfahren haben, gegangen sind.“

„Richtig", schoss er zurück.

„Und ich wollte nur sagen ..." Sie bewegte sich auf ihn zu und nahm zu meiner Überraschung seine Hand. Die Berührung erschütterte ihn, als hätte sie einen scharfen Elektroschock durch seinen ganzen Körper gejagt.

„Ich weiß, dass das ein großer Schock für Sie ist", fuhr sie fort. „Das war es auch für mich. Ich weiß nicht, wie viel Sie über meine Familie wissen, aber Olivia und ich, wir hatten in letzter Zeit auch viele Probleme."

„Oh?" Er schaute interessiert auf.

„Mein Mann, Olivias Vater", begann sie, atmete tief ein und seufzte schwer, als ob dies das Letzte wäre, durch das sie noch einmal gehen wollte. Bei der Erwähnung ihres Vaters verkrampfte Olivia neben mir, woraufhin ich einen Arm um ihre Taille legte und sie festhielt.

„Er ist Anfang des Jahres gestorben", fuhr sie fort. „Sehr plötzlich. Und ich nehme an, wir beide hatten mit den Auswirkungen dessen zu kämpfen. Wir verbrachten viel Zeit getrennt und ich schäme mich immer noch dafür. Ich habe vergessen, wie ich sie wieder erreichen konnte, das kann ich mir nicht verzeihen."

Mein Vater antwortete nicht. Was etwas bedeutete. Er war kein Mann mit viel Geschick darin, seinen Mund zu halten, also musste er wohl gedacht haben, dass sie etwas Wichtiges zu sagen hatte.

„Und ich bin einfach so froh, dass ich die Chance habe, wieder an ihrem Leben teilzuhaben", fuhr sie fort und blickte lächelnd zu ihrer Tochter hinüber. „Ich bin froh, dass ich die Chance habe, für sie da zu sein, während sie dieses Baby bekommt und sie selbst eine Mutter wird. Und ich bin froh, bei ihr zu sein, während sie bei Cody ist, denn ich bekomme einen Sohn, den ich noch nie zuvor hatte. Das ist so etwas Kostbares, finden Sie nicht auch?“

Mein Vater nickte und sagte nichts.

„Aber die ganze Zeit“, fuhr Tati fort. „Die ganze Zeit kann ich nicht aufhören, an Olivias Vater zu denken. Wissen Sie, wie sehr er es geliebt hätte, hier zu sein? Ich kann Ihnen nicht einmal ansatzweise erklären, wie aufgeregt er darüber war, dass wir selbst eine Familie gründen wollten.“

Olivia strich eine Träne mit dem Handrücken weg und ich hielt sie fest. Ich wusste, dass das für sie schmerzhaft war. Ich konnte mir nicht einmal vorstellen, wie es war, einen Elternteil zu verlieren, geschweige denn einen, den Olivia offensichtlich so sehr geliebt hatte.

„Und es gibt nichts, was ich tun kann, um das zu ändern“, zwang sich Tati zur Fortführung, obwohl ich den Bruch in ihrer Stimme spüren konnte. Sie war so mutig und sprach so offen darüber – sie tat alles, was sie konnte, schöpfte jede letzte Reserve in sich, um meinen Vater dazu zu bringen, die Dinge aus ihrer Perspektive zu sehen, und ich war dafür dankbarer, als sie es sich je vorstellen konnte.

„Es gibt nichts, was ich tun kann, um ihr ihren Vater zurückzubringen, damit er hier sein kann, obwohl er auf uns herabblickt und zuschaut, so Gott will. Aber das bedeutet nicht, dass ich mich zurückhalten und Sie einfach aus dem Leben Ihres Sohnes schlüpfen lassen werde. Wenn Sie dieses Risiko nicht eingehen, werden Sie nie aufhören, es zu bereuen. Das Leben ist so kurz, um die Menschen in Ihrer Nähe nicht zu lieben, und ich wünschte, ich hätte das früher erkannt.“

Sie schwieg und holte Luft. Es war offensichtlich, dass es

ihr viel abverlangt hatte. Olivia griff nach vorne und packte die Hand ihrer Mutter und Tati drehte sich um, um ihre Tochter anzulächeln – Tränen glitzerten in ihren Augen und ihre Traurigkeit funkelte unter dem künstlichen Licht des Büros.

Wir drei konzentrierten uns alle wieder auf meinen Vater, der kein Wort gesagt hatte, seit Tati aufgehört hatte, zu reden. Sein Gesicht war nicht lesbar. Ich wusste, dass er sich nicht gerne einen Vortrag halten ließ, aber sicherlich musste ein Teil dessen, was Tati gesagt hatte, bei ihm angekommen sein, oder? Alles, was sie gesagt hatte, war völlig wahr, über die Entfernung zwischen uns, das Verlangen, wieder dorthin zurückzukehren, wo wir einst waren.

„Cody", sah er mich wieder an und richtete sich auf. Olivia zitterte leicht neben mir, aber ich ließ sie nicht los. Ich wollte es nicht. In diesem Durcheinander war sie mein Rückhalt und ich brauchte sie an meiner Seite.

„Ich sollte gehen", murmelte er und senkte seine Augen auf den Boden. Mir brach das Herz. Also war all das umsonst gewesen? Ich konnte nicht glauben, dass er so kalt war, sich all das anzuhören, was diese Frau zu sagen hatte, und dann wegzugehen, ohne seine Meinung auch nur ein wenig geändert zu haben. Ein Teil von mir wollte ihn packen und schütteln und verlangen, dass er dem eine Chance gab – jetzt, da ich gesehen hatte, wie intensiv sich Olivias Mutter auf unser Leben ausgewirkt hatte, wollte ich auch meine Familie zurück.

Er drehte sich um, ohne ein weiteres Wort zu sagen, und trat zurück in den Aufzug. Sobald sich die Tür hinter ihm schloss, ließ ich einen langen Atemzug aus, ohne wirklich zu bemerken, dass ich es tat.

„Scheiße", murmelte ich, machte ein paar Schritte vorwärts und hielt dann inne.

„Wirklich Scheiße", wiederholte Tati hinter mir. Ich drehte mich um, um die beiden Frauen hinter mir anzusehen. Olivia und Tati und, irgendwo da drin, unser Baby. Sie waren die einzige Familie, die ich jetzt hatte. Mein Vater hatte das gerade klargestellt. Und trotz der Leere in meinem Magen, weil ich wusste, dass ich höchstwahrscheinlich gerade von meiner echten Familie verstoßen worden war, wusste ich, dass ich überleben würde, solange sie hier bei mir waren und bereit waren, bei mir zu stehen. Es würde schmerzhaft werden, aber ich könnte es aushalten. Wir könnten es schaffen. Da war ich mir sicher.

Kapitel Sechsundzwanzig

Olivia

„Schatz, hast du eine Minute?"

Ich blickte auf, als ich die Formulare für die nächsten Kurse, die ich besuchen wollte, ausfüllte. Ich hing in Codys Büro rum und nutzte die Gelegenheit, ein paar Minuten für mich selbst zu haben, bevor wir alle an diesem Abend zum Abendessen gingen. Doch Mom hatte mich gefunden.

„Ja, selbstverständlich", lehnte ich mich vom Schreibtisch zurück und lächelte sie an. Die Wahrheit war, dass ich mir nicht sicher war, ob ich mich in diesen Kursen wohlfühlen würde, wenn es so weit war. Ich hatte mich schon ein bisschen fehl am Platz gefühlt und war gerade erst schwanger geworden. Wer weiß, wie schlimm es werden würde? Sich zweimal pro Woche in den Unterricht zu schleppen war für mich wahrscheinlich etwas zu viel, vor allem neben der Arbeit.

„Gut", antwortete sie und sie schloss die Tür hinter sich und kam herein, um sich zu mir zu setzen.

„Alles in Ordnung?", fragte ich. „Willst du mir sagen, dass du Cody die ganze Zeit schon hasst und denkst, dass ich ihn verlassen sollte?"

„Nein, nein – das passt schon", lachte sie. „Ich mag ihn tatsächlich sehr."

„Ja, das sagst du immer wieder", neckte ich. „Sicher, dass du ihn mir nicht ausspannen willst?"

„Sei nicht gemein“, schoss sie beleidigt zurück, aber ich hatte den Eindruck, dass es sie amüsierte. Ehrlich gesagt, als diejenige zwischen den beiden war es ein Geschenk gewesen, zu sehen, wie gut sie sich miteinander verstanden. Sicher, der Vorfall mit Codys Vater im Büro war nicht gerade vorbildlich, aber solche Scheiße passierte eben, richtig? Ohne Dunkelheit kann auch das Licht nicht existieren. Ich schätze, dass die beiden sich gut genug verstanden, um im selben Raum zusammen sein zu können, auch wenn wir im Moment nicht dasselbe über Codys Vater sagen konnten.

„Also, worüber willst du reden?“, fragte ich und sah erwartungsvoll zu ihr auf. Sie lehnte sich gegen die Tür und starrte mich für einen langen Moment an und für eine Sekunde war ich mir sicher, dass ich wusste, was sie vorhatte. Mir sank das Herz in die Hose.

„Du willst nach Hause, nicht wahr?” Ich sprach ihre Gedanken aus. Ich wendete meinen Blick ab und tat mein Bestes, um die Schwangerschaftshormone davon abzuhalten, mich tatsächlich dazu zu bringen, direkt hier vor ihr in Tränen auszubrechen.

„Nein, das will ich nicht“, versicherte sie mir, ging auf mich zu und legte eine Hand auf meine Schulter. Sie zögerte einen Moment lang, fuhr dann aber fort.

„Eigentlich genau das Gegenteil.“

„Was meinst du?“ Ich sah überrascht zu ihr auf.

„Ich denke ...“, antwortete sie, schloss dann die Augen und zwang sich, fortzufahren.

„Ich meine, dass ich glaube, dass ich mit euch in der Stadt hier besser dran wäre“, gab sie zu. Ich atmete tief durch. Ich wusste, was für eine große Sache das für sie war, da sie das Haus zurückließ, das sie mit meinem Vater gebaut hatte, die Stadt, in der sie ihr ganzes Leben verbracht hatte. Der Gedanke an diesen Ort, das Haus, in dem ich aufgewachsen war und das nach all der Zeit leer stand, sorgte plötzlich für einen heftigen Stich in meinem Bauch. Ich versuchte, das zu unterdrücken.

„Ich verstehe es vollkommen, wenn du nicht willst, dass ich hierherkomme“, fuhr sie fort, bemerkte scheinbar meine Sorgen und verwechselte sie mit Zweifeln. „Ich will keinen zusätzlichen Druck auf dich ausüben, wirklich nicht. Ich will nur in deiner und Codys Nähe sein und in der des Babys. Ich will helfen, wo ich kann ...“

„Glaubst du wirklich, du würdest das bewältigen?”, unterbrach ich sie. „Hier in der Stadt? Weg von ... allem?”

„Schatz, ich bin nicht von allem weg.“ Ihr Gesicht entspannte sich und ihr Ausdruck wurde weicher. „Ich bin hier bei dir. Das ist das Wichtigste.“

Für einen Moment dachte ich, ich würde auf der Stelle in Tränen ausbrechen, aber ich schaffte es, es gerade lange genug zu unterdrücken, um aufzustehen und meine Arme in einer riesigen Bärenumarmung um sie zu wickeln.

„Natürlich will ich dich hier haben“, murmelte ich in ihr Haar. „Ich würde es nicht anders wollen.“

„Gut, denn es ist unmöglich, dass ich dich dieses Kind alleine großziehen lasse“, scherzte sie. Ich bemerkte, dass Tränen in ihren Augen glitzerten, aber sie wischte sie schnell weg.

„Bist du sicher, dass es dir gut gehen wird?“, fragte ich noch einmal vorsichtig. „Das Haus zu verkaufen und all das?”

„Ich weiß, dass es das ist, was dein Vater gewollt hätte“, antwortete sie entschlossen. Sie sprach nicht viel über ihn und ich konnte die Melancholie erkennen, als sie über ihn sprach. Doch sie war entschlossen.

„Er hätte nicht gewollt, dass ich zu Hause sitze und darauf warte, dass sich die Welt wieder um mich dreht", fuhr sie fort. „Schon gar nicht, wenn unsere Tochter ein Baby bekommt. Er würde mich hier haben wollen, bei dir."

„Nun, ich nehme an, dann hast du keine Wahl", antwortete ich und sie umarmte mich erneut.

„Nein, habe ich nicht", murmelte sie vor sich hin und zog sich dann zurück. „Musst du mit Cody darüber reden? Seine Meinung einholen?"

„Nein", versprach ich ihr mit einem Lächeln. „Ich glaube nicht, dass er etwas dagegen haben wird, dass du bleibst, um bei allem zu helfen, was sich ergibt."

„Nun, zum Glück, denn er wollte mich auf keinen Fall loswerden", antwortete sie. Ich lachte wieder. Der Gedanke, diese Frau an meiner Seite zu haben, während ich das alles durchmachte – nun, ich konnte mich nicht erinnern, wie ich es jemals ohne sie hätte machen wollen.

„Glaubst du, er wird jemals wieder mit seiner Familie zusammenfinden?", fragte sie sich plötzlich und erwischte mich unvorbereitet. Ich schüttelte traurig den Kopf.

„Ganz ehrlich? Ich denke, wenn sie den Kontakt wollten, hätten sie ihn inzwischen", räumte ich ein. „Und ich glaube nicht, dass er das jemals jemandem sagen würde, aber ich denke, es hat ihn wirklich verletzt, dass sie sich nicht gemeldet haben, seit er seinem Vater von der Schwangerschaft erzählt hat."

„Es ist einfach schockierend", sagte sie. „Ein ganz neues Mitglied der Familie und man ist nicht einmal da, um es zu begrüßen ..."

„Nun, du wirst es sein", erinnerte ich sie. „Und das ist alles, was zählt."

„Vielleicht nicht alles, aber das meiste", antwortete sie mit einem Grinsen.

„Ich liebe dich, Mom", brachte ich heraus. Ich war noch nie dafür bekannt gewesen, meiner Familie große Emotionen gegenüber auszudrücken, aber seit ich meinen Vater verloren hatte, wollte ich ihr einfach die ganze Zeit sagen, dass ich sie liebte, dass ich sie um mich herum brauchte, dass ich nie wieder so einen Abstand zwischen uns zulassen würde. Ich schätzte sie zu sehr. Sie war mir dafür viel zu kostbar.

Es gab ein Summen an der Tür der Wohnung, woraufhin wir uns verwirrt anblickten.

„Hat er schon wieder Essen bestellt?", fragte Mom und runzelte ihre Stirn. Ich schüttelte den Kopf.

„Nein, wir hatten geplant, zu diesem Restaurant in der Stadt zu fahren, das ich schon seit einer Weile ausprobieren wollte", antwortete ich. Ich ging aus dem Büro, Mom direkt hinter mir, um herauszufinden, worum es hier ging. Und als ich sah, was auf mich wartete, traute ich meinen Augen nicht.

Cody hatte die Tür bereits erreicht, wahrscheinlich unter der Annahme, dass es sich um eine Lieferung handelte, für die er unterschreiben musste. Wie ich sah er aus, als wäre er an Ort und Stelle angewurzelt, klebte auf der Stelle, als er die Leute auf der anderen Seite der Tür ansah.

Es war seine Familie.

Seinen Vater und seinen Bruder Andrew erkannte ich, aber es gab einen anderen Mann dort, der Codys Augen und Statur hatte, von dem ich annahm, dass er sein anderer Bruder Tom war. Die Frau bei ihnen musste seine Mutter sein. Niemand sagte etwas und die Stille wäre fast komisch gewesen, wenn sie nicht so völlig mit Spannung belastet gewesen wäre. Meine Mutter packte meine Hand und drückte sie fest, still und schockiert, genau wie ich es war.

„Was macht ihr hier?", fragte Cody so leise, dass ich es von dort, wo ich stand, kaum verstehen konnte. Ich wollte zu seiner Seite gehen, um ihn dabei zu unterstützen, aber ich wusste, dass das Ganze an ihm lag – er musste derjenige sein, der es in Ordnung brachte, nicht ich, egal wie sehr ich helfen wollte.

„Wir wollen euch drei zum Abendessen einladen", antwortete sein Vater, seine Stimme ein wenig steif, als ob er diese Worte auf dem Weg hierher im Auto geübt hätte. Cody stand da und starrte ihn für einen langen Moment an und versuchte offensichtlich, einen Sinn für das zu finden, was sein Vater gerade gesagt hatte. Ich wusste, wie er sich fühlte. Ich konnte nicht glauben, was ich gerade sah. Ich hatte erwartet, dass sie alle einfach aus unserem Leben verschwinden würden.

„Was? Warum?", forderte Cody, verschränkte die Arme über der Brust und starrte seinen Vater misstrauisch an. Es war, als hätte er erwartet, dass sie jeden Moment den Teppich unter ihm wegziehen würden, auch wenn sie sicher nicht den ganzen Weg hierhergekommen wären, nur um das zu tun.

„Weil wir dich sehen wollen", warf seine Mutter plötzlich ein und einfach so, ohne Rücksicht auf alles andere, ging sie auf ihren Sohn zu, legte ihre Arme um ihn und hielt ihn fest, als ob sie nicht die Absicht hätte, ihn jemals wieder gehen zu lassen.

„Ich habe ihnen von dem Baby erzählt", gab sein Vater zu, als Cody seine Mutter versuchsweise umarmte. „Ich habe ihnen alles erzählt ... alles. Und wir wollen nicht ..."

Es fiel ihm schwer, es zu sagen, aber ich drängte ihn schweigend, sich zu überwinden. Er blickte an Cody vorbei zu meiner Mutter und erinnerte sich sicher an das Gespräch, das sie geführt hatten, als er ins Büro gekommen war. Über Verlust, über Familie, darüber, wie wichtig das alles war. Er atmete tief durch und zwang sich, fortzufahren.

„Wir wollen nicht, dass du dieses Baby aufziehst, ohne dass einer von uns da ist, der dir hilft", beendete er den Satz. Die Worte hingen in der Luft zwischen ihnen und Codys Mutter wand sich aus seinen Armen. Obwohl ich nichts tun konnte, obwohl es keine Möglichkeit gab, diese Entscheidung für ihn zu treffen, drängte ich ihn schweigend weiter und flehte ihn an, die richtige Wahl zu treffen. *Komm schon, Cody. Du weißt, dass das für uns alle und vor allem für dich besser wäre. Ich weiß, es ist schwer, aber ...*

„In Ordnung", antwortete Cody leise. „Abendessen. Nur Abendessen."

„Nur Abendessen", stimmte seine Mutter zu und seine Brüder schlurften ein wenig nervös hinter ihr her. Sie sahen alle wieder wie ein Haufen Kinder aus. Es war fast süß.

„Wir haben einen Tisch im Mer reserviert", erklärte sein Vater.

„Wir waren dort ständig, als ich noch ein Kind war", bemerkte Cody und zum ersten Mal seit ihrer Ankunft lächelte er.

„Genau, das waren wir", nickte sein Vater und die beiden teilten einen kurzen Moment – eine Verbindung, ein Echo zurück in die gemeinsame Vergangenheit, die ich noch nie zuvor zwischen ihnen gesehen hatte.

„Nun, dann lasst uns gehen!" Seine Mutter wandte sich von ihm ab und richtete ihre Aufmerksamkeit auf meine Mutter und mich.

„Was?" Cody drehte sich zu uns um, schüttelte dann den Kopf und lächelte. „Oh, ja, richtig. Ich nehme an, ich sollte euch vorstellen, richtig?"

„Ich nehme an, das solltest du", stimmte ich zu und schließlich ging ich zu meinem Mann hinüber und nahm seine Hand und drückte sie sanft. Ich wusste, dass dieser Abend eine Menge für ihn bedeuten würde, aber ich wusste auch, dass er die richtige Entscheidung getroffen hatte. Wenn er sie abgewiesen hätte, wäre er nie in der Lage gewesen, sich selbst zu vergeben. Ich hatte keine Ahnung, wo das enden würde, aber zumindest war es der Anfang – der Anfang von etwas Neuem.

Wir begaben uns alle in einige Taxis und stellten uns einander vor, als wir durch die Stadt zu diesem Restaurant fuhren. Ich hielt die ganze Zeit Codys Hand, als er mit seinem Bruder darüber scherzte, wo sie als Teenager in der Stadt herumlungerten, und tauschte einen Blick mit meiner Mutter aus. Sie lächelte mich an, nur ein wenig. Und ich wusste, dies war erst der Anfang. Unsere beiden Familien kamen so zusammen, wie es ihnen schon immer bestimmt war.

Das Restaurant war erstaunlich altmodisch, aber das Essen war gut (und teuer, aber das war in Ordnung, da Codys Vater darauf bestanden hatte, für alles zu bezahlen) und die Tische waren groß genug, damit wir alle herumpassten und reden konnten, als wäre dieses Zusammenkommen schon langjährige Familientradition.

Zuerst war es nervenaufreibend, weil ich wusste, wie viel hier auf dem Spiel stand – ich war so besorgt, dass ich mit etwas Dummem herausplatzen könnte, das ein Mitglied der Familie verärgerte und sie für immer aus unserem Leben verschwinden ließ. Aber ich entspannte mich langsam, sprach mit Andrew über seine Freundin und sein Fotohobby, sprach mit Codys Mutter über Kleidung und Mode und mein Interesse daran. Meine Mutter war mit ihrer einfachen, charmanten Art ein Geschenk bei einer solchen Veranstaltung und brachte sogar Codys Vater zum Lachen, trotz ihrer etwas besonderen Vorgeschichte.

Und sicher, es gab ein paar Momente der Unbeholfenheit. Es gab Momente, in denen die Kluft zwischen der Familie offensichtlich wurde, und ich konnte sehen, wie sehr es sie alle verletzt hatte. Tom hatte einen stupiden Sinn für Humor. Die Art, die Zeit brauchte, um sie liebzugewinnen, bevor man sie wirklich verstand, und ich bemerkte, wie einige seiner schlechten Witze komplett bei uns durchfielen. Cody und sein Vater vermieden das Thema Arbeit größtenteils, aber es hing dort über ihnen, unausweichlich, wichtig, jedoch zu gefährlich.

Aber zum größten Teil war der Abend gut. Einfach, lustig. Das überraschte mich. Ich hatte erwartet, dass es fröstelig und unangenehm sein würde, dass ich viel Zeit damit verbringen würde, zwischen einer Familie, die seit Jahren nicht mehr gesprochen hatte, den Vermittler zu spielen. Aber ich nahm an, dass es genau das Gleiche war wie bei meiner Mutter und mir. Egal wie viel Abstand es zwischen ihnen gab, es gab doch immer noch mehr, das sie zusammengehalten hatte. Nach drei Gängen und mehr als ein paar Getränken – natürlich nicht für mich, sondern für alle anderen – ging der Abend zu Ende. Ich war vielleicht ein wenig verärgert über die Tatsache, dass ich nichts trinken konnte, aber ich war von so viel Wärme und Komfort umgeben, dass es mir egal war. Sie hatten nicht allzu viel über das Kind gefragt, aber die Frage nach dem Baby stand sowieso immer im Raum.

„Nun, ich denke, ich sollte Oli nach Hause bringen", bemerkte Cody. Ich gähnte. Er hatte Recht. Ich hätte vielleicht die Frau spielen wollen, die das die ganze Nacht über durchhalten konnte, aber die Wahrheit war, dass ich schwanger war und jeder

Schritt, den ich tat, sich anfühlte, als würde ich von Marionettenbändern geführt.

„Ja, ich denke, das solltest du“, lächelte Codys Mutter mich an. Sie hatte eine sanfte Art und in vielerlei Hinsicht konnte ich sehen, wie sie seinen Vater ausglich – sein Vater war derjenige, der da draußen stehen und mit den Armen herumwedeln und schreien und dafür sorgen musste, dass die Dinge erledigt wurden. Aber es war klar, dass sie das Sagen hatte, wenn es um alles im Haushalt ging. Ich fragte mich, ob sie es gewesen war, die ihn dazu gebracht hatte, uns zu besuchen, obwohl er sich so unsicher darüber war.

Wir verabschiedeten uns und meine sozusagen Schwiegermutter umarmte mich extra fest, bevor sie mich gehen ließ.

„Es war so schön, dich heute Abend kennenzulernen, Olivia“, sagte sie mir nachdrücklich.

„Geht mir genauso“, stimmte ich zu und meinte es auch so.

„Du musst irgendwann zu uns kommen, lass uns für dich kochen“, schlug sie vor. „Ihr alle drei, natürlich.“

„Das klingt wunderbar“, nickte ich mit einem Lächeln. Wieder umarmte sie mich.

„Oh, ich kann nicht glauben, wie glücklich wir sind, jemanden wie dich in der Familie zu haben“, murmelte sie mir ins Ohr und ich fühlte mich kurz davor, in Tränen auszubrechen. Es war so lange her, dass ich mich wie ein wahrer Teil einer Familie gefühlt hatte, und jetzt, heute Abend, hatte ich nicht nur eine eigene, sondern auch eine ganz neue Familie. Aber ich wusste, dass es nicht mehr lange dauern würde, bis ich auch ein vollwertiger Teil von dieser Familie sein würde.

Wir gingen getrennte Wege und Mom zog sich zurück ins Bett, als wir nach Hause kamen, was uns ein wenig Zeit zum Zusammensein gab, worüber ich mich freute. Ich setzte mich neben Cody auf die Couch und er gähnte, offensichtlich erschöpft.

„Also“, begann ich nervös. „Wie fühlst du dich?”

„Ich weiß es nicht“, schüttelte er den Kopf. „Glücklich, glaube ich. Das ist einfach eine Menge zu verarbeiten.“

„Ja, das ist es wirklich“, stimmte ich zu. „Aber ich denke, es ist das Beste. Was meinst du?”

„Ich denke auch“, gab er zu. „Ich versuche nur immer noch, die Tatsache zu verstehen, dass meine Familie nach all der Zeit tatsächlich etwas mit mir zu tun haben will, weißt du?”

„Du darfst es nicht hinterfragen“, versicherte ich ihm. „Sie wollen nur wieder in deiner Nähe sein.“

„Und ich habe sie vermisst“, schüttelte er den Kopf. „Verdammt, ich habe alles verpasst. Ich habe es erst heute Abend bemerkt, aber es war ... es war so schwer, die ganze Zeit so weit entfernt von ihnen zu sein.“

„Ich verstehe das“, sagte ich und nahm seine Hand. „Du wirst dich daran gewöhnen, sie tatsächlich wieder als Teil deines Lebens zu haben.“

„Ja, und ich glaube nicht, dass es sich so bald normal anfühlen wird“, gestand er. „Es gibt noch viel, was wir zu klären haben. Besonders mein Vater und ich.“

Ich runzelte die Stirn.

„Hast du heute Abend darüber gesprochen?“, fragte ich vorsichtig. „Ich meine, der Grund, warum du überhaupt aus dem Unternehmen ausgeschieden bist?”

„Ja, tatsächlich haben wir ein wenig darüber geredet“, nickte er. „Ich war mir nicht sicher, ob ich es nicht einfach lassen sollte, aber er war derjenige, der es angesprochen hat, also beschloss ich, einfach darauf einzugehen.”

„Und was hast du gesagt?”

„Ich sagte ihm, dass mir die Art und Weise, wie seine Firma über Dinge berichtet, immer noch nicht gefällt“, antwortete er. „Und dass ich vor allem die kindischen Versuche, mein Geschäft zu untergraben, nicht sehr geschätzt habe.“

„Hat er sich entschuldigt?”, drängte ich.

„Nein, aber das hatte ich auch nicht erwartet“, gab er zu. „Es liegt einfach nicht in seiner Natur. Er war nie der Typ, der gern im Unrecht war und daraus dann lernte.“

„Also, was hat er gesagt?”

„Er sagte, dass er verstehe, warum ich wütend bin und dass er nie wieder versuchen werde, so etwas zu tun“, antwortete er und fuhr sich mit den Händen durch die Haare. „Was wohl der Entschuldigung am nächsten kommt, die ich je von ihm erwarten kann.“

„Was hältst du davon?“, fragte ich vorsichtig.

„Ich schätze, ich hätte mir gewünscht, dass er es etwas ernster nimmt, aber das wird mit der Zeit kommen“, antwortete er. „Ich habe nicht erwartet, dass er es einfach beim ersten Mal schafft. Er ist immer noch vorsichtig im Umgang mit mir und ich bin immer noch vorsichtig mit ihm. Aber er hat zugestimmt, sich irgendwann in der Zukunft mit mir zu treffen, um über eine ethisch vertretbarere Berichterstattung zu sprechen.“

„Nun, das ist doch positiv!”, bemerkte ich. Er grinste, jedoch ein wenig reumütig.

„Ja, wir werden sehen, ob es tatsächlich jemals stattfindet", antwortete er scherzhaft.

„Ich denke schon", versprach ich ihm mit Zuversicht.

„Nun, ich bin mir nicht so sicher, aber das ist okay." Er sprach mit einem langen Seufzen. „Ich bin nur ... froh, dass ich sie wiederhabe, schätze ich. Ich weiß, es wird nie perfekt sein zwischen uns allen, aber vielleicht ist es genau so, wie es sein muss."

„Du kannst bei Familien nicht nach Perfektion streben", stellte ich klar. „Es hält einen nur auf Distanz."

„Ja, ich schätze, das habe ich von meinem Vater", räumte er ein. „Ich will einfach, dass immer alles perfekt läuft, und wenn es nicht klappt, will ich es aufgeben."

„Ich werde nicht zulassen, dass du das tust", sagte ich ihm mit Nachdruck. „Es ist mir egal, wie du darüber denkst. Denkst du wirklich, ich lasse dieses Kind in einer Welt aufwachsen, in der seine einzige Familie meine Mutter ist?"

„Hey, das ist nicht so schlimm", konterte er. „Ich liebe deine Mutter."

„Oh, du nervst", neckte ich ihn und er lachte. Schließlich schien ein Teil der Spannung, die auf seinen Schultern lag, seit seine Familie an der Tür angekommen war, etwas zu verfliegen. Er atmete tief durch und langsam aus.

„Ich bin so froh, dass das alles passiert ist", gab er zu.

„Ich auch", stimmte ich zu. „Wenn du deine Familie wiederhast, wird–"

„Nein, nicht nur sie", schüttelte er seinen Kopf. „Ich meine dich. All das hier mit dir."

Ich schwieg für einen Moment. Ich wusste, wie er sich fühlte. Wir beide waren so schnell so weit gekommen, dass wir manchmal einen Schritt zurücktreten mussten, um zu sehen, wie sehr sich das alles verändert hatte, wie sehr das Zusammensein uns verändert hatte.

„Nichts davon wäre passiert, wenn ich dich nicht getroffen hätte“, gab er zu. „Und ich weiß ... ich denke, ich fange gerade erst an, mir bewusst darüber zu werden, wie wichtig du für mich bist.“

„Wurde auch Zeit“, scherzte ich.

„Ich weiß“, stimmte er zu und er drehte sich um, um mich genau anzusehen. „Ich wusste immer, was ich für dich empfand, aber du ... du machst mich zu einem besseren Menschen. Ich liebe es, wie du mit gutem Beispiel vorangehst, ich liebe es, wie wichtig die Familie für dich ist. Ich liebe es, dass du mich nicht einfach in einer Grube aus Selbstmitleid sitzen lässt, ohne etwas dagegen zu unternehmen.“

Er hielt einen Moment inne und sah mir tief in die Augen. Ich wusste, was er sagen würde, aber bevor die Worte aus seinem Mund kamen, fühlte ich mich, als würde ich ein paar Zentimeter über der Couch schweben. Nein, ein paar Zentimeter über der Welt, mit Blick auf diese neue Realität, die sich um mich herum gebildet hatte. Er leckte mit der Zunge über seine Lippen, atmete tief durch und kam dann schließlich heraus mit der Sprache und sagte es.

„Olivia, ich liebe dich.“

Ich schloss für einen Moment die Augen, um die Süße des Augenblicks zu genießen. Ich wollte nie vergessen, wie sich das anfühlte, wie mächtig es war, diesen Mann, den Vater meines Kindes, denjenigen, der mich aus Elend und Einsamkeit gerettet hatte, um mich zu haben, mir zu sagen, dass er mich liebte. Die

Worte durchdrangen mich, hoben mich in den Himmel, verfestigten etwas, wonach ich mich mehr gesehnt hatte, als ich es mir jemals vorgestellt hatte.

„Ich liebe dich auch", murmelte ich. Und es war das erste Mal, dass ich die Worte zu jemandem sagte, mit dem ich zusammen war, und wusste, dass ich es ernst meinte. Es gab hier kein Zögern, kein Hinterfragen, keine Zweifel an mir selbst, kein Rätseln, ob es wahr war oder ob ich es nur gesagt hatte, weil ich dachte, er wollte es hören. Ich liebte diesen Mann aus tiefstem Herzen und nichts würde das ändern.

Er lehnte sich zu mir und gab mir einen Kuss auf die Lippen, den süßesten, weichsten Kuss, den ich je in meinem Leben erlebt hatte. Als er mich küsste, streichelte er mit der Hand über meinen Bauch und ertastete die winzige kleine Rundung, die sich dort gebildet hatte. Unser Baby. Unsere Zukunft. Unsere Familie. Alles, was ich je gewollt hatte, und er war der Mann, der es mir gegeben hatte.

Ich wickelte meine Arme fest um ihn, zog ihn in meine Nähe, wollte ihm näher sein – näher bei ihm, als ich es je zuvor in meinem Leben gewesen war. Er vertiefte den Kuss, drang mit seiner Zunge in meinen Mund. Ich zog ihn auf mich herunter, ohne mich einen Moment darum zu kümmern, dass meine Mutter nur einen Raum entfernt war. Ich brauchte ihn in mir und ich brauchte ihn *jetzt* in mir. Ich musste das, was wir hatten, ein für alle Mal besiegeln, mit einem Kuss, mit mehr als dem, mit allem, was unser Leben werden würde, jetzt, da wir akzeptiert hatten, dass wir füreinander bestimmt waren.

Er fuhr mit den Händen über mein Kleid, genau wie er es in der ersten Nacht getan hatte, die wir zusammen in diesem Raum in Spanien verbracht hatten. All das fühlte sich jetzt so weit weg an, aber ich blickte in diesem Moment auf das Ganze zurück als den Punkt, an dem alles andere zwischen uns aufgeblüht war – meine Welt war aus diesem Kuss, aus dieser Begegnung, heraus gewachsen. Ich hatte nicht gewusst, dass es so enden würde, und ich wünschte, ich könnte in der Zeit zurückgehen und mir sagen, dass alles gut werden würde. Ich würde es nur lange genug aushalten müssen, um das ein für alle Mal herauszufinden.

Seine Finger streiften gegen mein Höschen, neckten meine Vagina durch den Stoff, und ich wand mich auf der Couch, begierig nach mehr. Er grinste, während er mich küsste, und zog sich gerade so weit zurück, dass er zusehen konnte, wie ich mich unter ihm wand.

„Bitte", keuchte ich zu ihm. „Du musst mich ficken. Bitte …"

„Hier?" Er streichelte seine Nase gegen meinen Hals und ließ die Hitze seines Atems meine Haut kitzeln, als sich seine Finger mit mehr Druck gegen meine Pussy pressten.

„Hier." Ich atmete wieder ein und es schien, als ob die Tonlage meiner Stimme ihm keine Zweifel daran ließ, dass ich es ernst meinte. Er hakte seine Finger in mein Höschen und streifte dabei meine Lippen, zerrte es von meinen Oberschenkeln weg und warf es auf den Boden. Ich fühlte mich wieder wie ein Teenager, halb besorgt, dass meine Mutter jeden Moment hereinkommen und uns auf frischer Tat erwischen könnte. Aber ich wusste, dass sie ein guter Schläfer war, und ich hatte keinen Grund zur Sorge. Abgesehen davon, dass ich diesen Mann so schnell wie möglich in mir spüren wollte.

Ich hob meine Hüfte von der Couch hoch, als er schnell seine Hose herunterzog und seinen bereits harten Schwanz in die Hand nahm. Ich biss mir auf die Lippe, als er mit den Fingern über meinen Oberschenkel fuhr, und fragte mich, wie zum Teufel ich mich davon abhalten sollte, laut zu stöhnen, um nicht die

Aufmerksamkeit aller in dem verdammten Gebäude auf mich zu ziehen. Er grinste mich an und selbst im Halbdunkel des Wohnzimmers konnte ich das vertraute Funkeln in seinen Augen sehen, dasjenige, das mir sagte, dass er vorhatte, eine Menge Spaß mit mir zu haben.

Er presste seinen Schwanz an meiner Mitte, rieb ihn ein paar Mal über mich. Ich stöhnte leise und er lehnte sich hinunter, um mich noch einmal zu küssen, als er dann mit einem Mal komplett in mich eindrang.

„Oh mein Gott, du fühlst dich so gut an." Ich stöhnte in seinen Mund, legte meine Arme eng um ihn und zog ihn auf mich. Und es war wahr – auch jetzt, nach all dieser Zeit, fühlte er sich für mich unglaublich an. Umso mehr, da ich wusste, dass er mich auch liebte, jetzt, da ich wusste, dass er genauso fühlte wie ich. Das war mehr als nur Ficken um der Sache willen, das war Liebe machen, unsere Gefühle füreinander auf die beste Weise zum Ausdruck bringen, die wir kannten.

Er bewegte sich langsam und tief in mir, küsste mich, während er es tat, und seine Zunge bewegte sich dabei gegen meine, als wollte er jeden Zentimeter von mir kosten. Ich bewegte meine Hüften zurück gegen ihn und genoss das Gefühl, dass er tief in mir vergraben war, so gut passten wir zusammen. Wir beide gemeinsam ergaben Sinn, jeder Teil von uns, jeder Zentimeter unseres Lebens und unseres Wesens und wir selbst. Wir glichen uns gegenseitig aus, perfekt, herrlich, harmonisch, besser, als ich es mir je hätte vorstellen können.

Ich schob meine Hand zwischen meine Beine und fing an, meine Perle im Takt mit seinen Stößen zu streicheln, und das wohlige Prickeln schoss noch deutlicher durch meinen Kreislauf. Er vergrub sein Gesicht in meinem Nacken, sein Atem heiß auf meiner Haut, und wir beide taten unser Bestes, um unsere

Nummer ruhig zu halten. Etwas daran machte es für mich umso reizvoller, da ich wusste, dass wir es unter Kontrolle behalten mussten, wenn wir nicht meine Mutter als spontanen, peinlich berührten Zuschauer haben wollten. Ich umschlang ihn mit meinen Beinen und bewegte meine Finger etwas schneller, als er mit seiner Zunge hungrig meinen Hals hinabfuhr.

Bald vögelten wir, als gäbe es nichts anderes auf der Welt, was zählte. Nein, mehr als nur das. Wir beide liebten uns auf dieser Couch und benutzten unsere Körper, um alles auszudrücken, was wir uns gegenseitig sagen wollten. Wir hatten uns so lange zurückgehalten, miteinander und mit allen um uns herum, dass wir uns noch immer an die Idee gewöhnen mussten, so offen miteinander zu sein. Und im Moment drückten wir es mit unseren Körpern, mit jeder unserer Berührungen, mit jedem Kuss aus.

„Ich möchte spüren, wie du kommst." Ich stöhnte und drückte mich gegen ihn, wobei es härter und schneller als vorher wurde. Ich konnte spüren, wie ich mich nah am Orgasmus fühlte, meine Pussy kribbelte und mein Atem wurde stoßweise, kurz bevor ich kam. Ich brauchte diese Befreiung nach all der Spannung von heute, nach all der Angst, dass etwas schief gehen würde, musste ich mir beweisen, dass es *richtig* war. Nichts konnte das ändern.

Ich grub meine Zähne in seine kräftige Schulter, als ich kam, und tat mein Bestes, um den Lärm zu dämpfen, aber ich wusste, dass er es trotzdem spüren konnte – meine Vagina zog sich hart um seinen Schwanz zusammen, mein Körper zitterte hilflos gegen seinen, als ich endlich meinen Höhepunkt erreichte. Ich klammerte mich an ihn, als würde es um Leben und Tod gehen, und ich wusste, dass dies nicht das letzte Mal sein würde, dass ich mich an ihn klammerte, als ob er das Einzige wäre, was mich über Wasser hielt.

Es dauerte nicht lange, bis er seine eigene Befreiung fand, die tief in mir stattfand - meine Muschi massierte die letzten Tropfen seines Vergnügens aus ihm und bald fühlte ich ihn kommen, sein Schwanz zuckte in mir, als er mit einem langen, wohlklingenden Stöhnen kam. Er vergrub sein Gesicht in meinem Haar, um es abzudämpfen, und zog mich noch näher heran, sodass ich den schnellen Schlag seines Herzens sogar durch sein Hemd spüren konnte.

„Ich liebe dich so sehr", keuchte er mir ins Ohr.

„Ich dich auch", antwortete ich und ich küsste ihn und besiegelte es ein für alle Mal. Und als wir dort lagen, auf der Couch, ineinander verschlungen, von der Aufregung herunterkamen, der wir uns gerade hingegeben hatten, wusste ich, dass alles gut werden würde. Solange wir zusammen waren, konnten wir das hier meistern. Solange ich ihn hatte, ergab die Welt Sinn. Und das war alles, was zählte.

Epilog

Olivia

„Verdammt“, murmelte ich, als ich versuchte, mich aus dem hinteren Teil des Taxis zu stemmen.

„Soll ich dir helfen?” Mom ärgerte sich über mich und bewegte sich in meiner Nähe, damit sie einspringen und mir helfen konnte, wenn ich es brauchte. Ich schüttelte den Kopf, obwohl ich wusste, dass ich das Angebot hätte annehmen sollen.

„Es geht mir gut“, antwortete ich, was eindeutig eine Lüge war. Nach einem Moment sprang Cody aus dem Vordersitz und packte mich am Arm.

„Keine Notwendigkeit, die Heldin zu spielen“, neckte er mich. „Du bist im siebten Monat schwanger. Tu nicht so, als ob du keine Hilfe brauchst.“

„Hey, ich bin eine sehr wütende und überempfindliche Schwangere. Ich würde nicht damit anfangen, solche Spielchen zu spielen.“

„Oder was, du wirst in Tränen ausbrechen, so wie als du die Enten im Park gesehen hast?”

„Wage es nicht, das anzusprechen, wenn ich gerade mein Make-up gemacht habe“, hob ich einen Finger, um ihn zum Schweigen zu bringen. Das Letzte, was ich brauchte, war, über diese Enten nachzudenken. Gott, ich hatte den ganzen Weg nach Hause geflennt. Dieses Baby war es hoffentlich wert.

Aber wem machte ich etwas vor? Ich wusste, dass dieses

Kind es wert sein würde. Nichts davon schien mir wie harte Arbeit, als ich mit diesem süßen kleinen Jungen schwanger war – und ja, wir wussten endlich, dass es ein Junge war, nachdem wir dutzende Male hin und her gerissen waren, ob wir es herausfinden wollten oder nicht. Wir beschlossen, dass es einfacher sein würde, um die Familien zu beruhigen, damit sie aufhören konnten, uns deswegen zu nerven, was sie für das Kinderzimmer kaufen sollten. Ich sagte ihnen immer wieder, dass geschlechtsneutral in Ordnung sei, aber sie waren altmodisch und wollten uns etwas Besonderes für unser Baby geben.

Und er war nur noch ein paar Wochen davon entfernt, auf die Welt zu kommen. Ich fuhr mit der Hand über meinen Bauch, abwesend, als Cody mich auf dem Bürgersteig beruhigte und lächelte. Ich fand mich dabei wieder, wie ich meine Kugel die ganze Zeit berührte und mich daran erinnerte, dass er so nah dran war, für immer Teil meines Lebens zu sein. Nun, ein Teil unseres Lebens. Er war seit diesem Tag in Spanien ein Teil von mir, als wir ihn gemacht hatten, aber Cody würde ihn endlich in ein paar Monaten persönlich treffen und ich wusste, dass er es kaum erwarten konnte.

„Geht es dir gut?", fragte Cody leise, legte seine Hand auf die Hand, die auf meinem Bauch lag, und sah mich an. Er machte sich heutzutage ständig Sorgen um mich, was ich verstand; er konnte nicht alles fühlen, was hier vor sich ging, also kein Wunder, dass er sich immer fragte, ob jedes kleine Zucken von mir bedeutete, dass ich auf der Straße umkippen würde. Ich sagte ihm immer wieder, dass es mir gut ging, aber ich wusste, dass er ein Mann war, der es ablehnte, unnötige Risiken einzugehen, geschweige denn, wenn es um etwas so Großes wie unseren Sohn ging.

„Ja, mir geht es gut." Ich nickte und blickte in das Restaurant vor uns. „Hey, hier sind wir bei unserem ersten

Familien-Date gewesen, nicht wahr?"

„Was?" Cody blickte auf das Restaurant, kicherte und nickte dann. „Weißt du, daran habe ich nicht einmal gedacht", gab er zu. „Ich wollte nur dieses Meeresfrüchtegericht, das sie hier haben und–"

„Oh, sprich nicht mit mir über Meeresfrüchte", hob ich meine Hand, um dem Thema ein jähes Ende zu bereiten, und schlug mir eine Hand vor den Mund. „Du weißt, dass ich im Moment nicht einmal an Fisch denken kann."

„In Ordnung, naja, dann werde ich den Salat essen", neckte er mich und ich schlang meinen Arm durch seinen.

„Seid ihr beide bereit, reinzugehen?", fragte Mom und verweilte an der Tür. Wie ich war sie immer noch dabei, den Schock zu überwinden, dass sie sich tatsächlich in solche ausgefallenen Kreise einklinken konnte; und ich wusste auch, dass sie sich wohl nie ganz daran gewöhnen würde. Doch jedes Mal, wenn sie in den Mittelpunkt gerückt wurde, sah ich sie strahlen. Und es machte mich so glücklich, weil sie es verdient hatte. Sie hatte im letzten Jahr so viel durchgemacht und ich wusste, dass der einzige Weg, um stolzen Schrittes in die Zukunft zu schreiten, darin bestand, etwas völlig Neues anzunehmen.

„Ja, wir sind bereit", nickte ich und sie zeigte uns ein Lächeln.

„Gut, denn ich verhungere!" Sie marschierte hinein und überprüfte den Raum für einen Moment, bevor sie entdeckte, nach wem sie suchte.

„Oh, gut!", rief sie aus. „Sie sind bereits hier."

Sie führte uns den ganzen Weg zu dem überfüllten Tisch an der Rückwand des Restaurants und Cody warf mir einen Blick zu.

„Bist du bereit dafür?", fragte er.

„Bist du es?", fragte ich zurück.

„Niemals", grinste er. „Aber ich nehme an, es muss wohl gehen, oder?"

„Ja, das muss es", antwortete ich und er nahm meine Hand und wir beide folgten meiner Mutter durch den Essbereich und zu dem Tisch, an dem unsere gesamte Familie sich versammelt hatte.

„Olivia!" Codys Mutter stand auf, sobald sie mich kommen sah, und umarmte mich heftig. Sie zog sich zurück, um an mir auf und ab zu schauen, und hob ihre Augenbrauen an, als sie sah, was ich anhatte.

„Ist das Olivia Brown?", fragte sie und hob ihre Hand, damit ich eine Drehung machen konnte. Ich fühlte mich erröten und drehte mich für alle dort ein wenig.

„Es sieht fantastisch aus, nicht wahr?" Meine eigene Mutter sprang stolz ein, als Cody den Rest der Familie begrüßte und einen großen, fetten Kuss auf die Wange von seinem Bruder Tom bekam.

„Das tut es wirklich", schwärmte meine Schwiegermutter. „Ich kann nicht glauben, dass du es selbst gemacht hast, Olivia. Es ist wunderschön."

„Nun, du wirst es früh genug kaufen können", platzte Mom heraus und ich schoss ihr einen Blick zu und erinnerte sie daran, dass wir das vorerst für uns behalten wollten. Sie schlug sich mit der Hand vor den Mund und hob ihre Augenbrauen und tat, als hätte sie keine Ahnung davon, etwas falsch gemacht zu haben.

„Warte, was hast du gerade gesagt?“ Codys Mutter wandte sich vor Aufregung an meine. Die beiden waren schnell Freunde geworden, nachdem Mom vor einigen Wochen offiziell in die Stadt gezogen war – Cody hatte ihr eine Wohnung gekauft, die nicht weit von unserem Haus entfernt war, trotz ihrer Proteste, dass es ihr zu teuer war. Ungeachtet dessen, wie unterschiedlich ihre Leben waren, schienen sie sich wirklich gut zu ergänzen, auf eine merkwürdige Art und Weise auf genau der richtigen Wellenlänge.

„Oli, willst du es ihr sagen?” Meine Mom drehte sich zu mir um und blickte mich erwartungsvoll an. Ich wollte meine Augen wieder auf sie richten und sie daran erinnern, dass sie mir keine große Wahl gelassen hatte, aber ich war eigentlich wirklich sehr aufgeregt, die Möglichkeit zu haben, diese Neuigkeit zu teilen, ganz gleich ob es zu meinen Bedingungen war oder nicht.

„Ähm, okay.“ Ich wusste nicht, ob ich wollte, dass der Rest der Familie es hörte, da alles erst am Anfang war und ich keine Ahnung hatte, ob es tatsächlich so stattfinden würde oder nicht.

„Also, ich ... nun, in meinem Mutterschutz habe ich angefangen, an einer Schwangerschaftsmode zu arbeiten, weißt du“, erklärte ich und winkte zu dem Kleid, das ich anhatte. Es war dunkel, mit abgerundeten Ärmeln und einem Rock, der meine Kugel umschmeichelte, um dann in schwebenden Wellen über meine Beine hinabzufließen. Ein subtiles Muster schmückte ihn, weiche vertikale Streifen, um zu helfen, von der Verbreiterung von so ziemlich jedem Körperteil von mir abzulenken, die seit dem Anfang der Schwangerschaft existierte und mit jeder Woche schlimmer wurde. Einige Leute mochten sich deswegen Sorgen machen, aber Cody war immer noch auf mich fixiert, also ließ ich mich nicht zu sehr davon stören.

„Und?”, fragte mich Codys Mutter mit Interesse.

„Nun, Cody und meine Mutter sagten, ich solle sie in den kleinen Boutique-Laden in der Nile Street bringen, du weißt schon, dieser eine kleine?" Sie nickte.

„Sie mögen die Kollektion wirklich sehr", fuhr ich fort und biss mir auf die Lippe, um zu versuchen, meine Aufregung zu unterdrücken. Es funktionierte allerdings nicht wirklich.

„Und sie sagten, sie werden vielleicht darüber nachdenken, einige Stücke zum Kauf anzubieten."

„Olivia!" Meine Schwiegermutter in Spe schrie so laut, dass sich praktisch das ganze Restaurant umdrehte, um zu sehen, worum es ging.

„Das ist unglaublich!" Sie warf ihre Arme wieder um mich und umarmte mich so fest, dass ich dachte, sie würde die Luft aus meiner Lunge quetschen.

„Hey, hey, hey, vorsichtig, Mom, da ist ein Baby drin", erinnerte Cody sie, trat vor und zog seine Mutter sanft von mir weg.

„Sie hat mir gerade von der Kleiderkollektion erzählt!", rief sie aus und wandte sich an Cody. „Wie soll ich dabei ruhig bleiben?"

„Welche Kleiderkollektion?" Andrew zeigte Interesse, als Cody meinen Stuhl hervorzog, damit ich mich setzen konnte. Ich tat dies dankbar und dann begann ich, alle darüber zu informieren, was mit meinen Entwürfen in den letzten Wochen passiert war.

Cody hatte darauf bestanden, dass ich mich in den letzten Monaten der Schwangerschaft etwas aus dem Büro zurückziehen würde, und ehrlich gesagt war ich froh, dass ich das tun konnte. Ich hatte es wirklich genossen, eine Weile mit Cody zusammenzuarbeiten, wenn auch nur, damit wir uns heimlich davonschleichen und ein wenig den Kick am Arbeitsplatz genießen konnten, der mir half, meine Schwangerschaftshormone so weit wie möglich in Schach zu halten. Aber ich wusste, dass ich mich früher oder später etwas aus dem Büro zurückziehen musste.

Und wenn ich ehrlich war, wusste ich, dass ich nicht für den Rest meines Lebens als seine Assistentin arbeiten wollte. Im Gegenteil. Ich wollte mein eigenes Leben, meine eigene Karriere, meine eigenen Erfolge haben, auf die ich stolz sein konnte. Und ich hatte das Glück, mit einem Mann zusammen zu sein, der genug Geld hatte, um es mir leichter zu machen, mir etwas Auszeit von der Arbeit zu nehmen, um diese Seite des Lebens genießen zu können.

Ich hatte den Abendkurs so lange fortgesetzt, wie es mir möglich war, mit dem Baby und allem, aber als ich meinen allerletzten Kurs beendet hatte, beschloss ich, dass ich genug wusste, um es ein für alle Mal zu versuchen. Ich hatte die Kurse so lange fortgesetzt, weil ich eine Scheißangst hatte, dass ich, wenn ich in die reale Welt kam, feststellen würde, dass ich nicht so gut war, wie ich es mir immer erhofft hatte. Aber ich war jetzt mutig und rücksichtslos – und in vielerlei Hinsicht dumm gewesen – und es hatte sich als das Beste herausgestellt, also warum sollte ich nicht schauen, wohin und in welche Richtung mich das alles trug?

Ich hatte in einem der Abstellräume in Codys Wohnung – nein, unserer Wohnung, daran musste ich mich immer wieder erinnern – eine Nähstube eingerichtet und war an die Arbeit gegangen. Ich hatte Wochen damit verbracht, mich um die Designs zu kümmern, sie perfekt aufs Papier zu bringen, durch Handwerksläden und Stoffläden zu wandern und Muster zu besorgen, bis ich wusste, dass sie alle perfekt aussehen würden. Und dann machte ich mich endlich an die Arbeit.

Ich hatte genau das gemacht, von dem ich wusste, dass es

schwangere Frauen haben wollten – es gab einige wunderschöne Schwangerschaftskollektionen da draußen, aber keine davon konnte man in meiner Nähe kaufen und ich hatte nicht die Absicht, den Rest meiner Schwangerschaft damit zu verbringen, mich hinter riesigen Schals und elastischen Taillenbändern zu verstecken. Also hatte ich sechs Kleider zusammengestellt, von denen ich dachte, dass sie meinen Bedarf stillten: hübsch, praktisch, mit Taschen und viel Platz für das Wachstum meines Bauches im Laufe meiner Schwangerschaft.

Zuerst war ich viel zu nervös gewesen, um überhaupt darüber nachzudenken, in ihnen aus dem Haus zu gehen. Ich war mir nahezu immer gewiss, dass sich eine Naht lösen würde oder die Leute denken würden, dass ich mich einmal durch einen Kleidercontainer gewälzt hätte. Aber irgendwann hatte ich den Mut, mit Cody in einem von ihnen auszugehen, und er konnte seine Hände die ganze Nacht nicht von mir lassen.

Später trug ich eines zum Abendessen mit Mom und sie konnte nicht aufhören, davon zu schwärmen – sie führte mich praktisch in die süße kleine Boutique unweit ihrer neuen Wohnung hinein und befahl mir, das halbe Dutzend Kleider und die Muster, die ich für sie entworfen hatte, mitzunehmen. Ich hatte wirklich nicht erwartet, dass etwas daraus werden würde, aber wie sich herausstellte, mochten sie sie. Sogar sehr.

„Wir werden uns sicher in Verbindung setzen", hatte die Frau mich herzlich angelächelt und ihre Karte über die glänzende Marmortheke zu mir geschoben. „Rufen Sie mich an, in Ordnung? Ich möchte wirklich noch mehr mit Ihnen darüber reden."

Zurück am Tisch griff Andrew hinüber und klopfte mir auf die Schulter. Meine Geschichte war beendet und ich konnte kaum glauben, dass ich es geschafft hatte, alles herauszubekommen, ohne dass meine Stimme einfiel. Ich war in diesen Tagen ständig so emotional, dass ich mich oft eine süße Ente von einem ernsthaften Zusammenbruch entfernt fühlte.

„Das sind erstaunliche Neuigkeiten“, lächelte er mich an. Ich war Andrew in den letzten Monaten viel nähergekommen – er war eigentlich reifer, als er zunächst schien, und auch viel herzlicher, wenn man ihn näher kennenlernte.

„Danke“, strahlte ich ihn an. Ich konnte bereits spüren, wie ich anfing, aufzublühen. Es geschah jedes Mal, wenn ich mit der ganzen Familie zusammen war, jedes Mal, wenn ich daran erinnert wurde, wie weit wir alle gekommen waren, um zu diesem Punkt zu gelangen.

Und, verdammt, hatten wir es weit gebracht. Es war schwer, sich daran zu erinnern und dahin zurückzublicken, wie verrückt die Dinge damals waren: als wir zum ersten Mal hier waren, als es so schwer war, einfach nur zusammen zu sein. Sicher, wir hatten es so gewollt, weil wir wussten, dass es das Richtige war, weil wir wussten, dass wir einen Weg durch das Ganze finden wollten. Aber es war schwer gewesen, die Kluft zwischen uns allen zu überbrücken und einen Weg zu finden, der es uns ermöglichte, gemeinsam nebeneinander zu existieren.

Callum war derjenige gewesen, der bei all dem am härtesten gekämpft hatte, obwohl er diese Seite von sich selbst nie jemand anderem gezeigt hätte, nicht in einer Million Jahren. Er war ein Mann, der geradeheraus war, die Art von Kerl, der keine Ratschläge annahm, derjenige, der nicht wollte, dass jemand anderes sah, dass er zu kämpfen hatte. Und ich verstand das, wirklich, ich verstand es nur zu gut – ich sah, wie sich das auch in Codys Art widerspiegelte, diese Entschlossenheit, der Beste zu sein – oder zumindest nicht jemand zu sein, von dem behauptet wird, ein Versager zu sein. Irgendwann aber begannen sie beide, diese Eigenschaft loszulassen, beide begannen, sich von dem

Zustand zu lösen, in den sie sich hineinmanövriert hatten. Und ihre Bindung war stärker als je zuvor.

Ja, es war manchmal schwer für Cody zu verstehen, dass sein Vater immer noch mit Leuten arbeitete, die er missbilligte, aber zumindest hatte Callum ein wenig von Codys Richtung eingeschlagen, indem er sicherstellte, dass sich die von ihm eingestellten Reporter an einen strengen Verhaltenskodex hielten. Und er mochte immer noch in vielerlei Hinsicht veraltete Wertevorstellungen haben, aber er berichtete über die Veröffentlichung eines neuen Buches aus Codys Verlag, ohne es zu zerreißen. Und das, obwohl es um eine junge Frau ging, die über ihre Erfahrungen als Flüchtling schrieb. Und vielleicht gab es auch ein wenig Gegenwehr aus seinen Reihen, aber er blieb standhaft und bestand darauf, dass es interessant genug für die Zeitung war, um den Artikel zu veröffentlichen.

Aber am wichtigsten war, dass es Cody war, der die Tatsache akzeptiert hatte, dass er mit seiner Familie in seinem Leben besser dran war als ohne. Ich wusste, dass es für ihn schwer sein musste, sich unterzuordnen, weil er so viel von sich selbst und den Menschen um ihn herum verlangte, dass fast niemand diesen Standards gerecht werden konnte. Aber es schien, als ob er alles, was meine Mutter ihm immer gesagt hatte, sehr ernst nahm – dass man nicht zurückschauen und sich fragen sollte, ob die Dinge anders verlaufen wären, wenn man nur ein paar Fehler während eines Streits zugegeben hätte. Und auch das hatte er getan. Es war ein wichtiger Schritt, damit er der Vater wurde, von dem ich wusste, dass er es sein könnte, der Vater, von dem ich wollte, dass er es für unser Baby war.

„Nun, ich schätze, es ist an der Zeit zu feiern, nicht wahr?", kündigte Callum über den Tisch hinweg an und ich spürte schlagartig, wie mir die Hitze in die Wangen stieg.

„Ich weiß nicht, wovon du redest“, schüttelte ich den Kopf. „Ich will nicht voreilig sein, wenn wir noch nicht wirklich wissen, was los ist ...“

Aber bevor ich weitersprechen konnte, bemerkte ich einen Kellner, der sich mit ein paar Flaschen Champagner näherte sowie mit ein zwei Gläsern alkoholfreien Sekt, die er vor Cody und mir abstellte. Cody, der mir gegenüber solidarisch war, hatte darauf bestanden, für die Dauer der Schwangerschaft mit mir nüchtern zu bleiben. Ich hatte versucht, ihm zu versichern, dass das nicht nötig wäre, aber ehrlich gesagt war ich froh über meinen Leidensgenossen – manchmal war es schwer, sich am Ende eines langen Tages nicht einfach einen kleinen Schluck Rotwein zu wünschen, aber mit ihm an meiner Seite, der ausgefallene Smoothies mit nach Hause brachte, um mich abzulenken, konnte ich mich beherrschen.

„Hey, woher wusstest du, dass der angebracht ist?“, fragte ich Callum. „Ich habe dir doch gerade erst von den Kleidern erzählt ...“

„Ich habe ihn nicht wirklich wegen der Kleider bestellt“, gab Callum zu und hob seine Augenbrauen nachsichtig an. „Aber ich nehme an, wir können beides feiern, oder?“

„Also, was wollen wir denn überhaupt feiern?“, fragte Cody und drückte meine Hand unter dem Tisch.

„Das“, grinste Callum und er zog ein Papier aus der Tasche, die er unter dem Tisch deponiert hatte, und schob es zu seinem Sohn hinüber.

„Was ist das?“, fragte Cody, nahm ihm das Papier ab und schaute auf die Seite vor ihm. Sobald er erkannte, was er ansah, weiteten sich seine Augen, sein Mund stand weit offen.

„Auf keinen Fall!“

„Lass mich sehen, lass mich sehen“, bestand ich darauf, ergriff das Papier von ihm und schaute auf das, was ihn so sehr überrascht hatte. Und da sah ich es.

Sein Buch, das von Robert Soros geschrieben wurde, dasjenige, das all dies überhaupt erst in Gang gesetzt hatte – es war ganz oben auf der Bestsellerliste. Und ich wusste, wie viel das Cody bedeuten musste. Er hatte jahrelang versucht, etwas zu finden, um die Nummer eins der Charts zu knacken, und er hatte so auf Roberts Buch gehofft, seit es im Monat zuvor erschienen war. Aber er hatte es geschafft – er hatte es tatsächlich geschafft. Und das war das Aufregendste auf der Welt.

„Wie hast du das vor mir herausgefunden?“ Cody sah mit großen Augen zu seinem Vater auf. Sein Vater tippte an die Seite seiner Nase.

„Ich habe meine Wege“, antwortete er geheimnisvoll. „Das ist die Abendausgabe der Zeitung. Ich wollte der Erste sein, der es dir sagt.“

„Und das ist dir gelungen“, schüttelte Cody den Kopf und grinste, als er auf die Zeitung vor ihm starrte. „Ich kann es nicht glauben.“

„Ich schon! Du verdienst das, Cody. Du hast so hart gearbeitet ...“

„Danke, Mom.“ Er berührte ihre Hand und ihre Augen strahlten vor Stolz über ihren Sohn. Ich wusste, wie sie sich fühlte. Ich war auch stolz auf meinen Mann. Nicht nur wegen der Arbeit, die er mit seinem Verlag ablieferte, was er selbst immer wieder verdrängte, sondern auch dafür, wie sehr er sich verändert hatte, wie viel offener er mit allem in seinem Leben umging. Der Mann, für den ich vor einem Jahr zu arbeiten begonnen hatte, war nicht mehr der Mann, der jetzt neben mir saß, und ich hätte nicht stolzer sein können, zu wissen, dass er zu dieser Art von Veränderung fähig und bereit gewesen war.

Wir stießen auf den neuen Erfolg an und dann machten wir uns an unser Essen – Cody lehnte letztendlich doch die Bestellung der Meeresfrüchte ab, wie er es versprochen hatte, und ich schaffte es tatsächlich, den Rest der Nacht zu genießen, ohne dabei zu emotional zu werden und ohne, dass mir übel wurde. Die Schwangerschaft konnte manchmal ein echter Albtraum sein, aber ab und zu verzog sie sich in den Hintergrund und gönnte es mir, mich zu amüsieren – und das waren die Momente, die ich über alles andere schätzte.

Es dauerte nicht lange, bis ich spürte, wie mein Bett mich rief, und Cody bot an, uns ein Taxi zu rufen und unseren Teil der Rechnung zu bezahlen, damit wir etwas früher nach Hause fahren konnten. Ich wollte noch ein wenig länger bei allen bleiben, aber ich wusste, dass ich auf der Stelle einschlafen würde, wenn ich nicht gleich wieder in mein Bett zurückkehren würde.

„Du hältst uns mit den Kleidern auf dem Laufenden!“, befahl Codys Mutter mir ausdrücklich und ich grinste sie an.

„Du weißt, dass ich das tun werde“, versprach ich.

„Und besorg uns ein Exemplar des Buches“, sagte Andrew. „Scheint so, als würden es alle lesen.“

„Du kannst für dein eigenes Exemplar bezahlen, Geizhals“, neckte Cody ihn.

„Hey, ich versuche nur, den kulturellen Zeitgeist zu bewahren“, schoss Andrew zurück. „Solltest du nicht eigentlich gut darin sein, für so etwas Werbung zu machen?“

„Ich werde gehen, bevor der Rest von euch versucht, mich auszunehmen“, sagte Cody spielerisch am Tisch. Meine Mutter war glücklich, ein Glas Champagner in der Hand zu halten und einen ganzen Abend lang Klatsch und Tratsch und gutes Essen zu genießen.

„Ich sehe dich später", sagte ich und umarmte sie, bevor wir losfuhren, und sie drückte mich fest.

„Ich bin so stolz auf dich, Baby", murmelte sie mir ins Ohr. „Auf ... alles."

„Hör auf, du wirst mich zum Weinen bringen", warnte ich sie.

„Olivia, unser Taxi ist da", sagte Cody und berührte meine Taille leicht. Ich drehte mich zu ihm um und lächelte.

„Dann lass uns hier verschwinden", antwortete ich. Wir verabschiedeten uns in die Runde und machten uns dann auf den Weg auf die Straße hinter dem Restaurant – es war kühl und frisch, aber klar mit einigen Sternen am Himmel, die auf uns schimmerten.

Ich legte meinen Kopf auf seine Schulter, als wir im Taxi nach Hause fuhren, schloss die Augen und gähnte. Ich konnte nicht verstehen, wie müde ich schon während der Schwangerschaft war – und es hieß, man würde noch erschöpfter sein, wenn das Baby da war. Das konnte ich mir aktuell nicht einmal vorstellen. Der Gedanke an das Baby ließ mich vor Aufregung erzittern.

Als wir zu Hause ankamen, half er mir aus dem Auto und in den Aufzug zurück zu unserer Wohnung. Ich lehnte mich an ihn, und er schlang einen Arm um meine Taille, um mich aufrechtzuhalten, und dachte nicht zweimal nach, als er mir die Stütze bot, die ich brauchte.

„Danke für heute Abend", murmelte ich ihm zu. „Es war

unglaublich."

„Danke für alles", grinste er mich an und gab mir einen Kuss auf die Stirn.

Wir schafften es zurück in die Wohnung, und ich ging direkt ins Badezimmer, um mein Make-up zu entfernen – ich hatte mich in dieser Nacht nicht einmal mit Stöckelschuhen abgeplagt, aber ich schüttelte dennoch die flachen Schuhe ab, die ich wegen meiner geschwollenen Füße getragen hatte, und rutschte stattdessen mit einem zufriedenen Seufzer in ein Paar Pantoffeln.

Als ich meine Feuchtigkeitscreme einmassierte, wanderte ich durch die Wohnung und versuchte herauszufinden, wo Cody sich aufhielt. Ich konnte ihn nirgendwo sehen.

„Schatz?", rief ich in die stille Dunkelheit. Es dauerte nicht lange, bis dieser Ort mit Leben erfüllt sein würde – nicht nur das Baby, sondern auch unsere Familien, die ständig vorbeikamen, um uns zu besuchen und ihre Babysitterdienste anzubieten, ob wir sie wollten oder nicht.

„Ich bin im Kinderzimmer", rief er zurück und ich drehte mich um, um ihn zu finden. Wir hatten das Kinderzimmer einen Monat zuvor vorbereitet und mit allem gefüllt, was wir für die Ankunft unseres kleinen Sohnes zu brauchen glaubten. Mom hatte mich gewarnt, dass es nichts gibt, was wir tun könnten, um seine Ankunft vollständig zu planen, aber damit war ich einverstanden. Ich sah es eher als laufende Optimierung an.

Ich begleitete ihn in diesen kleinen Raum, diesen Ort, der innerhalb von sechs Wochen ein Zuhause für unser Baby werden würde. Er lehnte sich im Dunkeln an die Krippe und da war etwas in seiner Hand, das ich nicht sehen konnte.

„Geht es dir gut?", fragte ich ihn und er sah lächelnd zu mir auf und nickte.

„Ja, es geht mir gut“, versprach er mir. „Ich weiß, ich ... ich denke nur nach, das ist alles.“

„Woran denkst du gerade?“

„Dass er schon bald hier sein wird“, antwortete er. „Du weißt schon. Ich werde ihn endlich kennenlernen ...“

„Ja, das wirst du“, antwortete ich, quetschte mich neben ihn und blickte in die Krippe, die wir vor ein paar Wochen fast ein ganzes Wochenende lang zusammengebaut hatten.

„Bist du aufgeregt?“

„Natürlich bin ich aufgeregt“, versicherte er mir. „Ich meine, auch verängstigt, aber aufgeregt.“

„Du darfst keine Angst haben“, sagte ich und lehnte mich an seine Schulter. „Du wirst ein toller Vater sein.“

„Das hoffe ich verdammt nochmal“, lachte er.

„Hey, pass mit dem Fluchen auf“, erinnerte ich ihn und legte meine Hände auf meinen Bauch. „Er kann anfangen, Dinge zu hören, denk dran.“

„Ja, nun, wenn mein Sohn nicht wie ein Seemann fluchend aus der Gebärmutter kommt, weiß ich nicht, ob ich ihn überhaupt als meinen eigenen erkennen werde“, scherzte er.

„Ja, ja, ja“, lachte ich. „Was hast du übrigens da? Etwas für mich?“

„Schon irgendwie“, antwortete er und blickte nach unten. Ich konnte im Dunkeln des Raumes nicht viel erkennen, aber ich konnte sehen, dass es wie ein Stoffbündel in seiner Hand aussah. Ich hatte keine Ahnung, was es sein könnte, aber es musste etwas mit dem Baby zu tun haben, oder? Er wäre sonst nicht hierher gegangen.

„Zeig es mir“, sagte ich ihm spielerisch und er hob es endlich hoch und übergab es mir.

„Was ist das?“ Ich versuchte, es richtig zu halten, drehte und schüttelte es in alle Richtungen, bis es passte – es war ein Schlafanzug. Ein winziger hellgrüner, kleiner Schlafanzug, mit kleinen Socken und einer winzigen Kapuze, die man hochziehen konnte, um die kleinen Ohren des Babys zu bedecken. Und er war bezaubernd. Aber das war nicht das, was mir aufgefallen war. Nein, was meine Augen auf sich zog, war der Name, der in blauen Buchstaben auf die Vorderseite gestickt war: John.

„John?“ Ich keuchte und sah zu ihm hinüber. „Das ist ...“

„Der Name deines Vaters“, nickte er. „Ich weiß. Und ich ... ich möchte unseren Sohn nach ihm benennen, Oli.“

„Bist du sicher?“, antwortete ich und starrte ihn für einen langen Moment an.

„Ich habe so viel von ihm gehört“, fuhr er fort. „Und alles, was ich gehört habe, war erstaunlich. Ich kann mir niemanden vorstellen, dessen Name unserem Sohn besser stehen könnte.“

„Oh mein Gott“, murmelte ich und ich spürte, wie die Kraft all meiner Gefühle durch mich hindurchströmte.

„Tut mir leid, wenn ich zu weit gegangen bin oder so“, sprang er ein und machte sich offensichtlich Sorgen, dass dies die falsche Wahl gewesen war. Ich schüttelte den Kopf, starrte immer noch auf den kleinen Schlafanzug vor mir und stellte mir vor, wie John ihn mit Leben füllen würde – mein Sohn, mein Vater, meine Familie.

„Er ist perfekt“, versicherte ich ihm. „Das ist perfekt. Vielen Dank, dass du das getan hast.“

„Nun, ich wollte, dass dein Vater miteinbezogen wird“,

lächelte er mich an. „Meine Familie und deine Familie. Zusammen."

„Und jetzt wirst du mich nie loswerden können", lächelte ich zurück, ein wenig wackelig aufgrund des Rausches an Emotionen, die in diesem Moment durch meinen Körper flossen.

„Oh, nein", seufzte er gespielt beleidigt. „Wie werde ich jemals damit klarkommen, dich in meiner Nähe zu haben?"

Und damit lehnte er sich zu mir, küsste mich und drückte seinen Mund gegen meinen. Meine Wirbelsäule kribbelte bei seiner Berührung, so wie sie es immer tat.

„Ich liebe dich", murmelte ich zu ihm, bevor ich mich zurückhalten konnte.

„Ich liebe dich auch", antwortete er und er legte seinen Kopf gegen meinen. Wir standen zusammen in diesem Kinderzimmer, nur wir beide, in dem Wissen, dass sich das bald ändern würde – und dass wir uns, komme, was wolle, auf jeden Fall lieben würden.

THE END

Liebe Leser,

vielen Dank für das Lesen meines Buches, ich hoffe sehr, dass euch die Story gefallen hat! ;-)

Ohne begeisterte Leser wie euch wäre es für mich nicht möglich, meinen Traum zu leben und meine Fantasien in diese Romane zu packen.

Falls ihr einen kurzen Moment Zeit habt, so würde ich mich sehr freuen, wenn ihr mir eine kurze Rezension auf Amazon gebt. Da ich nicht die Werbemittel eines großen Verlages habe, bin ich auf Empfehlungen meiner Leserschaft angewiesen und dankbar für jede Bewertung! ;-)

Herzlichen Dank,

Sarah

Über Sarah

Sarah schreibt seit ihrem sechzehnten Lebensjahr und hat schon mehrere Bestseller auf Amazon veröffentlicht. Egal, ob die Männer in ihren Büchern Milliardäre, Bad Boys oder beides sind - sie liebt es über heiße Kerle zu schreiben, die gleichzeitig ihre Liebste beschützen und herausfordern; ebenso wie über die Frauen, nach denen sie sich sehnen. Ihre unterhaltsamen Geschichten sind immer heiß und aufregend, mit vielen Wendungen und einem garantierten Happy End - genau so, wie es auch nach einem wilden Ritt im Schlafzimmer sein sollte, wenn du verstehst, was ich meine ;-)

Kontaktiere Sarah direkt auf Facebook und erhalte den Liebesroman "Die Rückkehr des Milliardärs" gratis!

www.facebook.com/sjbrooksoffiziell

Printed in Poland
by Amazon Fulfillment
Poland Sp. z o.o., Wrocław

65692818R00152